David Solomons

Mon frère est un super-héros

Illustrations de Laura Ellen Anderson

Traduit de l'anglais
par Karine Chaunac

GALLIMARD JEUNESSE

Titre original : My Brother is a Superhero
Édition originale publiée pour la première fois en Grande-Bretagne
par Nosy Crow® Limited.

© David Solomons, 2015, pour le texte
La présente traduction de My Brother is a Superhero est publiée
avec l'autorisation de Nosy Crow® Limited
© Laura Ellen Anderson, 2015, pour les illustrations
© Éditions Gallimard Jeunesse, 2015, pour la traduction française
© Éditions Gallimard Jeunesse, 2017, pour la présente édition

À Luke, bien sûr.

1
Être élu (ou pas)

Mon frère est un super-héros. Ça aurait pu tomber sur moi sauf que j'ai eu envie de faire pipi.

Je m'appelle Luke Parker, j'ai onze ans et je vis dans un quartier tranquille de Londres avec ma mère, mon père et mon grand frère, Zack. Mon frère n'a pas toujours été super-héros, mais avec un nom comme Zack, c'est à se demander si mes parents n'avaient pas le pressentiment qu'il finirait un jour avec un masque et une cape, à sauver des orphelins dans des bâtiments en flammes. C'est vrai, quoi ! Zack, ce n'est pas un nom, c'est un bruitage. C'est ce qu'on voit dans les BD quand le super-héros donne un coup de poing dans la figure d'un super-méchant. *Paf ! Bang ! Tchac !* Et *zack*.

J'ai l'impression qu'il y a des moments précis dans

la vie où tout peut totalement basculer d'un côté ou de l'autre. Vanille ou chocolat. Mou ou croquant. Lâche la bombe à eau sur la tête de papa ou arrête ton geste. Il faut alors faire un vrai choix et, parfois, il suffit de cinq petits mots pour changer un destin :

— J'ai envie de faire pipi.

Le soir fatidique, Zack et moi étions depuis environ une heure perchés dans notre cabane en haut d'un arbre et je ne pouvais plus me retenir. Je lisais un vieux numéro de *Teen Titans : les jeunes Titans* à la lampe de poche et Zack faisait ses devoirs de maths. Il a toujours été bosseur. Avant qu'il ne devienne un super-héros, c'était une super-star au collège.

— Ben vas-y, a-t-il dit tandis qu'il résolvait une nouvelle équation du second degré d'un coup de crayon. Personne ne t'en empêche.

À dire vrai, je ne voulais pas descendre l'échelle de corde dans le noir. Déjà, parce que ça avait été suffisamment difficile de la monter. Ça ne veut pas dire que je suis un gros balourd ou un truc dans le genre mais bon, pour résumer, ce n'est pas demain qu'on me verra sur un podium olympique. J'ai le rhume des foins et des pieds d'une forme bizarroïde, qui m'obligent à porter dans mes chaussures des accessoires appelés « semelles orthopédiques ». Quand maman m'en a parlé pour la première fois, j'étais tout excité. On aurait dit un nom pour armure à surgénération d'énergie. Mais lorsque les semelles sont enfin arrivées, elles me sont apparues comme de simples supports flexibles en forme de pied et pas du tout comme un exosquelette cybernétique. Ce jour-là a été le mardi de la Fin des illusions.

J'ai sorti la tête par la porte de la cabane.

– Peut-être que je pourrais juste faire pipi d'ici ?

– Va dehors ! Sors de là, sale gamin dégoûtant !

Zack n'a que trois ans de plus que moi, mais chaque fois que je l'agace, il me traite de gamin. De toutes les choses que je ne supporte pas chez lui, me faire traiter de gamin arrive en position quarante-sept. Ce n'est pas que j'aie une liste.

Enfin, si. J'ai une liste.

Même avant qu'il ne devienne un super-héros, cette liste comportait déjà soixante-trois points. On est presque à cent, maintenant. Il est *extrêmement* énervant.

J'ai descendu l'échelle de corde et pénétré dans la maison.

J'ai fait ce que j'avais à faire.

Lorsque je suis retourné à la cabane quelques minutes plus tard, Zack était assis silencieusement dans l'obscurité. Je savais que quelque chose ne tournait pas rond parce qu'il avait arrêté de travailler. J'ai attrapé ma lampe de poche et pointé le faisceau sur sa figure. Il n'a même pas cligné des yeux.

– Zack, est-ce que ça va ?

Il a hoché la tête.

– Tu es sûr ? Tu as l'air… pas comme d'habitude.

Il a hoché de nouveau la tête, très lentement, en proie à une intense réflexion. Puis, il a dit d'une voix rauque :

– Je crois… qu'une chose incroyable vient de m'arriver. Luke, je ne suis plus le même.

Ce n'était pas vraiment une surprise. Six mois auparavant, papa m'avait pris à part pour ce qu'il appelait une discussion d'homme à homme. Nous nous étions installés dans sa remise – sûrement parce que chez nous, c'est ce qu'on a de plus viril comme endroit – et il m'avait expliqué qu'à partir de maintenant, j'allais peut-être remarquer certains changements chez mon frère.

– Zack s'embarque pour un grand voyage, avait annoncé papa.

– Génial ! À quand le départ ? Est-ce que je pourrais avoir sa chambre ?

– Pas ce genre de voyage, avait-il corrigé avec un soupir las. Il va traverser quelque chose nommé puberté. Sa voix, par exemple, sera différente.

– Oh, un peu comme celle d'un Dalek mutant dans *Doctor Who* ?

– Non, pas comme celle d'un Dalek.

– Dommage.

– Et il sera plus poilu qu'avant.

– Oh, comme un loup-garou ?

– Non, pas comme un loup-garou.

Ce gros mystère de puberté n'avait pas l'air de casser des briques. Il y avait aussi d'autres trucs qui concernaient l'intimité et les filles mais, pour être honnête, après mes espoirs déçus de Daleks et de loups-garous, je n'ai plus vraiment écouté.

Donc, lorsque Zack m'a dit dans la cabane que quelque chose avait changé, je savais exactement quoi répondre. J'ai pincé les lèvres et fait un hochement de tête grave comme j'avais vu faire le docteur lorsqu'il m'avait annoncé que j'avais une mononucléose infectieuse.

– J'ai bien peur que tu n'aies attrapé la puberté.

Il m'a ignoré, les yeux rivés sur ses mains qu'il tournait et retournait.

– Je crois que j'ai des super-pouvoirs.

2
Zorbon

Zack était donc devenu dingue – voilà ce que peut faire l'excès de devoirs sur le cerveau d'un garçon. Mais j'ai soudain eu des soupçons. Il savait à quel point j'adorais les BD de super-héros et me charriait constamment sur ce qu'il appelait ma fixette de gamin. Je flairais le piège.

– Des super-pouvoirs ?

J'ai croisé les bras et reniflé avec dédain.

– Ah ouais, c'est-à-dire que maintenant tu peux voler et envoyer des rayons lumineux du bout de tes doigts ?

Une expression étrange a envahi son visage.

– Va savoir, a-t-il répondu d'un ton méditatif.

Il a levé une main et fait danser ses phalanges dans ma direction, un peu comme un magicien ringard.

Aucun éclair n'a jailli du bout de ses doigts. Mais j'étais trop sidéré pour m'y attarder car quelque chose d'au moins aussi stupéfiant était en train de se produire.

Ma lampe de poche s'est envolée de ma propre main, a tournoyé dans les airs et atterri dans la paume ouverte de Zack avec un bruit mat. Il a refermé les doigts dessus et souri de toutes ses dents.

Im-po-ssi-ble !

Mais Zack l'avait fait. Il avait déplacé la lampe par la pensée et un geste débile. Il ne racontait donc pas complètement n'importe quoi. Mon frère avait un super-pouvoir.

La télékinésie, pour lui donner son nom officiel. Beaucoup de super-héros avaient ce talent dans les BD, mais c'était la première fois que je l'observais dans la vraie vie. Je détestais l'admettre, mais je trouvais ça plutôt cool. Super-cool. Ce n'était pas pour autant que j'allais le dire à Zack.

– Donc, pas d'éclairs lumineux, ai-je commenté en prétendant être déçu.

– Quoi ?

Il m'a regardé comme si j'étais le dernier des imbéciles.

– Tu as vu ça ? a-t-il enchaîné. Tu as vu ce que j'ai réussi à accomplir ?

Je ne pouvais continuer de faire semblant – oui, j'étais impressionné. Mais mon admiration a vite laissé place à un tout autre sentiment. J'étais aussi vert que Hulk : vert de jalousie, plus jaloux même qu'à Noël dernier, quand Zack a eu un iPhone alors qu'on m'a offert des chaussures.

– C'est trop injuste ! Comment se fait-il que *toi*, tu aies droit à des super-pouvoirs ! Tu ne lis même pas de BD !

J'ai continué à vociférer pendant quelques minutes – quand je suis en forme, on m'a déjà vu virer au violet – puis, finalement épuisé, je me suis effondré sur le sol et ai senti mon visage se recroqueviller en une bouderie intense. Mais même si l'envie bouillonnait toujours en moi, il fallait que je sache.

– Comment c'est arrivé ?

Le regard de Zack s'est fixé au-dessus de ma tête quelque part sur un point flou du mur, et il a commencé à décrire les incroyables – et incroyablement récents – événements.

– Juste après ton départ, j'ai entendu un bruit au loin, une sorte de grondement, alors j'ai regardé à l'extérieur de la cabane. Il y avait des lumières dans le ciel, j'ai pensé à une pluie de météorites. Et puis, je me suis rendu compte qu'elles se dirigeaient par ici à grande vitesse. Le ciel était zébré de centaines de stries blanches et brillantes. Mais juste au moment où l'impact semblait imminent, les lumières se sont brutalement immobilisées comme retenues par une force surnaturelle. Et j'ai vu que ce n'était pas une pluie de météorites...

Il a marqué une pause et pris une longue inspiration avant de poursuivre dans un murmure :

– C'était un vaisseau spatial transdimensionnel.

J'en suis resté bouche bée. Jusqu'à ce jour, l'histoire la plus palpitante que m'ait jamais racontée Zack tournait autour d'une coupe de cheveux ratée et d'un chihuahua. Et je le soupçonne d'avoir rajouté le chihuahua.

– Un grand ovale bleu flottait dans les airs comme par magie, juste là, dehors.

Il a tendu un doigt tremblant.

– Tandis que je regardais, une porte coulissante s'est ouverte sur un côté de l'appareil avec un bruit du genre *clang... wizz...* Un être étincelant en a émergé dans un faisceau de lumière. Il portait un costume brillant, violet, avec une cape à haut col doré et des bottes, dorées également. Sur sa poitrine, trois étoiles d'or palpitaient comme au rythme de pulsations cardiaques. Sa tête était en forme de dôme, complètement chauve, et son visage se finissait par une fine barbichette qu'il caressait tout en parlant. Il m'a salué de trois doigts levés et s'est présenté comme Zorbon le Décideur, un voyageur interdimensionnel, représentant du Haut Conseil de Frodax Marvel Ram & Dam. Tout ce qu'il disait donnait l'impression qu'il parlait en lettres majuscules. Zorbon m'a expliqué

17

qu'il venait d'un autre univers, un univers parallèle au nôtre. Il ressemble presque en tout point à celui que nous connaissons, sauf que les couleurs rouge et verte sont inversées et que le cake n'a pas le même goût.

Zack a paru songeur un instant.

– Pas non plus un goût totalement différent, juste un peu.

J'ai deviné à son air rêveur que mon frère trouvait ce détail sans intérêt particulièrement fascinant et qu'il risquait de se lancer dans d'interminables considérations sur la pâtisserie.

– Laisse tomber les gâteaux ! Parle-moi des super-pouvoirs !

Zack a fait un effort pour sortir de sa transe.

– Ah, oui. Bon, Zorbon a dit que j'avais été choisi par le Haut Conseil pour une mission de la plus grande importance pour nos deux univers. Une mission tellement vitale que, s'il advenait que j'échoue, les conséquences seraient cataclysmiques pour des *milliards* d'êtres vivants.

– Deux univers ? Il faut que tu sauves *deux* univers ?

C'était tout lui. Mon frère ne pouvait se contenter d'un seul univers à sauver. Son truc, c'était toujours la performance.

– Mais pourquoi toi ? ai-je gémi.

Zack a regardé un long moment par la porte d'un air pensif avant de répondre :

– Apparemment, cette cabane est la jonction entre les deux univers.

Incroyable. Hallucinant. Notre cabane dans l'arbre, un portail entre deux mondes. Mais quand on y songeait...

– Et donc ?

Zack a haussé les épaules.

– Je pense que j'ai été la première personne que Zorbon a rencontrée en arrivant.

Les mots m'ont manqué. Ma bouche a remué mais aucun son n'est sorti : elle n'a produit qu'un bruit de ballon qui se dégonfle. Ce n'est pas comme ça que l'on choisit un sauveur de l'humanité. Il faut au moins une prophétie écrite dans un grimoire ancien. Là, ça revenait à donner l'Épée du pouvoir ultime au premier poisson rouge qu'on croisait.

– Pour assurer mon succès, a poursuivi Zack, Zorbon a annoncé qu'il était autorisé à m'accorder six dons – ou pouvoirs, si tu préfères – afin de m'aider dans ma tâche. Puis, il a levé la main et prononcé quelque chose dans une langue extraterrestre vraiment étrange...

J'ai pensé : « Ah, parce que c'est quoi une langue extraterrestre vraiment *normale* ? » Mais je n'ai rien dit.

– Il y a eu un éclair de lumière rouge, ou peut-être qu'il faut dire *verte*, du coup, a continué Zack, et j'ai senti une montée d'énergie à travers tout mon corps. Chaque atome de mon être était en feu. Quand ça s'est enfin arrêté, Zorbon s'est incliné devant moi et a dit : « VOILÀ QUI EST FAIT. » Je lui ai demandé ce qui avait été fait, quels pouvoirs m'avaient été accordés, quelle était ma mission… Il a répondu : « JE NE PEUX LE RÉVÉLER CAR SINON JE RISQUE D'ALTÉRER CE QUI DOIT ÊTRE. ET COMME CEUX QUI CONNAISSENT CE GENRE DE SITUATION TE LE CONFIRMERONT, CE SERAIT UNE TRÈS MAUVAISE CHOSE. TOUT FINIRA PAR S'EXPLIQUER. EN TEMPS VOULU. » Puis il m'a adressé un sourire énigmatique et est parti. Mais juste avant que la porte de son vaisseau ne se referme, il a déclaré qu'il pouvait m'informer d'une chose : « NÉMÉSIS EST EN ROUTE. » Puis il a disparu. *Clang… wizz!*

Je suis resté planté là, mâchoire pendante. Tant de choses à assimiler. Tant de questions. Cependant, une pensée a grillé toute la file.

– Mais je ne me suis absenté que cinq minutes !

Les cinq minutes les plus importantes de l'histoire du monde, et je les avais ratées parce que j'avais eu envie de faire pipi.

– Je suis sûr que si j'avais été là, Zardoz le Décodeur m'aurait choisi, ai-je bougonné.

– Son nom est Zorbon le Décideur. Et tu n'étais pas là, a ajouté Zack avec un haussement d'épaules. Tu aurais mieux fait de te retenir, non ?

C'était tellement injuste que je n'étais plus du tout en état de raisonner comme une personne sensée.

— Fais-le revenir! Dis à Bourbon le Développeur qu'il a fait une erreur et qu'il doit revenir pour me donner des super-pouvoirs à moi aussi.

— Zorbon le Décideur, a corrigé de nouveau Zack. Et il a décidé que j'étais l'Élu. Pas toi.

— Je ne te crois pas. On en sera sûrs que si on l'appelle.

— L'appeler? Oh oui, parce que, bien sûr, il m'a laissé son numéro de téléphone. C'est quoi déjà l'indicatif pour les univers parallèles?

J'ai senti une pointe d'ironie dans cette question. Zack me charriait, ce qui était particulièrement imprudent en cet instant précis où j'étais plus furieux que je ne l'avais été de toute ma vie.

— Qu'est-ce que tu fabriques, maintenant? a-t-il demandé.

N'était-ce pas évident? J'arpentais la cabane à grands pas et tapotais sur les murs à intervalles de deux mètres environ.

— Je cherche le portail vers l'autre univers.

J'ai pressé une oreille contre la paroi du fond.

— Je crois que j'entends quelque chose.

— Luke.

— Chut! ai-je craché.

Je percevais maintenant un son distinct.

– Oui. Quelque chose s'approche. On dirait des grattements. Peut-être des souris interdimensionnelles.

– Hé, Luke…

J'ai pivoté dans sa direction. Les grattements provenaient de Zack. Comme d'habitude, il portait sa chemise d'uniforme de collégien parce que, disait-il, cela le mettait dans de bonnes dispositions pour faire ses devoirs. (Je sais, c'est nul. Et je suis obligé de vivre avec ce type.) Un phénomène étrange se déroulait sous l'étoffe. J'ai froncé les sourcils et désigné la chemise du doigt.

– Qu'est-ce que c'est que ça ?

Une faible lueur palpitait, comme une bougie ou une veilleuse. Il a défait ses boutons, attrapé les deux pans de tissu et les a écartés pour révéler sa poitrine nue. Je jure que j'ai presque entendu un roulement de tambours.

En dépit des informations livrées par papa, il n'y avait pas de poils, mais tout autre chose. Imprimées en travers de son torse s'étalaient des étoiles lumineuses.

– Zorbon avait exactement les mêmes, a commenté Zack. Je me demande ce que cela signifie.

Il a fait courir son doigt sur les étoiles. J'ai hoché la tête.

– Je vais te dire précisément ce que cela signifie : que tu as un tatouage et que maman va te tuer.

Zack m'a ignoré. Il s'est redressé de toute la hauteur de son mètre soixante et une expression calme, songeuse, a envahi son visage.

– Je sais ce que veulent dire ces étoiles, a-t-il soufflé. Je… suis… Starman ! L'homme qui venait des étoiles !

J'ai brandi une main pour émettre une objection.

– Quoi ? a-t-il fulminé.

– Heu, désolé, mais c'est déjà pris. Tu risques le procès.

Zack a lâché un soupir irrité.

– Très bien. Peu importe.

Il s'est de nouveau campé sur ses pieds.

– Je… suis… Star Boy ! Le garçon qui venait des étoiles !

Il a coulé un regard dans ma direction, histoire d'être sûr. J'ai fait un petit signe négatif de la tête. Il a levé les bras au ciel avec exaspération.

– Il y a déjà un Star Boy aussi ?

– Je t'ai déjà dit un million de fois que tu devrais lire plus de BD.

J'ai tapoté ma joue d'un air songeur.

– Pourquoi pas Star Mec ?

– Star Mec ? Le mec qui venait des étoiles ?

Zack a réfléchi. Il a fait tourner le mot dans sa bouche plusieurs fois pour en jauger la longueur. Il l'a prononcé de sa propre voix, puis d'un timbre grave et profond, avant de s'interrompre :

– Star Mec ou Starmec ?

23

Je n'écoutais pas. Je venais juste de comprendre ce que me rappelaient les dessins sur sa poitrine. Cela ressemblait exactement aux étoiles que l'on voyait sur les emballages de plats cuisinés pour indiquer à quelle température on devait les garder au congélateur. Si on se référait au score de Zack, il devrait être longuement décongelé avant consommation.

Il a planté les poings sur ses hanches.

– Je… suis… Star Mec !

Puis il a penché la tête d'un air soucieux.

– Ou peut-être Starmec. Je n'ai pas encore décidé.

Et c'est ainsi que c'est arrivé : mon frère a hérité d'une super-puissance et moi… d'un super-sentiment d'impuissance.

3
Star Mec

Le destin de deux univers reposait entre les mains de mon frère. Dans les miennes trônait un chou-fleur.

C'était le lendemain du jour où Zack était devenu Star Mec – il avait laissé tomber Starmec, en se disant que s'il avait besoin à un moment ou à un autre d'un insigne pour mettre sur sa chemise, le S était déjà pris. Nous nous trouvions dans la cuisine et aidions aux préparatifs du repas.

– Zack, mon chéri, épluche-moi les pommes de terre.

Maman lui a passé un gros sac.

J'ai surpris le regard de Zack et ricané. Même les super-héros devaient peler les patates.

– Bien sûr, a-t-il répondu d'un air rayonnant. Avec plaisir.

Il m'a jeté un coup d'œil entendu et s'est traîné dans un coin de la cuisine. Il mijotait quelque chose. Discrètement, je me suis glissé derrière lui. Les yeux fixés sur les pommes de terre, il étendait une de ses mains au-dessus du tas qu'elles formaient. La peau des légumes se détachait toute seule en une spirale parfaite, sans cassure. Les pommes de terre s'épluchaient d'elles-mêmes. J'étais sous le choc.

– Tu ne peux pas faire ça, ai-je sifflé.

– Pourquoi pas ?

– Règle numéro 1 des super-héros : tu ne peux pas brader tes pouvoirs en les utilisant pour préparer des ragoûts.

Son visage s'est renfrogné.

– Ça m'étonnerait que ce soit la règle numéro 1. Ni aucune autre règle, d'ailleurs.

– Non, bon, peut-être pas, mais de grands pouvoirs amènent de grandes responsabilités. Raymond le Rechargeur…

– Zorbon le Décideur, soupira Zack.

Pour une raison inconnue, je bloquais complètement sur le patronyme du visiteur de la cabane. Je pense que j'étais tellement outré par ce qu'il avait fait que je ne pouvais me résoudre à retenir son nom débile d'alien extradimensionnel.

– Oui, Machin le Trucmuche. Il ne t'a pas accordé le don de télékinésie pour que tu prêtes un coup de main en cuisine.

Zack a pris un air penaud.

– Tu as raison.

– Bien sûr que j'ai raison. Crois-moi, il ne faut pas faire un usage irréfléchi de tes pouvoirs. C'est la pente glissante de super-héros à super-méchant. On commence innocemment par éplucher des pommes de terre grâce à la télékinésie puis, avant même de s'en rendre compte, on se retrouve planqué dans une base secrète à l'intérieur d'un volcan avec une armée de sous-fifres diaboliques et un plan pour conquérir le monde.

À cet instant, maman a lancé à travers la cuisine :

– Qu'est-ce que vous complotez, tous les deux ?

– Rien !

Nous avons répondu à l'unisson. Nous ne pouvions bien entendu pas lui raconter ce qui était arrivé à Zack. La règle numéro 2 des super-héros, c'est de garder le secret. Si les méchants découvrent votre véritable identité, ils vous tendent un piège en kidnappant les gens que vous aimez. C'est un scénario classique, facilement évitable si vous prenez les précautions de base.

Maman et papa ont échangé un de ces sourires vraiment gluants, puis papa a dit :

– C'est chouette, les gars, de voir que vous finissez par bien vous entendre.

C'était vrai. Pas le fait que ce soit spécialement chouette, mais le fait que Zack et moi n'avions pas été si proches depuis longtemps. Plus jeunes, nous étions les meilleurs amis du monde mais, maintenant, la communication passait surtout par des hurlements, des claquements de portes et des torsions de bras. En fait, nous avions probablement plus discuté ensemble depuis la nuit dernière que depuis les trois derniers mois. J'ai surpris Zack qui me regardait avec une expression de tristesse, comme s'il regrettait le bon vieux temps.

– Qu'est-ce que tu veux, tête de nœud ? ai-je dit.

Ben oui, il fallait que j'agisse. Sinon, l'ambiance avait toutes les chances de tourner au super-gnangnan. Heureusement, Zack a répondu par un coup sur mon épaule. Pas de fracture ni de bras arraché voltigeant dans les airs : cela signifiait que la super-force n'était pas un de ses six pouvoirs. Intéressant. J'ai choisi un point sur sa poitrine, pris mon élan et lui ai envoyé un uppercut à ma façon. À cette distance, je ne pouvais pas le louper. J'ai très bien réussi, d'ailleurs.

Mais j'ai rebondi vers l'arrière.

Au moment où mon poing est arrivé à quelques centimètres de son corps, j'ai senti qu'il heurtait quelque chose de souple et d'invisible.

– Un champ de force ! Tu es entouré d'un champ de force rétroénergétique ! ai-je murmuré avec stupéfaction.

Avant que j'aie pu ajouter quoi que ce soit,

papa nous a séparés, fait un sermon sur notre mauvaise conduite et envoyés nous calmer hors de la cuisine.

Quinze minutes plus tard, le dîner était prêt. Durant tout le repas, j'ai observé Zack comme un surveillant dans une salle d'examen : je m'attendais chaque instant à ce qu'il déplace son chou-fleur dans son assiette par la pensée ou qu'il fasse rebondir d'une pichenette un petit pois sur son champ de force. Ou… Qu'est-ce qu'il avait encore en réserve ? Zourbi le Fourbi lui avait donné six pouvoirs nécessaires à sa mission. La télékinésie plus le champ de force, ça faisait deux ; quels étaient les quatre suivants ? Et quelle était la mission ? Tout ce que nous savions, c'était : « NÉMÉSIS EST EN ROUTE. »

Après dîner, alors que j'étais censé faire mes devoirs sur l'ordinateur, j'ai décidé de glaner quelques informations sur Internet pour voir ce que je pouvais découvrir sur Némésis. Il y avait beaucoup de choses. J'ai passé au crible des pages et des pages de bla-bla divers avant d'arriver à une conclusion.

Dans la mythologie grecque, Némésis était, je cite, « le bras impitoyable de la vengeance divine ». Je ne comprenais pas vraiment ce que cela signifiait, mais ce Némésis m'avait l'air d'un type pas très recommandable. Puis une pensée me frappa comme la foudre : Némésis devait être le nom d'un super-méchant et Zack avait reçu des pouvoirs pour le vaincre.

J'étais sur le point de refermer la dernière page, quand un détail attira mon attention. J'avais lu l'article un peu trop vite. Némésis n'était pas un type. C'était une fille ! Eh bien, pour moi, cela faisait parfaitement sens.

L'ennemi juré de Star Mec ne pouvait être qu'une fille.

4
J'essuie un arbre rôti

Il faisait encore jour lorsque Zack et moi nous sommes éclipsés vers notre cabane pour partager mes découvertes. Je transportais un de ces sacs de supermarché réutilisables; il laissait apparaître un renflement mystérieux. (J'attire l'attention sur ce détail parce que c'est important pour la suite.) Zack a gravi l'échelle de corde à toute vitesse et moi, je me suis traîné en haletant derrière lui. Quand j'ai atteint le sommet, je me suis assis dans l'embrasure de la porte pour reprendre ma respiration.

Le ciel était couleur mortadelle. Une brise soufflait sur les toits des maisons voisines et agitait les feuilles de notre chêne. Nous avons un jardin minuscule, un simple lopin de terre avec une remise, une plate-bande de fleurs bleues et roses qui éclosent en été, et un énorme chêne. Papa raconte que notre rue se trouve sur l'emplacement d'une ancienne forêt gigantesque comme en connaissait autrefois l'Angleterre. L'arbre de notre jardin est le dernier qui subsiste encore.

Papa a construit notre cabane dans ce chêne l'été précédent. Quand je dis qu'il l'a construite, ça signifie que papi s'y est collé pendant qu'il lui tournait autour avec une ceinture porte-outils bardée de gadgets coûteux en faisant des suggestions inutiles. Il adore le bricolage, mon papa, mais la seule chose qu'il ait jamais réussi à clouer au mur, c'est son pouce.

J'ai rejoint Zack à l'intérieur et lui ai exposé tout ce que j'avais appris à propos de Némésis. Il suivait mes explications avec attention, et opinait à chacune de mes déductions comme si j'étais Sherlock Holmes. D'habitude, mon grand frère n'écoute jamais rien de ce que j'ai à dire, mais comme je suis expert en super-héros (ceux des bandes dessinées, en tout cas), il buvait toutes mes paroles. C'était chouette d'être le frère qui savait, pour une fois.

– Une dernière chose, ai-je ajouté. Je connais le moyen d'activer tes pouvoirs.

– Vraiment ?

Il avait l'air impressionné. J'ai confirmé d'un signe de tête.

– Eh ouais, il te suffit de prononcer une phrase secrète.

Zack a ouvert de grands yeux.

– Et tu connais cette phrase secrète ?

– J'ai entré plusieurs données dans l'ordinateur, comme ton nom, la liste de tes pouvoirs connus, la pointure de tes chaussures, et voici ce qui est sorti. Tu es prêt ?

Il a hoché le menton avec empressement.

– Vas-y, dis-moi, maintenant…

Je me suis éclairci la voix.

– Ta phrase d'activation secrète est…

J'ai marqué une pause comme un jury de télé-réalité qui doit annoncer quel candidat va être éliminé.

– … *J'essuie un arbre rôti.*

Zack s'est campé sur ses deux jambes écartées et a planté ses mains sur ses hanches. Puis il a prononcé les mots :

– J'essuie un arbre rôti !

Il a retenu sa respiration et attendu. Au bout de quelques secondes, comme toujours rien ne se produisait, il a secoué la tête d'un air déçu.

– Je me sens pareil qu'avant. Tu es sûr que c'est la bonne phrase ?

Je me suis frotté la mâchoire.

– Hum. Peut-être que tu ne la dis pas avec assez de conviction. Essaye de nouveau mais, cette fois, mets-y vraiment tout ton cœur et prononce-la encore et encore.

– D'accord. Plus de conviction. Encore et encore. Pigé.

Zack a repris sa pose.

– J'essuie un arbre rôti… J'essuie un arbre rôti…

Plus il répétait la phrase, plus il donnait clairement l'impression de dire : « Je suis un abruti… Je suis un abruti… Je suis… »

Je ne pouvais plus me retenir de pouffer.

La bouche de Zack s'est figée en forme de O lorsqu'il s'est rendu compte qu'il s'était fait piéger. Il m'a lancé un regard noir.

– Si tu dois te comporter comme un gamin, je pars.

Il est sorti à grands pas et a posé un pied sur le premier barreau de l'échelle de corde.

– Non, ne t'en va pas. D'accord, j'arrête mes bêtises, je le jure. À partir de maintenant, ça va être de la vraie investigation scientifique sérieuse.

– Promis ?

J'ai mis une main sur mon cœur.

– Promis.

Il s'est de nouveau hissé à l'intérieur, mais je lui ai fait signe de s'immobiliser.

– Reste là, ai-je dit tandis que j'attrapais mon sac de supermarché. Et ne bouge plus.

– Pourquoi faut-il que je reste… Hé !

Il a à peine eu le temps de se baisser d'un mouvement vif pour éviter la tomate qui a sifflé au-dessus de sa tête et atterri avec un *floc* sur le mur derrière lui.

– Mais qu'est-ce que tu fais ?

J'ai remarqué une note d'irritation dans sa voix

mais décidé de l'ignorer. J'ai fouillé de nouveau dans mon sac pour en sortir, cette fois, un bloc-notes.

Et une grosse pierre.

Zack possédait un champ de force et nous devions connaître sa puissance exacte. De toute évidence, le moyen le plus facile d'obtenir cette information était de lui jeter des trucs. Le sac dissimulait ma sélection d'objets à tester.

– Bien, qu'est-ce qu'on va faire de celle-ci ?

J'ai soupesé la pierre dans ma main, l'ai fait rouler sur ma paume puis l'ai envoyée énergiquement dans sa direction.

Il a esquivé encore une fois et elle s'est écrasée sur le mur avec un bruit sourd. J'ai laissé échapper un soupir exaspéré.

– Comment suis-je supposé tester ton champ de force si tu continues de te baisser ?

J'ai inscrit sur mon bloc-notes : « tomate et pierre, expériences non concluantes ».

Zack commençait à comprendre où je voulais en venir.

– Je vois. D'accord. J'imagine que c'est logique.

Il a désigné le sac du menton.

– Qu'est-ce que tu as d'autre, là-dedans ?

J'avais gardé le meilleur pour la fin. Avec un large sourire, j'ai plongé les deux bras dans mon sac à malices et en ai sorti un lourd marteau. C'était un de ceux de papa, il en avait six ou sept dans sa remise, tous soigneusement astiqués et alignés sur un présentoir par ordre de taille. Je l'appelais le marteau de Thor. Il avait un manche en frêne et une tête d'acier de trois kilos. Le genre grosse masse.

– Pas question, a protesté Zack en agitant les mains dans un geste de défense pas franchement héroïque. Tu ne lances pas ce machin sur moi.

– Bien sûr que je ne vais pas te le lancer, crétin.

Zack s'est détendu.

– Il est bien trop lourd pour être simplement lancé, ai-je ajouté avec un rictus. C'est pourquoi je vais faire un swing.

– Hein ? Un swing ? Comme au golf ?

Avant qu'il ait pu poser davantage de questions, j'ai tendu mon bras vers l'arrière pour prendre de l'élan puis, avec toute mon énergie, ai rabattu le marteau sur mon frère en décrivant un grand arc. Le champ de force de Zack a dévié la grosse tête d'acier comme s'il avait chassé d'une pichenette une peluche sur sa manche. Le marteau a rebondi et mes mains ont été secouées d'une onde de vibrations si violente que j'ai lâché prise. L'outil s'est envolé au ras de ma tête, tout droit vers la porte ouverte ; il est tombé dans le vide et s'est évanoui sous nos yeux. Quelque part dans les buissons du dessous, un coup sourd a résonné, suivi d'un *miaou* étranglé.

– Tu as entendu ça ? a demandé Zack.

– Oui, ai-je dit en grimaçant. Je crois que c'était le chat de Mme Wilson.

– Non, non, pas ça, a-t-il répliqué, les paupières plissées. Ça.

J'ai concentré toute mon attention pour mieux écouter, mais je n'ai perçu que le murmure du vent dans le chêne.

– Je n'entends rien, ai-je commencé, avant de comprendre ce que cela signifiait. Tu dois avoir le pouvoir de super-audition !

Zack a froncé les sourcils.

– Peut-être bien. Mais ça fait plutôt comme un radar dans ma tête. Lorsque je ferme les yeux, je vois un cercle vert lumineux qui balaye les alentours en continu. Chaque fois qu'il y a une personne ou un objet importants, ils s'éclairent en surbrillance et je peux les voir ou les entendre. Mais ce n'est pas en haute définition : tout ce que je peux distinguer, c'est des contours flous.

Il a blêmi.

– Oh, oh.

– Quoi ?

– Quelqu'un est en détresse.

– Peut-être que Mme Wilson vient de trouver son chat, ai-je répliqué avec gêne.

Une curieuse expression a envahi le visage de Zack : ses joues sont devenues aussi rouges que la tomate qui finissait de dégouliner lentement le long du mur.

– Ce n'est pas Mme Wilson, a-t-il répondu d'une

voix qui jouait aux montagnes russes entre le grave et l'aigu.

— Alors qui est-ce ? ai-je demandé.

Mais Zack n'était déjà plus là pour répondre.

En un éclair, il s'était précipité par la porte et avait dévalé l'échelle de corde, trois barreaux à la fois. Je me suis laissé dégringoler derrière lui aussi vite que le permettaient mes pieds plats. Il a bondi sur le sentier qui courait le long de notre maison, pour déboucher sur Moore Street. Je m'attendais à le trouver en plein combat contre un robot géant aux yeux laser ou une horde d'aliens gluants, mais quand je suis arrivé trois minutes plus tard, Zack était hors de vue. Et au lieu des robots et des aliens se trouvait quelque chose de beaucoup plus terrifiant.

5
Lara et Cara

C'était une fille. Et pas n'importe quelle fille. Elle s'appelait Cara Lee. Sa famille avait emménagé l'année dernière à deux numéros de chez nous ; au collège, elle était dans la classe de Zack. En cours de maths, elle s'asseyait devant lui. Je le savais parce que j'avais vu les dessins qu'il faisait d'elle dans la marge de son livre scolaire *Les Équations en s'amusant*. Ils la représentaient tous de dos.

Vue de face, c'était une fille aux grands yeux bruns et aux longs cheveux noirs, plutôt grande. Environ dix centimètres de plus que Zack. Un unique clou d'oreille brillait au bout de son lobe gauche. Les boucles d'oreilles étaient interdites au collège, mais Cara s'en fichait. C'était une rebelle. Mais bon, pas une rebelle comme dans *Star Wars*, ce qui aurait été beaucoup plus cool.

À cet instant, elle était agenouillée sur le rebord du trottoir et parlait à une bouche d'égout.

– Oh, s'il vous plaît, suppliait-elle, dites-moi que ce n'est pas vrai !

Peut-être qu'elle ne parlait pas à la bouche d'égout. Peut-être qu'il y avait quelqu'un en bas, coincé sous la grille. Elle avait bien une petite sœur appelée Lara qui *aurait pu* être frappée par un rayon miniaturiseur et glisser entre les barreaux.

Le jour de la rentrée des classes, je lui avais emprunté un stylo à encre gel (pointe fine, 0,4 mm) et avais un peu oublié de le lui rendre. Chaque fois que je tombais sur elle – dans la rue, dans les couloirs, entre les cours –, elle me demandait où il était passé. La fille du genre énervant. Pas au point de commencer à faire une liste de tous ses côtés énervants, mais pas loin.

C'est alors que j'ai vu Lara surgir au bout de l'allée de leur maison, ce qui signifiait qu'elle n'avait pas été liquidée par un rayon miniaturiseur ni balayée dans une bouche d'égout. Malheureusement. Apercevant sa sœur aînée, elle s'est avancée à grands pas. Lara ressemblait à Cara, mis à part ses cheveux qu'elle portait courts pour révéler des oreilles qui lui faisaient un peu une tête d'elfe ou de Vulcain dans *Star Trek*, comme Spock.

D'où je me tenais, je pouvais percevoir ce qu'elles disaient sans l'aide de la super-audition.

– Maman m'a envoyée te chercher, a annoncé Lara. C'est l'heure de rentrer.

– Je ne peux pas venir maintenant, a gémi Cara. Oh, je n'ai vraiment pas de bol !

– Qu'est-ce qui se passe ?

Cara a fait un geste dépité en direction de la bouche d'égout.

– J'ai laissé tomber mon téléphone. Il est là, en bas. Je peux le voir, mais je ne peux pas l'atteindre.

Avant que je comprenne ce qui m'arrivait, une main m'a attrapé par le col et m'a hissé derrière la clôture de jardin du numéro 126. Un cri m'a échappé lorsque mes pieds ont décollé du sol.

– Chut ! a sifflé Zack. Tu vas attirer leur attention.

Je me suis retrouvé assis par terre à côté de mon frère. Accroupi, hors de vue, il scrutait Cara avec intensité par-dessus la clôture.

La situation m'apparaissait un peu confuse.

– Pourquoi ne veux-tu pas qu'elle te voie ?

– C'est Cara Lee, a-t-il répondu d'une voix haletante, comme si l'explication suffisait.

Et soudain, tout s'est éclairci. Voilà donc la raison de l'étrange attitude de Zack : il pensait que Cara était Némésis ! J'ai passé la tête au-dessus de la barrière pour l'observer. Pouvait-elle être une super-méchante ?

– Ses yeux ont bien un petit quelque chose, ai-je décidé.

– Je sais, a roucoulé Zack. Ils sont si… brillants.

41

J'aurais plutôt dit « malfaisants », mais peu importe. Donc, notre voisine serait l'ennemie jurée de Zack ? Il n'y avait qu'une seule façon de le découvrir.

– Viens, ai-je dit en me redressant avec un geste pour l'inciter à me suivre.

– Où vas-tu ? Baisse-toi avant qu'elle ne te voie !

– C'est bon. Je sais exactement ce que tu penses de Cara.

– C'est vrai ?

– Bien sûr. Et j'ai un plan. Mais nous devons nous approcher d'elle.

– Approcher ? Je ne peux pas l'approcher. Et si elle… tu comprends ?

Je comprenais parfaitement. Il se demandait si Cara n'allait pas dégainer un rayon mortel ou le neutraliser avec son souffle de feu.

– Oui, je comprends, ai-je insisté. Mais nous devons prendre ce risque.

– D'accord, mais je ne peux pas juste me pointer devant elle et commencer à lui parler.

Il avait raison. Cela aurait eu l'air trop suspect. Il nous fallait une excuse pour engager la conversation.

– Elle a perdu son téléphone dans la bouche d'égout. Tu pourrais utiliser tes pouvoirs de télékinésie pour le sortir de là.

– Excellent, a-t-il répondu avec une étincelle dans le regard.

Puis, il a ajouté d'une voix tremblante :

– Et peut-être qu'elle me sera tellement reconnaissante qu'elle…

Il a dégluti et lâché dans un couinement :

– … m'embrassera.

« Oui, ai-je songé, le baiser de la mort. » Mais j'ai gardé ça pour moi. Je ne voulais pas que Zack soit encore plus nerveux qu'il ne paraissait déjà : il était plus agité qu'un kangourou dans une usine de trampolines.

– Ce sera excellent pour tester sur le terrain tes super-pouvoirs, ai-je dit.

– Oui. Pouvoirs. Test. Terrain.

– Souviens-toi simplement de qui tu es.

– Zack Parker.

Aïe. Je l'ai attrapé par les épaules et l'ai vigoureusement secoué.

– Tu es Star Mec.

– Oui. Star Mec. C'est moi. Moi.

Nous sommes passés de l'autre côté de la clôture. Une sensation désagréable m'a envahi lorsque Zack s'est avancé en direction de Cara avec l'air de vouloir s'enfuir à toutes jambes. J'ai soupiré et couru pour le rattraper. Sans le bénéfice de mon expérience, il allait tout faire rater.

– Je ne suis pas ton sous-fifre, d'accord ? ai-je lancé lorsque je suis arrivé à sa hauteur.

Zack a opiné de la tête.

– D'accord.

Cara était penchée sur la grille de métal ; elle grognait et haletait si bien en essayant de la soulever qu'elle n'a pas vu Zack qui se tenait auprès d'elle et se balançait d'un pied sur l'autre. Il a enfin jeté :

– Salut, Cara.

– Salut, Lara, ai-je dit.

Les yeux de la petite sœur se sont rétrécis.

– Où est mon stylo à encre gel, pointe fine de 0,4 mm ?

Tandis qu'elle prononçait ces mots, j'ai pris conscience que si jamais Cara était Némésis, Lara pourrait très bien être sa complice ou son bras droit. Il fallait que je manœuvre avec prudence. Avant que je puisse répondre, Cara a levé les yeux et remarqué Zack.

– Oh, salut. C'est Jack, n'est-ce pas ?

– Oui, a répondu Zack qui souriait à pleines dents comme la marionnette d'un ventriloque.

Je lui ai donné un coup de coude dans les côtes.

– Heu, non, a-t-il corrigé. Je suis Star…

J'ai frappé encore plus fort. Il était sur le point de révéler son identité secrète… et vraisemblablement à son ennemie jurée !

– Zack. Je m'appelle Zack, a-t-il fini par dire.

Elle l'a observé avec attention. Si elle utilisait un pouvoir de télépathie pour entrer dans son esprit, je n'arrivais pas à le détecter.

– Ce n'est pas toi qui es assis derrière moi en cours de maths ?

Les yeux de Zack se sont exorbités de joie.

– Oui. Oui, c'est moi. Et parfois, je suis aussi derrière toi dans la queue à la cantine.

Cara a échangé un regard avec sa sœur. Je ne suis pas expert en filles, mais je n'ai pas eu l'impression que c'était un regard appréciateur.

– Puis-je te sauver ? a lâché Zack.

– Qu'est-ce que tu fais ? ai-je chuchoté. Est-ce que tu *essayes* de te faire repérer ?

Cara s'est redressée. Elle était plus grande que Zack et me dominait largement. Sa boucle d'oreille a capté les derniers rayons du soleil et scintillé comme une supernova dans l'espace.

– Tu veux me sauver ?

Zack a tenté de rattraper sa phrase malheureuse.

– Quand je disais sauver, je ne voulais pas dire « sauver », ce serait un peu bizarre. Et même inquiétant ! Je voulais dire « aider ». Alors, Cara qui est assise devant moi en cours de maths, est-ce que je peux t'aider ?

Elle a haussé les épaules.

– Ça m'étonnerait. J'ai laissé tomber mon téléphone là-dedans et je ne pense pas que tu puisses faire grand-chose, à moins que tu n'aies de très très longs bras sous ta chemise d'uniforme.

Zack a scruté ses manches comme s'il voulait vérifier, puis a répondu :

– Tu sais quoi, je crois que je peux y arriver.

Il l'a écartée du passage et s'est agenouillé près de la bouche d'égout.

Maintenant, c'était à moi de jouer. J'avais élaboré un test Anti-Némésis très simple. Dans les bandes dessinées, certains super-méchants vocifèrent leurs projets de domination du monde derrière des masques, tandis que d'autres parlent avec douceur, sanglés dans de banals complets veston d'homme d'affaires. Mais ils ont tous une chose en commun. Leur rire.

Mouahahaha !

Il allait de soi que si Cara Lee était une super-méchante intergalactique transdimensionnelle à moitié folle, elle aurait un ricanement sardonique de ce style. Donc, il me suffisait de la faire rire pour savoir. C'était là que je devais sortir mes meilleures blagues. Je me suis tourné vers les deux filles.

– Qu'est-ce qu'on obtient en croisant un éléphant et un rhinocéros ?

Leur expression déconcertée indiquait sans nul doute qu'elles se torturaient le cerveau pour trouver la réponse mais, pas de chance, avant que j'aie pu leur asséner la chute irrésistible de ma blague, un gargouillis suivi d'un souffle d'air se sont fait entendre derrière moi.

– Et voilà. Ton Smartphone est *sauvé*.

Zack se tenait planté devant nous et brandissait triomphalement le téléphone. Il l'a tendu à Cara qui ouvrait des yeux stupéfaits.

Elle n'a même pas semblé se formaliser de la bouillasse marron et puante qui le recouvrait.

– Merci. Oh, merci, Zack, a-t-elle lancé avec un rire de soulagement.

C'était plus *hihihi* que *mouahahaha*. Aucun super-méchant digne de ce nom ne rirait comme ça. Cara n'était pas Némésis. Rayonnante, elle a ajouté :

– Tu es mon héros.

Un sourire a fendu la figure de mon frère et s'est élargi de plus en plus, jusqu'à s'enrouler autour de ses oreilles.

Cara cajolait le précieux téléphone.

– Mais comment tu t'es débrouillé pour l'atteindre ?

Zack a fait voleter ses doigts d'un air mystérieux et répondu doucement :

– Si je te le disais, je ne ferais que t'embrasser.

Il a piqué un fard.

– T'embrouiller. Je voulais dire, je ne ferais que t'embrouiller. Pas l'autre truc. T'embrouiller, c'est ça. T'embrouiller, t'embrouiller. Oups. Voilà.

Cara et Lara ont échangé par en dessous un autre de leurs regards méfiants. À cet instant, j'ai compris que Zack n'avait jamais soupçonné Cara d'être Némésis. C'était bien pire que ça. Elle lui plaisait.

– Allez, Lara, a conclu Cara. Maman va se demander où on est passées.

Zack a contemplé Cara qui s'éloignait. J'ai pensé que soit il étudiait l'arrière de sa tête pour faire un

47

dessin, soit il espérait qu'elle allait se retourner pour lui sourire de nouveau.

Mais elle a continué tout droit.

– Bon, on n'a pas totalement perdu notre temps, ai-je dit avec un haussement d'épaules. Maintenant, on sait au moins que tu n'as pas le pouvoir du Regard incendiaire.

Il ne la quittait pas des yeux.

– Et comment on sait ça ?

– À la façon dont tu fixes Cara, si tu avais le Regard incendiaire, tu l'aurais fait fondre.

Zack a pris un air abattu et, bien qu'il soit mon frère, ça m'a fait de la peine pour lui. C'était toujours la même histoire, une histoire que j'avais lue des centaines de fois. Que vous veniez de la planète Krypton ou que vous utilisiez votre fortune pour combattre le crime à Gotham City, être un super-héros pourrissait votre vie amoureuse.

6
Pas cap(e) !

Le lundi soir de la semaine suivante, Zack et moi discutions dans ma chambre. D'habitude, je ne le laissais jamais entrer, ni lui ni personne d'autre, d'ailleurs. Divers panneaux d'avertissement punaisés sur ma porte expliquaient clairement quel destin funeste attendait les intrus. Mais bon, cette fois, l'occasion était spéciale.

– Je ne porterai pas ce truc.

Zack considérait avec dédain le rectangle de tissu fluide que je tenais entre les mains.

– Mais c'est une cape.

J'étais contrarié. J'avais passé le week-end entier à travailler à sa conception au lieu de faire mes devoirs.

– Tous les super-héros ont une cape.

Je savais que ce n'était pas totalement vrai, mais

mon frère était le premier super-héros du monde *réel* ;
et les gens seraient déçus s'il n'avait pas de cape.

Zack a croisé les bras.

– Ce n'est pas une cape, c'est un des rideaux des
toilettes d'en bas.

J'espérais qu'il n'aurait pas remarqué.

– Oui, bon, peut-être qu'elle fait un peu rideau.

J'ai levé la cape devant moi et défroissé le tissu
pour lui montrer le motif.

– Mais regarde, il y a des étoiles. Ce serait parfait
pour Star Mec, non ? On aurait dit que ce rideau
t'attendait. Comme si, une éternité auparavant,
la Guilde des tailleurs de capes cosmiques avait su
qu'un jour viendrait où un super-héros à thématique
étoile aurait besoin de la cape appropriée. Alors,
en attendant le moment fatidique, ils l'ont dissimulée sous l'apparence d'un rideau ordinaire pour
mieux l'exposer à la vue de tous dans les toilettes
du rez-de-chaussée d'une maison de banlieue sans
intérêt…

Zack est d'abord resté bouche bée.

– Tu es complètement cinglé, tu en as conscience,
n'est-ce pas ?

– S'il te plaît, mets-la. Tu sais combien de temps
j'ai passé à coudre les attaches en Velcro ?

Il a ouvert la fenêtre en grand, s'est accoudé sur le
rebord et m'a jeté un œil par-dessus son épaule.

– Si tu crois que je vais me balader dehors avec

un costume fabriqué dans un rideau, tu es encore plus barjot que je ne l'imaginais. Pourquoi ne pas me refiler une paire de collants de maman, tant que tu y es ?

Ma main s'est dirigée vers ma poche, mais une voix intérieure a résonné dans ma tête : « Ne sors pas les collants. »

– Il faut que tu portes une sorte de costume, ai-je dit. Les gens s'attendent à ça.

– Vraiment ? Ce n'est pas parce que les super-héros de BD se trimballent des tenues ridicules que ça veut dire que je dois faire pareil. Il est là, ton problème : tu crois que tout est comme dans les BD. Mais bienvenue dans la vraie vie, Luke. Il est temps que tu sortes la tête de ton monde imaginaire et que tu regardes autour de toi. Il est temps de grandir.

Je l'ai rejoint à la fenêtre ouverte et j'ai contemplé en silence la rue baignée du halo orange des lampadaires. J'ai levé les yeux vers mon frère.

– Et qu'est-ce que tu penses d'un masque ?

Zack a gémi et tendu les bras au ciel. Il s'est mis à arpenter la pièce de long en large en maugréant sur le tissu de rideau et les codes stupides de super-héros. Ma chambre est petite et obstruée en grande partie par le système solaire gonflable qui pend du plafond. Négligemment, il agitait une main à chaque passage sous le mobile afin d'utiliser ses pouvoirs télékinésiques pour le repousser sur le côté. Puis, il s'est arrêté et a claqué des doigts.

– OK, je sais ce que je vais mettre. Attends-moi ici.

Il s'est traîné hors de la chambre et est réapparu cinq minutes plus tard vêtu d'un sweat-shirt à capuche et d'un jean noirs auxquels s'ajoutait une paire de vieilles tennis grises minables.

– Alors, qu'est-ce que tu en dis ? a-t-il demandé tandis qu'il rabattait la capuche d'une chiquenaude pour dissimuler son visage.

– Que les gens penseront que tu vas les dépouiller et pas les sauver.

Je n'ai même pas essayé de cacher ma déception.

– Ce n'est pas juste, ai-je rouspété. Si j'étais Star Mec, j'aurais fait les choses correctement. J'aurais porté une cape.

Zack ne m'écoutait pas. Il a ajusté sa capuche et tiré d'un coup sec sur les cordons pour la serrer autour de son visage, un peu comme une plante carnivore se referme sur sa proie.

– Prends ça, au moins, ai-je proposé.

Je lui ai tendu un badge de métal décoré d'une grappe d'étoiles semblables à celles qui brillaient sur sa poitrine. Elles étaient disposées pour former les lettres S et M et provenaient de vieilles décorations de Noël ; je les avais collées sur une des broches de maman. Elle en avait des tonnes ; une de plus ou une de moins ne changerait rien pour elle.

Zack a pointé la tête hors de sa capuche et examiné le badge avec soin.

– C'est une broche, a-t-il lancé sans paraître impressionné.

– Non, ai-je corrigé. C'est un blason. C'est comme ça que les super-héros appellent leurs emblèmes.

J'ai senti qu'il commençait à fléchir.

– Tu as besoin de quelque chose qui puisse t'identifier comme Star Mec. Allez, Zack, c'est cool.

– C'est *assez* cool, a-t-il admis avant d'épingler le blason sur sa poitrine.

Il a pivoté pour admirer son reflet dans le petit miroir qui faisait partie de mon dispositif de destruction laser destiné à repousser les invasions d'extraterrestres. Je construisais en effet un modèle réduit d'arme à propulsion d'énergie pour orbite de haute altitude. Comme ça, pour m'amuser. Elle ne fonctionnait pas, malheureusement. Zack a humecté un de ses doigts de salive et lissé ses sourcils.

– Bon, et maintenant ? a-t-il dit.

– C'est-à-dire ?

– J'ai les pouvoirs, j'ai le costume, et tu es l'expert. Qu'est-ce qu'on fait, maintenant ?

Il était vraiment en dessous de tout. Il n'y avait pourtant qu'une seule voie possible pour un super-héros débutant.

– Maintenant, ai-je répondu avec un petit sourire, tu combats le crime.

Il a plissé le front.

– Comment ? Oui, bien sûr, je sais que le crime rôde, là, dehors.

Il a fait un geste vague en direction de la fenêtre avant de poursuivre :

– Mais où *exactement* ?

Par tous les aliens gluants de l'espace, fallait-il que je lui fasse un dessin ?

– Utilise ton truc de radar dans ta tête.

– Ah, ouais…

Zack a fermé les yeux puis lancé :

– Waouh !

– Quoi ?

– Il vient de s'allumer de partout, comme un sapin de Noël. Attends, certains éléments sont plus lumineux que d'autres. Je zoome sur le plus brillant.

– Qu'est-ce que tu vois ?

– C'est la boulangerie de Bank Street.

Vol de pains au chocolat. D'accord, ce n'était pas grand-chose mais c'était un début.

– Non, une seconde, a ajouté Zack. C'est la *banque* de Baker Street, la rue des Boulangers.

Je me suis frotté les mains d'excitation.

– Un casse dans une banque ! Nous parlons enfin sérieusement.

Je me suis dirigé à grands pas vers la porte et j'ai décroché mon manteau de la patère.

– Allez, qu'est-ce qu'on attend ?

54

Zack se tenait au milieu de ma chambre et se dandinait d'un pied sur l'autre.

– C'est à quinze kilomètres d'ici. Comment vais-je aller là-bas ?

Certains super-héros peuvent voler. D'autres courir à des vitesses incroyablement rapides. D'autres encore se téléporter dans un endroit en un clin d'œil.

– On pourrait prendre le bus ? ai-je suggéré.

– Ça va prendre des heures, a-t-il répondu avec l'air de ronger son frein. Les cambrioleurs auront fini bien avant que j'arrive.

– On y va à vélo ?

– Nan, un de mes pneus est crevé.

J'entendais presque son enthousiasme s'échapper de lui avec un sifflement, comme l'air de son pneu dégonflé.

– Et de toute façon, a-t-il ajouté, maman ne laissera aucun de nous sortir un soir où il y a école le lendemain.

C'était vrai. Je me suis lourdement assis sur mon lit et me suis pris la tête dans les mains. Les méchants du monde pouvaient se considérer à l'abri de la fureur vengeresse de Star Mec, à moins qu'ils ne commettent leurs crimes entre seize heures quarante-cinq et dix-sept heures trente les jours de semaine. Et pas trop loin de notre maison.

Mais les week-ends et les jours fériés, gare à eux. Oh, ouais. Gare à eux !

À moins qu'ils ne se lèvent tôt.

Zack avait son atelier théâtre à la première heure le samedi matin et, le dimanche, papa insistait pour qu'on le rejoigne dans la remise afin de l'aider à un projet de bricolage. En ce moment, nous participions à la réalisation d'un égouttoir pour la cuisine.

– Si nous parlions à maman et papa de mes super-pouvoirs, a dit Zack d'un air songeur, alors peut-être qu'ils accepteraient de nous déposer ?

– Tu veux que maman et papa te déposent sur les scènes de crime ?

– Ouais.

– C'est la pire des idées. Non mais, réfléchis un peu. Est-ce qu'ils devront attendre dans la voiture pendant que tu arrêteras les cambrioleurs de banque ? Ou maman pourra-t-elle en profiter pour faire un peu de shopping ? Et si papa ne trouve pas de place pour se garer ? Il lui faudra tourner autour du pâté de maisons jusqu'à ce que tu aies terminé, et il déteste ça.

À cet instant, maman nous a appelés du rez-de-chaussée et a mis un terme à notre conversation. Cinq minutes auparavant, j'étais sur le point d'embarquer pour une aventure passionnante avec mon super-héros de frère. Maintenant, au lieu de faire l'expérience de ma vie et de déjouer un casse de banque, on m'annonçait que c'était l'heure du bain.

7
La légende est en marche

Il était quatorze heures quarante-sept, le samedi d'après, lorsque Zack a enfin réalisé quelque chose de vraiment héroïque. Je sais qu'il était exactement quatorze heures quarante-sept parce que nous sortions de *Planète Krypton* et attendions à l'arrêt de bus qui se trouve juste devant, sur High Street. Pour la première fois, j'avais réussi à persuader Zack de venir avec moi dans cette librairie de bandes dessinées : je lui avais dit que s'il voulait apprendre à être un super-héros, quels meilleurs professeurs pourrait-il trouver que Spiderman et Batman ? Maintenant, notre sélection d'albums sous le bras, nous guettions le bus 227. Il était prévu pour quatorze heures quarante-sept. Et il était à l'heure.

– Ce n'est pas normal, ai-je fait remarquer.

– Pourquoi ce ne serait pas normal ? a dit Zack qui prenait le bus plus souvent que moi. Le 227 est plutôt ponctuel.

– Je ne voulais pas parler de ça, ai-je répondu un doigt tendu vers le véhicule qui approchait. Regarde.

Un bus descendait la rue en trombe, et faisait de folles embardées d'un côté à l'autre de la rue ; son klaxon beuglait comme un animal effrayé. Il a heurté la bordure de la chaussée, affolé les gens sur le trottoir, qui ont pris la fuite, puis dépassé à toute allure une rangée de voitures qui attendaient au feu rouge, non sans arracher au passage leurs rétroviseurs tel un géant détachant les ailes d'une mouche. Au moment où il plongeait dans notre direction, j'ai vu le conducteur qui bataillait contre le volant, le visage blême de terreur.

En un éclair, j'ai deviné ce qui se passait.

– Les freins ont lâché…

Les portes de *Planète Krypton* se sont ouvertes en grand et un troupeau de gamins s'est précipité à l'extérieur pour voir d'où provenait toute cette agitation.

Le bus a accroché une voiture en stationnement ; déséquilibré, il a poursuivi sa course infernale sur deux roues. Un enjoliveur, propulsé tel un missile air-air à courte portée, s'est envolé au-dessus de la tête d'un policier et a traversé la vitrine d'une quincaillerie. Le bus était presque couché sur le côté, sa carrosserie de métal crissait sur le revêtement de la chaussée et laissait derrière elle une gerbe d'étincelles qui faisait penser à l'amorce d'une bombe.

– Zack, ai-je murmuré, il faut que tu fasses quelque chose.

Il a rabattu sa capuche sur sa tête et s'est avancé d'un pas décidé jusqu'au milieu de la chaussée, afin de se placer sur la trajectoire directe du bus qui approchait.

Quelques-uns des enfants de la librairie se sont mis à faire des commentaires en montrant la scène du doigt :

– Regardez ce crétin !

– Qu'est-ce qu'il fabrique ?

– Il va se faire tuer !

Le dernier à parler, un garçon roux avec des taches de son, a sorti son téléphone portable à la hâte et touché l'icône « caméra » pour commencer à filmer.

Zack s'est planté sur ses jambes, les deux bras écartés. Il s'apprêtait à utiliser son pouvoir de télékinésie pour arrêter le véhicule hors de contrôle. Je l'avais vu déplacer une lampe torche ou peler une pomme de terre, mais ce n'était rien comparé à un bus londonien à étage. J'osais à peine regarder. Zack a baissé la tête avec un air de concentration farouche pour invoquer son super-pouvoir.

Le bus poursuivait sa route. Le bruit du métal froissé résonnait de manière terrifiante. Puis, juste au moment où Zack semblait être sur le point de se faire écraser, quelque chose d'incroyable s'est produit. L'avant du bus s'est soulevé, bientôt suivi par tout le reste du véhicule. Zack se tenait là, bras tendus comme un haltérophile, tandis que le monstre lévitait au-dessus de sa tête.

High Street, le samedi après-midi, est d'ordinaire extrêmement bruyante mais, à cet instant, elle a plongé dans un silence total, hormis les grincements du bus suspendu et le couinement des roues qui continuaient à tourner.

Les trottoirs étaient noirs d'une foule médusée. Les automobilistes avaient arrêté leurs voitures et contemplaient la scène, bouche bée.

En douceur, Zack a fait redescendre le bus au sol. Mais toutes ces acrobaties étaient trop extrêmes pour le vieux véhicule : ses articulations ont laissé entendre un gémissement et ses suspensions se sont affaissées. Dans un soupir qui ressemblait à un souffle d'agonie, les portes hydrauliques se sont ouvertes et les passagers ont émergé sur des jambes flageolantes, étourdis mais parfaitement indemnes.

Les gamins de *Planète Krypton* ont été les premiers à retrouver leur langue. Comme moi, ils avaient attendu et rêvé toute leur vie de voir une chose pareille arriver et ils ont explosé en folles acclamations.

Les passants se sont joints à eux : les gens applaudissaient et criaient de joie.

Je me tenais à proximité du groupe d'enfants euphoriques, mais aucun ne me prêtait la moindre attention. Leur excitation était telle qu'ils en riaient presque.

– Tu as vu ça ?

– C'était hallucinant !

– Qui est-ce ?

J'ai placé ma main devant ma bouche et toussé pour lâcher :

– Star Mec.

– Je crois qu'il s'appelle Star Mec, a dit l'un d'eux.

– Star Mec ? Cool, a renchéri un autre.

– Dommage qu'il n'ait pas de cape, a commenté un troisième.

J'ai grincé des dents.

– Tu crois qu'il dédicacerait ma BD ? s'est demandé à voix haute le garçon roux aux taches de son.

À peine avait-il suggéré cette idée que tout le groupe a semblé la trouver excellente : ils ont couru vers mon frère en brandissant leurs derniers numéros de X-Men ou de Strange. Je leur ai emboîté le pas. Ce n'est pas que je tenais particulièrement à avoir l'autographe de Zack, mais je voulais juste être sûr qu'il n'allait pas commettre de bourdes pour son premier contact avec le public. Tandis que je me rapprochais, j'ai reconnu un visage parmi les derniers passagers qui quittaient le bus cabossé. C'était Cara Lee. Toujours sonnée par l'épreuve, elle a trébuché à sa descente du marchepied et, dans un cri, atterri pile dans les bras de Star Mec.

– Je vous tiens, mademoiselle.

Je ne crois pas que Zack l'ait tout de suite reconnue, mais lorsqu'elle s'est remise debout, ils se sont retrouvés face à face – ou face à capuche – et il s'est aperçu dans un sursaut à qui il avait affaire.

– Merci, a-t-elle soufflé.

Il a incliné la tête ; elle a lancé un regard inquisiteur à son sauveur à capuche. L'espace d'un instant, j'ai été sûr qu'elle avait identifié le type un tantinet bizarre qui vivait dans sa rue.

– On s'est déjà rencontrés ? a-t-elle demandé.

– Heu… je… nous… hum…

Heureusement, Zack s'est soudain retrouvé débordé par une foule de gens qui réclamaient son attention et Cara a été balayée par le mouvement.

– Star Mec ! a crié un des garçons de la librairie qui agitait un exemplaire de *L'Étonnant Spiderman*. Tu es… étonnant ! a-t-il ajouté de manière pas très imaginative.

– Wahou ! Comment tu as arrêté ce bus ! a dit un deuxième.

Il a imité la posture et le geste des bras de Star Mec, et ajouté son propre bruitage :

– *GRRRAOUUM !* Tu as utilisé la Manipulation de Gravité, c'est ça ?

– Mais non, a coupé son acolyte avec mépris. Je parie que c'était le Magnétisme.

– N'importe quoi, a lancé le garçon juste à côté. C'était le Contrôle.

62

Les autres l'ont regardé sans comprendre.

– Le Contrôle ?

Il a haussé les épaules, un peu embarrassé.

– Le Contrôle… des Vents. Évidemment.

– Pourquoi portes-tu une broche ? a demandé le gamin aux cheveux roux.

– Ce n'est pas une broche, a répliqué Star Mec avec assurance. C'est un blason.

– Ooooh, se sont exclamés tous les garçons de *Planète Krypton*.

Le policier qui s'était fait décoiffer par l'enjoliveur volant a poliment mais fermement écarté la bande d'excités. Il voulait une déposition du héros du jour. Costaud, la figure rougeaude, il a sorti un crayon et un bloc-notes.

– Nom, s'il vous plaît ?

– Za…, a commencé mon frère avant de me voir faire le geste de me trancher la gorge.

– Star Mec, a-t-il moitié piaillé, moitié grogné.

Un peu plus tôt cette semaine, nous avions débattu dans la cabane de la façon dont il devrait s'exprimer en public en tant que Star Mec. Je lui avais expliqué qu'il était important qu'il déguise sa voix afin que personne ne puisse l'identifier comme Zack Parker : il avait donc essayé différentes tonalités avant d'en choisir une basse et rocailleuse. Le seul problème, c'était ce truc de puberté. Papa n'avait pas menti : la voix de Zack changeait bel et bien, parfois au milieu d'une phrase. Il coassait du grave à l'aigu comme une grenouille attachée à une fusée de feu d'artifice.

L'agent a fait une drôle de tête.

– Redites-moi ça.

Sous sa capuche, je savais que Zack rougissait. Il s'est éclairci la voix et a essayé de nouveau.

– Star Mec.

Le policier a noté dans son carnet :

– Prénom : Star. Nom : Mec.

Zack a tenté de le corriger :

– Non, je ne voulais pas dire… Tant pis.

– Pourriez-vous retirer votre capuche, monsieur Mec ?

– Non, a rapidement répondu Zack. Je ne peux pas faire ça.

– Et pourquoi ?

– Heu… hum, a bégayé mon frère.

« Oh, oh », me suis-je dit. Nous n'avions pas parlé de l'attitude à adopter dans ce genre de situation. Zack allait tout faire capoter, ça ne faisait aucun doute. Dans deux secondes, le monde connaîtrait sa véritable identité. J'ai préféré détourner le regard.

– Je suis atrocement défiguré, a-t-il fini par dire. Je suis tombé dans une cuve de produits chimiques et mon visage est… vous savez, trop effrayant pour être vu en public. Ouais, c'est comme ça.

Pas mal. Pas mal du tout. Je n'aurais jamais pu imaginer ça aussi vite. J'avais bien une critique :

traditionnellement, tomber dans une cuve de produits chimiques engendrait plutôt des super-méchants que des super-héros, mais j'ai laissé couler pour cette fois.

– Atrocement défiguré, vous dites ? a répété le policier qui plissait les yeux et se penchait légèrement pour tenter de lorgner sous la capuche de Zack.

Mon frère a tiré sèchement sur les cordons pour la resserrer : elle s'est fermée comme un rideau de fer.

– Oui, a-t-il répondu d'un ton neutre. Atrocement.

Le policier a reculé en toussotant, un peu gêné. Il a bataillé un instant avec son carnet pour arriver sur une page blanche.

– Alors, monsieur Mec, pouvez-vous m'expliquer comment vous avez…

Il a agité son crayon avec l'expression d'un homme qui savait qu'il allait demander quelque chose de très très stupide, mais ne pouvait y échapper car les règles sont les règles.

– Comment vous avez… élevé le bus dans les airs ?

– Télékinésie, a répondu Zack.

Autour de lui, un murmure stupéfait est monté de la foule des spectateurs. De leur côté, les enfants de la librairie de bandes dessinées ont fait un signe de tête entendu.

– Biiien, a poursuivi le policier d'un ton peu convaincu, son crayon en suspens au-dessus de son carnet. Et comment vous épelez ça ?

Zack n'a pas eu le temps de répondre car, au même moment, une voix s'est élevée de la foule :

– Où est-il ? Où est le merveilleux jeune homme qui m'a sauvé la vie ?

La voix appartenait à une minuscule vieille femme aux cheveux blancs. Elle portait une robe à pois violets et jaunes qui ressemblait à l'éruption de boutons d'une vilaine maladie. Avec sa canne qu'elle utilisait comme un bélier d'assaut, elle a forcé le passage jusqu'au premier rang de la foule et laissé derrière elle un sillage d'orteils écrasés et de chevilles meurtries.

Plantée devant Zack, elle a fourragé dans son sac de la taille d'un petit astéroïde.

– Je veux vous offrir quelque chose.

– Ce n'est vraiment pas nécessaire, madame, a répliqué Zack, une main levée. Je n'accepte ni argent ni médailles. Je fais cela pour le bien de l'humanité.

Nous avions répété cette partie. La réplique sur le bien de l'humanité était de moi.

Mais la vieille dame ne cherchait pas son porte-monnaie. À la place, elle a extirpé un rouge à lèvres qu'elle a ouvert pour tartiner ses lèvres ridées. Puis, elle les a arrondies en cœur comme pour un baiser.

– J'ai quatre-vingt-treize ans, vous savez.

Les gens les observaient avec impatience. C'est la difficulté, avec les personnes âgées : on leur passe tout parce qu'elles sont presque mortes.

Je savais que Zack rêvait de sauver Cara et d'être

récompensé par un baiser. La réalité était plus fripée et soixante-dix-neuf ans plus vieille. Il a baissé la tête de telle façon que le visage de la vieille femme s'est retrouvé absorbé par la capuche. Un horrible bruit de succion est venu de l'intérieur. Comme s'ils ne faisaient qu'un, les enfants de *Planète Krypton* ont tous grimacé avec horreur et produit à l'unisson un glouglou proche du yaourt s'écoulant dans une tuyauterie. Mais les autres ont poussé des acclamations. C'était clairement ce que le public attendait de ses superhéros : sauver les promeneurs du samedi des bus fous furieux et embrasser les vieilles dames. Les caméras des téléphones portables ont immortalisé ce moment. Je crois même que j'ai vu quelqu'un lancer un chapeau en l'air. Ou était-ce un hamster ? Et c'est comme ça que tout est arrivé. Grâce aux problèmes mécaniques du bus 227 et à Mme Doris Stevens, quatre-vingt-treize ans, résidant sur Station Street face au restaurant de raviolis chinois à emporter, la légende de Star Mec était née !

8
Identité secrète

Le garçon roux aux taches de son qui avait enregistré les exploits héroïques de Star Mec les a immédiatement publiés en ligne sur Internet. Dans les minutes qui ont suivi, la séquence, intitulée *Star Mec contre le 227*, affichait déjà trente vues. Une heure plus tard, c'était trois mille. À la fin de la journée, un quart de million de personnes avait regardé mon frère arrêter un bus incontrôlable grâce à la télékinésie. À la fin de la semaine, Star Mec était plus célèbre que le plus mignon des chats du Web et seulement deuxième après la vidéo d'une nouvelle danse hawaïenne qui enflammait la planète et consistait essentiellement à se réunir très nombreux pour exécuter un truc qui s'appelait le Hula Hoop du Robot.

Dans la section « commentaires » de centaines de

blogs et de sites Internet, on pouvait lire les mêmes débats passionnés. Il y avait des gens qui croyaient que la vidéo était réelle – qu'ils regardaient un véritable super-héros avec de véritables super-pouvoirs. Et puis il y en avait d'autres convaincus qu'il ne s'agissait que d'une campagne publicitaire orchestrée par une grosse production hollywoodienne à venir.

Ça ne me vexait pas que certains ne croient pas à Star Mec. J'étais triste pour eux. Ils préféraient chercher des raisons pour prouver que c'était un canular plutôt que d'accepter de rêver.

– Papa, pourquoi ils disent que Star Mec n'existe pas ? ai-je demandé un matin au petit déjeuner.

Zack m'a jeté un regard furieux. Il n'aimait pas que je ramène le sujet des super-héros devant nos parents, au cas où quelque chose aurait pu leur mettre la puce à l'oreille. Papa a englouti une pleine cuillère de corn flakes sans lever la tête de son journal.

– On les appelle des sceptiques, a-t-il expliqué entre deux bouchées de céréales croustillantes.

– Sceptiques ? Ça me fait penser à une race d'aliens squelettiques qui veulent quitter leur planète mourante et élaborent des plans ignobles pour conquérir la Terre et transformer tout le monde en nuggets humains.

Papa a brandi sa cuillère.

– Ou…

Il a décrit un petit cercle avec son couvert.

– Ou, un sceptique peut être quelqu'un qui remet en question les faits ou ce que les autres gens tiennent pour acquis.

Il a levé les sourcils, comme pour dire : « Cette définition ne te paraît pas meilleure ? »

– Et c'est bien d'être sceptique, a-t-il poursuivi. C'est toujours bien de s'interroger sur ce que les autres gens racontent.

J'ai réfléchi une seconde.

– Même sur ce que toi, tu racontes ?

– Ah, a-t-il répondu, la cuillère soudain rabaissée. Ah…

Je l'ai vu échanger un regard avec maman ; j'étais content de ne pas être face à celui qu'elle lui a jeté.

– Oui, tu peux remettre en question ton *papa*, a-t-elle annoncé, mais jamais ta maman. Sous ce toit règne la République populaire antidémocratique de maman, et j'en suis le chef suprême. N'oublie pas ça.

Maman disait souvent des trucs dans le genre. Je crois que c'était censé être drôle, mais je n'ai pas compris. Peu importe, j'avais des choses beaucoup plus importantes en tête.

– Vous pensez que Star Mec existe, n'est-ce pas ?

J'ai observé mes parents tour à tour.

– J'aimerais vraiment, a répondu papa. Le monde aurait bien besoin d'un super-héros.

– Oui, qu'il soit un super-héros ou juste un héros

normal, a ajouté maman. Mme Lee du bas de la rue est heureuse qu'il ait été là. Sa Cara était dans le bus.

Zack s'est redressé en entendant ce nom. Jusque-là, il était resté plongé dans son devoir d'histoire. Il nous a scrutés avec curiosité par-dessus l'écran de son ordinateur portable.

– Qui sait ce qu'il serait arrivé si ce gars n'avait pas empêché le bus de s'écraser quelque part, a poursuivi maman avec un lent hochement de tête à cette terrible pensée. Qui qu'il soit, Cara ne parle plus que de lui.

Il y a eu un tintement puis un bruit de vaisselle brisée à côté de moi. Zack avait renversé son bol. Le lait et les céréales, tels le sang et les entrailles d'une victime de meurtre, s'étalaient en une mare sur le sol. Il s'est excusé et est parti chercher une serpillière.

Maman a repoussé sa chaise et s'est mise à débarrasser les bols survivants.

– Allez, la troupe. École pour vous deux, et direction la mine pour nous.

Maman et papa n'étaient pas mineurs pour de vrai. Je ne suis même pas sûr qu'il y ait une mine près de chez nous. Mais maman trouvait ça rigolo de nous répéter régulièrement cette phrase. Je ne voyais pas pourquoi. L'idée de descendre au fond d'une mine est hyper-intéressante. On peut y découvrir des trésors de pirates ou troubler le sommeil de monstres mutants tentaculaires, enterrés depuis le dernier âge de glace.

En réalité, mes parents travaillaient ensemble dans un bureau, pour une compagnie d'assurances.

Après cet incroyable samedi après-midi, Zack s'est attelé à maîtriser davantage ses pouvoirs. Quand l'école était finie, nous transformions le parc pour enfants en laboratoire d'essais improvisé. Zack utilisait son pouvoir Radar pour vérifier qu'il n'y avait personne pour nous épier dans les parages, puis son pouvoir de télékinésie pour faire bouger toutes les balançoires en même temps. Il s'attaquait ensuite au reste des jeux un par un : il faisait virevolter le tourniquet et osciller le tape-cul, jusqu'à ce que tout le parc donne l'impression d'héberger une horde de petits fantômes. Pour tester son champ de force, je lui décochais des pierres de plus en plus grosses depuis le haut du toboggan. Il les détournait toutes.

Nous savions que Zack avait trois autres pouvoirs restés inconnus jusqu'à maintenant. Une question cruciale demeurait : était-il capable de voler ? À mon avis, un super-héros qui ne peut pas voler ne joue pas en première catégorie. Alors, un soir, j'ai décidé d'en avoir le cœur net.

– Hé ! Mais tu viens d'essayer de me faire tomber de la cabane ! s'est exclamé Zack qui vacillait sur le seuil de la porte.

– Non. Enfin, peut-être un peu. Je veux juste savoir si tu peux voler. Tu n'es pas curieux ?

– Pas au point de sauter d'un arbre de cinq mètres de haut.

J'ai scruté les alentours pour dénicher une meilleure option.

– Tu as raison, ai-je conclu. Ce n'est presque pas assez haut.

J'ai jeté un œil vers la maison.

– Nous devrions aller sur le toit.

– Est-ce que tu essayes de me tuer ? a fait Zack avec un mouvement de recul. Je suis sûr que c'est ça. Tu es toujours jaloux que je sois devenu un super-héros et pas toi.

Il n'avait pas tort. J'étais encore jaloux et le serais toujours. Comment pouvait-il en être autrement ? Mon frère vivait *mon* rêve.

– Tu sais ce que je crois ? a continué Zack. Je crois que tu es Némésis. *Tu* es mon ennemi juré.

Ça aurait été cool. Je voyais déjà l'histoire dans ma tête. Deux frères. Deux chemins. Deux destinées qui s'affrontent. Mais Zack oubliait un élément important.

– Némésis est une fille, lui ai-je rappelé.

En dépit de mon acharnement à le convaincre que c'était pour son bien, Zack a refusé de sauter du toit ; cela signifiait que nous ne pouvions vérifier s'il savait voler. Pour l'instant.

Dans l'intervalle, il a poursuivi le perfectionnement de son pouvoir Radar et réparé à distance le pneu

73

de son vélo : ce qui a démontré qu'il était en mesure d'intervenir sur des incidents situés à quinze kilomètres du lieu où il se trouvait. En une seule semaine, il a sauvé un bébé d'un bâtiment en flammes, soutenu un pont qui menaçait de s'écrouler en pleine heure de pointe et mis fin à un cambriolage dans une bijouterie. Il faisait quotidiennement les premières pages de la presse locale, et les journaux télévisés nationaux et internationaux ne parlaient que de lui. Si on lançait une recherche sur Internet, on pouvait lire des articles et regarder des vidéos dans des douzaines de langues différentes. Star Mec se disait Estrella Muchacho en espagnol et Stjärna Pojke en suédois.

La chose que tout le monde brûlait de savoir, c'était sa véritable identité. Qui était ce garçon sous la capuche ? Des équipes de télévision du monde entier observaient la rue principale, le centre commercial et le parc dans l'espoir de surprendre Star Mec en action. On ne pouvait plus acheter un paquet de bonbons à l'épicerie du coin sans que la première chaîne d'informations du Japon vous plante une caméra sous le nez et vous demande un commentaire.

Au collège, Cara Lee s'était bâti une réputation encore plus cool qu'auparavant. Depuis que les autres enfants avaient vu la vidéo où elle tombait du bus fou dans les bras du super-héros, elle était devenue une célébrité.

Toute cette ébullition autour de Star Mec me

posait problème : car moi, je savais qui il était. Je savais que sa glace préférée était banane avec des pépites de chocolat et des éclats de noisette. Je savais qu'au fond d'un de ses tiroirs, il conservait un slip Thomas le Petit Train, qui ne lui allait plus depuis des années mais qu'il refusait de jeter. Je savais que dans les moments de grande angoisse, il suçait toujours son pouce.

Et je ne pouvais le dire à âme qui vive.

Au début, c'était bizarrement gratifiant de détenir un secret que le reste des gens ignoraient. Et pas un de ces vieux secrets rassis, comme qui est amoureux de qui à l'école, ou qui a dégonflé les pneus de la Volkswagen du directeur adjoint… Mais un secret qui était le plus énorme au monde, cet été-là. Et c'était le mien et celui de Zack. De personne d'autre. Avec seulement nous deux pour le porter, il était bien lourd. Et comme Star Mec devenait de plus en plus célèbre, il devenait de plus en plus lourd à porter.

9
Sergio

À l'école, garder le secret de Zack était particulièrement difficile car mes amis ne parlaient plus que de ça. Mon meilleur copain, Sergio, est devenu obsédé par Star Mec ; il est italien et a donc été privé d'un véritable modèle de super-héros dans son enfance puisqu'ils sont tous américains. Je l'admets, je peux moi-même être vraiment en boucle sur ce sujet, mais avec Star Mec, Sergio a complètement perdu la boule.

Il dessinait des BD Star Mec, publiait un fanzine Star Mec et animait un forum Internet Star Mec. Quand nous n'étions pas à l'école, il portait un costume Star Mec, ce qui était très perturbant pour moi. De loin, pour sa plus grande joie, je n'arrêtais pas de le confondre avec le véritable super-héros et risquais chaque fois de tout trahir par accident. Il me suffirait de crier « Zack ! » par erreur pour faire surgir un tas de questions embarrassantes.

Sergio est plus petit que moi et doit utiliser un inhalateur pour son asthme. Mais je dois avouer qu'il inhale avec beaucoup de style.

– *Vsitttt !* a fait Sergio qui inspirait une longue bouffée de Ventoline.

Ce samedi matin, nous étions sur High Street, devant l'Abribus de *Planète Krypton*. Sergio insistait pour venir une fois par semaine à l'endroit où Star Mec s'était révélé au grand jour pour la première fois. En cours d'éducation religieuse, nous avons appris que des gens faisaient de longs et difficiles voyages vers certains lieux sacrés pour honorer Dieu. Ça s'appelle un pèlerinage. C'est ce que faisait Sergio. Même si le voyage n'était pas spécialement long et difficile, à peine une douzaine d'arrêts de bus. Et nous achetions toujours des glaces ensuite.

– C'est à cet endroit même, a commencé Sergio d'une voix vibrante d'admiration, que Star Mec a utilisé ses pouvoirs psy-cho-kiné-tiques pour la *prima* fois afin de sauver la *bella* Cara Lee.

Pour une raison inconnue, lorsque les gens parlaient de cette journée, ils oubliaient la vieille femme et le reste des passagers. C'est comme s'ils avaient été effacés de l'histoire. Maintenant, la seule image qui restait – imprimée sur des milliers de T-shirts et de posters punaisés sur d'innombrables murs de

77

chambres – était celle de Star Mec rattrapant Cara Lee au moment où elle tombait du marchepied.

– Tu t'imagines ce que ça a dû être, d'avoir été là, sous cet Abribus, et d'observer la scène ?

De toute évidence, je n'avais pas besoin de beaucoup d'imagination puisque j'avais fait partie des témoins. Mais nous en avions parlé Zack et moi, et avions conclu qu'il serait plus prudent de ne pas dire aux gens que j'avais assisté aux débuts de Star Mec. Nous ne voulions pas qu'un super-méchant fasse le lien entre moi et la vraie identité du super-héros. Il y avait bien un passage de la vidéo tournée ce jour-là où l'on pouvait entrapercevoir ma main droite qui tenait une pile de BD, mais aucune des séquences ne montrait mon visage.

Un long couinement s'est fait entendre lorsque Sergio a fait courir sa main humide sur la vitre de l'Abribus.

– Peut-être que Star Mec a posé la main sur cette même vitre…

Il a louché sur le panneau d'informations électronique.

– Peut-être que Star Mec a regardé ce même panneau d'informations électronique…

Il a pénétré sous l'Abribus et s'est agenouillé pour caresser les sièges de plastique.

– Peut-être que Star Mec a posé son *sedere* sur ce même siège…

Si seulement il savait combien Star Mec était proche de lui. Bon, d'accord, le petit frère de Star Mec. Mais quand même, s'il savait, cela illuminerait sa journée. Son année. Sa vie ! Et franchement, quel mal y aurait-il à le lui dire ? Juste à lui, bien sûr. Et il n'aurait le droit d'en parler à personne. Je sentais les mots me brûler les lèvres. J'ai ouvert la bouche mais, au lieu de mon secret, il n'en est sorti qu'un long soupir. J'ai lâché :

– Tu as fini, maintenant ? On peut y aller ?

Sergio a fait la moue et dit non de la tête.

– Pas encore. J'ai rédigé un serment.

– Un serment ?

– *Si*. Tu sais, c'est ce que proclament les superhéros juste avant de faire une action super-héroïque.

Il s'est éclairci la voix, a placé une main sur sa poitrine et prononcé :

– Par mes super-pouvoirs cosmiques,
Héros aux heures les plus fatidiques,
Je suis Star Mec, étoile de lumière,
Protecteur du monde et de l'univers.

C'était atroce. Plus gluant qu'une usine de pots de miel.

– Alors, qu'est-ce que tu en penses ? a fièrement demandé Sergio.

J'ai marqué une pause.

– C'est… intéressant.

– Ça rime, a-t-il fait remarquer, très content de lui.

– Oui, je m'en étais aperçu. C'est très rim… ant. Juste pour que je comprenne bien, tu veux que Star Mec dise ça? À voix haute?

– C'est l'idée.

– Et comment va-t-il en entendre parler?

– Par la rumeur. Je vais répandre ce serment. Partout. Sur mes forums de discussion Star Mec. Dans mon fanzine. Il finira par arriver aux oreilles de Star Mec et les choses suivront naturellement.

Ça n'arriverait jamais. À aucun prix Zack n'accepterait de clamer un truc aussi mauvais que le serment pourri de Sergio.

– Génial. C'est génial, Sergio. Maintenant, on peut y aller?

Il a vivement secoué la tête de droite à gauche.

– Ah, *no*. Il faut que j'aille là-dedans.

Il s'est dirigé vers *Planète Krypton*. Je n'y étais pas retourné depuis le fameux jour. Pour être honnête, ma passion pour les histoires de super-héros avait un peu faibli depuis l'arrivée de Star Mec dans ma vie. Avant, lire des bandes dessinées, c'était comme voyager dans un autre monde. Maintenant, ça équivalait à faire un tour dans le salon. Tant et si bien que pour échapper à mon quotidien, j'avais commencé à lire des livres sur des enfants ordinaires qui menaient des vies hyper-réalistes, difficiles, dans des cités HLM

lugubres ; des romans dont le principal rebondisse-
ment était le moment où le héros est accepté dans
l'équipe de football, ou arrêté par la police pour avoir
volé une voiture.

Sergio a disparu à l'intérieur de la boutique. Je ne
le savais pas encore mais, en le suivant, j'étais sur le
point de me trouver face au plus grand danger que
Star Mec ait jamais affronté.

10

Les aventures de Star Mec

Planète Krypton faisait partie d'un empire. Mais pas comme l'Empire galactique ni même l'Empire romain. Il y avait douze librairies *Planète Krypton* éparpillées en Grande-Bretagne, et je n'étais pas certain qu'elles aient jamais eu un projet de conquête du monde. C'était donc un petit empire. Bien qu'elles fussent toutes partie de la même entreprise, chaque boutique était unique. À l'intérieur, elles étaient décorées pour évoquer des forteresses de glace, des stations spatiales, ou des repaires de super-héros.

Celle de notre rue principale n'était pas la plus grande, mais elle s'étendait quand même sur deux étages, dont un en sous-sol. L'entrée ressemblait au comptoir d'enregistrement futuriste d'une base de lancement, où le personnel faisait semblant de nous scanner pour savoir si nous représentions une menace potentielle. C'était plutôt cool, bien qu'à mon avis, les effectifs de sécurité n'étaient pas en nombre suffisant pour empêcher de pénétrer quiconque se serait révélé être un dangereux Xénomorphe avec de l'acide à la place du sang et un certain penchant pour la chair humaine.

Une fois dans les lieux, le thème de l'espace se retrouvait partout. L'ensemble de la boutique était conçu pour faire penser à une base lunaire au beau milieu d'une invasion d'aliens. Le rez-de-chaussée était constitué d'une série d'habitacles en forme d'igloo reliés entre eux. À l'intérieur de chacun clignotait une batterie vertigineuse de tableaux de commande ; par les hublots, on apercevait le vide d'un noir d'encre du cosmos. Des lumières scintillaient, les plafonds dégoulinaient de morve verte d'aliens. Des formes indistinctes rôdaient à l'entrée de sas d'accès où vrombissaient des ventilateurs. Sur des écrans d'ordinateur clignotaient des signaux rouges d'alerte maximale. Où que l'on soit, on pouvait entendre la voix synthétique d'une femme étrangement calme, qui égrenait avec régularité un compte à rebours jusqu'à autodestruction totale de la base, puis recommençait encore et encore – cela créait une ambiance intéressante mais devait être particulièrement pénible pour les gens qui travaillaient là. Oh, et puis il y avait des bandes dessinées et des magazines. Des tonnes de bandes dessinées et de magazines. Les étagères et les bacs qui débordaient des tout derniers albums étaient adroitement intégrés dans les murs et les planchers.

Au sous-sol, que l'on ne pouvait atteindre que par navette spatiale (c'est-à-dire l'ascenseur), la rutilante base lunaire brillamment éclairée laissait place à des grottes suintantes destinées à évoquer les derniers jours d'une civilisation alien sinistrée. Des puits de lave et des cratères émergeaient du sol qui était noyé en permanence dans un brouillard vert vif, sortant des murs par des bouches d'aération. Sur une porte, un panneau annonçait : SAS – ACCÈS RÉSERVÉ AU PERSONNEL AUTORISÉ. Un des caissiers m'avait dit un jour que c'était les toilettes des employés. Au fond, une caverne abritait une zone appelée « collections spéciales ». Là se trouvaient les magazines les plus rares et les plus chers pour riches collectionneurs. Sur une des parois, un exemplaire du numéro 1 d'*Action Comics*, un célèbre journal où Superman est apparu pour la première fois, était encadré : il valait des millions mais n'était pas à vendre. Je pense que cet exemplaire était une copie. Au-dessus du cadre pendait un pistolet laser à côté d'un panneau annonçant que les voleurs seraient atomisés. Mais ce n'était pas un vrai pistolet laser et, si j'avais un exemplaire authentique du numéro 1 d'*Action Comics*, je me serais assuré d'avoir une arme qui fonctionnait correctement.

Tous les gens qui travaillaient à *Planète Krypton* portaient le même uniforme : une combinaison rouge quadrillée de poches et de fermetures Éclair, une casquette à visière noire ornée d'un *PK* qui se détachait en lettres d'or, des bottes vernies noires et une ceinture dorée avec des compartiments pour ranger quelques accessoires indispensables, comme un pistolet à étiqueter les prix ou un lecteur de cartes de crédit.

Un responsable de la sécurité, affublé du même uniforme, nous a scrutés avec attention, Sergio et moi, lorsque nous sommes passés à travers le détecteur du comptoir d'enregistrement de la base spatiale. La machine a émis un bourdonnement tandis qu'une intense lumière bleue s'est lentement déplacée sur notre corps, de la tête aux pieds. Au sommet du détecteur, un voyant vert a clignoté pour indiquer que nous étions autorisés à entrer. Tout était faux, bien sûr, mais ce rituel donnait à chaque visite dans le magasin un air d'occasion exceptionnelle, comme si on arrivait vraiment à bord d'une base lunaire reculée.

À l'autre bout de la boutique, quelque chose a capté l'attention de Sergio.

– Ah, voici ce que je cherchais ! a-t-il lancé avec excitation.

Il a bondi vers une longue table où s'agglutinaient d'avides lecteurs, encadrés par des employés de *Planète Krypton*.

C'était le lancement d'un nouveau titre : l'événement est toujours un grand moment dans le monde des fans de BD, mais il semblait particulièrement significatif aujourd'hui. Au-dessus de la table, une affiche annonçait : « Les aventures de Star Mec ».

Je me suis dit que j'étais peut-être toujours à moitié aveuglé par la lumière bleue éblouissante du détecteur. Je me suis frotté les yeux et ai regardé de nouveau. La réalité s'est imposée à moi. Trop occupé à me concentrer sur le vrai Star Mec, il ne m'était jamais venu aux oreilles que quelqu'un avait créé une version en bande dessinée de sa légende pour se faire de l'argent sur son dos. J'ai forcé le passage pour griller toute la queue.

— Vous ne pouvez pas faire ça ! ai-je tempêté auprès du premier vendeur de *Planète Krypton* que j'ai eu sous la main, un homme flasque et rondouillard avec une combinaison rouge enflée comme une manche à air pleine de pastèques.

Il s'est contenté de hausser les épaules et a continué de distribuer les magazines, tous numéro 1 de la série. Il y en avait des piles entières autour de lui et elles baissaient rapidement. J'ai attrapé un exemplaire et m'en suis servi pour en frapper la table.

— Vous n'avez pas le droit de vendre des histoires de Star Mec !

— Et qui a décidé ça ? a demandé le vendeur grassouillet.

– Moi, ai-je répliqué sèchement.

Il a levé un sourcil.

– Ah ouais, et qui es-tu ?

– Je suis… je suis…

Oh, comme j'aurais voulu lui dire qui j'étais ! Ça lui aurait cloué le bec en un éclair. Mais les mots ne sont pas sortis.

– Tu es qui, toi ? a-t-il insisté d'un ton pressant. Non, attends. Ne dis rien. Je sais. Tu es… Star Mec !

Il a ricané et les boutons de ses joues ont trembloté comme de la gelée. Les autres vendeurs et la plupart des gens de la file d'attente se sont esclaffés à leur tour. Tout le monde se moquait de moi.

– Bon, a fait le vendeur, fatigué de sa blague. Soit tu achètes le magazine, soit tu dégages pour laisser la place à ceux qui le veulent vraiment.

Bouche bée d'indignation mais totalement impuissant, je me suis éclipsé. Sergio m'a rejoint quelques instants plus tard, un exemplaire de la BD serré contre lui. Je n'arrivais pas à croire qu'il l'avait effectivement acheté, surtout après avoir été témoin de mon esclandre.

– Comment as-tu pu ? ai-je demandé.

Haletant légèrement, il a répondu d'un ton haché.

– C'est une BD. Je suis le fan numéro 1 de Star Mec. Comment aurais-je pu résister à ces deux tentations en même temps ?

Avant que j'aie pu objecter quoi que ce soit, une sonnerie stridente s'est fait entendre depuis l'entrée du magasin. Une lumière rouge clignotait en haut du détecteur. Quelque chose avait déclenché le système d'alerte antialien.

Debout dans l'étrange halo rougeoyant se tenait une silhouette en jean, baskets et T-shirt blanc avec « Ne m'énervez pas » imprimé en lettres vertes.

C'était Lara Lee.

– Qu'est-ce qu'elle fait là ? ai-je demandé à Sergio.

Il a haussé les épaules.

– Qui pourrait le savoir ? Les femmes sont un mystère. Un mystère plus grand que Mystério lui-même.

Lara portait une sacoche de cuir usé en bandoulière et le faux agent de sécurité lui a fait signe de l'ouvrir. À contrecœur, elle lui a tendu la besace pour inspection. Il en a sorti un masque à gaz de la Seconde Guerre mondiale.

– C'est pour quoi faire ?

Il agitait le masque devant la figure de Lara.

– C'est contre les attaques au gaz, a-t-elle lâché sèchement.

– Vous pensez qu'il y a un risque ?

– Il vaut mieux prévenir que guérir.

L'agent a pris un air renfrogné et poursuivi son exploration. Cette fois, il a extirpé de la sacoche un tube à essai en verre fermé par un bouchon de liège.

À l'intérieur clapotait un liquide violet d'aspect répugnant. Il l'a examiné avec la plus grande méfiance.

– C'est une bombe puante ?

– Quelle accusation ridicule ! a répliqué Lara.

– Donc, ça ne vous dérange pas si je renifle ça, n'est-ce pas ?

Il a froncé le nez pour se préparer à l'examen. Sa main s'est approchée du bouchon. Lara a tendu la sienne pour s'interposer.

– Non ! Ne faites pas ça.

– Je n'en avais pas l'intention, a répondu l'agent de sécurité. Je pense que je ferais mieux de garder tout ça avec moi pendant que vous êtes dans le magasin, *madame*.

Lara a commencé à protester mais, lorsqu'elle s'est aperçue que cela n'allait pas arranger ses affaires, elle a filé, non sans marmonner sombrement contre les atteintes aux droits de l'homme. Puis, elle m'a aperçu et quelque chose d'étrange s'est produit.

– Bonjour, Luke, m'a-t-elle lancé avec un sourire amical.

Vous voyez ce que je veux dire ? Hyper-étrange. C'était la première fois en plus d'un an qu'elle me saluait autrement qu'avec des questions sur le devenir de son stylo à encre gel (pointe fine, 0,4 mm).

Sergio a toussé poliment pour lui rappeler qu'il était là, lui aussi.

– Tu connais Sergio ?

– Bonjour, a dit Lara.

Mon copain s'est accoudé avec décontraction au comptoir le plus proche et a pris une bouffée de son inhalateur.

– Chouette T-shirt, a-t-il fait remarquer. Ça met en valeur la couleur magnifique de tes yeux.

Sergio savait toujours quoi raconter aux filles. C'était une sorte de super-pouvoir. Et on aurait dit que tout le monde l'avait, sauf moi.

Lara nous a examinés chacun notre tour avec attention. J'ai eu l'impression de passer de nouveau au détecteur.

– J'ai besoin de votre aide, a-t-elle fini par annoncer.

C'était plutôt inattendu.

– Ah bon ? ai-je lâché. Pour quoi faire ?

Elle a souri avec lenteur.

– Nous allons démasquer Star Mec.

11
Le plan F

J'ai senti ma bouche se dessécher instantanément. Lara Lee voulait que moi, entre tous, je l'aide à révéler la véritable identité de Star Mec. Alors que je pouvais tout simplement lui dire son nom. Zack Parker. Mon grand frère.

– Techniquement, a commencé Sergio, tu ne peux pas *démasquer* Star Mec puisqu'il ne porte pas *uno* masque.

Elle a fait claquer sa langue avec agacement.

– Je disais cela *métaforêstement*.

J'étais à peu près sûr que ce n'était pas le bon mot, mais ce n'était pas le moment de le lui faire remarquer.

– Vous n'avez pas envie de savoir qui il est vraiment ? a-t-elle demandé tandis qu'elle étudiait nos réactions.

– Heu… je… Ouais…, ai-je bégayé.

– Ouais ?

Elle paraissait outrée.

Sergio s'est frotté le menton d'un air pensif.

– Personnellement, je suis un peu partagé. D'un côté, *sì*, j'adorerais connaître le secret. Mais d'un autre côté, tout savoir gâcherait, comment dire… le mystère.

Lara a froncé les sourcils.

– Et toi, Luke ? Peur de gâcher le *mystère* ?

J'avais plutôt peur de ce qui arriverait si Zack apprenait que j'avais aidé à le démasquer. Et pourquoi Lara y tenait-elle autant ? Elle ne pouvait sûrement pas être Némésis. Déjà, parce que je l'avais entendue rire des tas de fois et qu'elle gloussait comme une bécasse. Et puis, j'étais plus grand qu'elle. Il arrive parfois que dans les histoires le super-méchant soit la dernière personne qu'on puisse imaginer. Mais là, ce serait vraiment ridicule.

– Pourquoi est-ce si important pour toi de savoir qui il est ? ai-je demandé.

– C'est le boulot d'un reporter d'enquêter sur des trucs.

Évidemment. Lara écrivait dans le journal de l'école ; il s'appelait *Le Globe* et avait déjà été interdit quatre fois pour avoir répandu des rumeurs calomnieuses sur divers professeurs. Je ne savais pas ce qu'étaient exactement des rumeurs calomnieuses, mais je devinais qu'elles étaient pires que des rumeurs ordinaires. Et maintenant, voici que Lara avait reniflé une histoire alléchante à tirer de Star Mec. Elle n'était peut-être pas Némésis, mais déjà bien assez dangereuse.

– Cela serait le scoop du trimestre, a-t-elle dit dans un souffle. Encore plus énorme que l'année dernière lorsque Jill Jameson a révélé toute la vérité scandaleuse sur le concours de chiens du quartier.

– Mais pourquoi as-tu besoin de nous ? ai-je demandé.

– Parce que j'avais un plan génial mais qu'à cause de l'autre bouledogue, il est tombé à l'eau.

Elle a désigné du doigt l'agent de sécurité qui se tenait à la porte.

– C'était quoi ton plan ? s'est enquis Sergio.

– Eh bien, tout d'abord, il s'intitulait Plan A, a-t-elle annoncé avec fierté.

– Bien vu, a commenté Sergio.

– Et le Plan A consistait à faire évacuer tous les gens de la boutique grâce à une bombe puante de ma fabrication pendant que je portais le masque à gaz ramené de la Seconde Guerre mondiale par mon grand-père…

À côté de l'agent de sécurité, ses affaires confisquées étaient pendues à un crochet.

– … Mais le Plan A est resté dans cette sacoche.

Sergio a hoché la tête.

– Donc, nous sommes le Plan B.

Elle nous a longuement regardés puis a pincé les lèvres. J'avais déjà vu cette expression avant, en cours de sport, quand les capitaines choisissaient leurs équipes et qu'il ne restait plus que Sergio et moi au milieu de la cour. Elle a poursuivi :

– Appelons-le Plan… F.

Elle nous a entraînés vers un coin tranquille derrière une découpe en carton de trois ninjas grandeur nature équipés de propulseurs dans le dos.

– Avez-vous regardé la vidéo de Star Mec sur Internet ? a-t-elle demandé.

– Je dois y avoir jeté un œil, ai-je annoncé avec décontraction.

Je n'allais pas lui dire que j'apparaissais *dedans*.

– Avez-vous vu Star Mec arriver en volant pour arrêter le bus ?

Voler ? Elle n'était peut-être pas aussi maligne qu'elle le pensait. J'ai lancé :

– Ben non, bien sûr que non, Star Mec ne peut pas voler.

Elle a claqué des doigts.

– Exactement ! Ce qui veut dire qu'il devait déjà être dans les parages quand le bus a perdu le contrôle.

Elle a formé un rond avec deux de ses doigts pour imiter l'objectif d'une caméra et fermé un œil.

– À en juger par l'angle d'où la vidéo a été prise, j'estime que lorsqu'il a vu pour la première fois le

227 descendre High Street, il se tenait à l'arrêt de bus qui se trouve juste devant cette librairie de bandes dessinées.

Elle avait raison. Je n'allais pas pour autant le confirmer.

– Et ce n'est pas tout. Dans la vidéo, on peut voir que Star Mec a quelque chose qui dépasse de sa poche arrière. J'ai examiné la séquence avec attention et identifié de quoi il s'agissait.

Sur l'étagère la plus proche, elle s'est emparée d'un magazine et a désigné la couverture. C'était un numéro de *Savage Wolverine*, le mutant griffu.

Sergio avait l'air perdu.

– Wolverine était dans la poche arrière de Star Mec ?

J'ai ressenti un léger malaise. Je voyais où Lara voulait en venir. J'ai balancé :

– Star Mec avait une BD dans sa poche.

– Bingo !

Elle m'a donné une claque sur l'épaule. C'était une claque d'une force inattendue qui aurait pu facilement me laisser un bleu.

– Ce qui signifie qu'il aurait pu être dans cette même librairie juste avant qu'il n'accomplisse son exploit.

Elle avait encore raison.

– On ne peut pas entrer ici avec une capuche sur la tête, a-t-elle poursuivi.

La politique de *Planète Krypton* en matière d'admission dans le magasin était effectivement : pas de capuche, pas de casque, pas de masque. Ce que j'avais toujours trouvé un peu fort, considérant que la plupart des personnages de leurs BD étaient déguisés d'une façon ou d'une autre.

Lara a désigné le plafond où un œil électronique noir pivotait lentement sur lui-même au bout d'un court bras métallique.

— Je pense donc qu'il a été filmé par une de ces caméras de surveillance *sans* sa capuche.

Elle était arrivée au bout de ses brillantes déductions et j'ai remarqué que les pointes de ses oreilles d'elfe étaient roses d'excitation.

— Tout ce qui nous reste à faire, c'est de regarder les enregistrements vidéo de cette journée et nous verrons le visage de Star Mec.

C'était un désastre. Une catastrophe. Un désastrophe ! Zack et moi étions passés dans la librairie, exactement comme elle l'avait deviné. Et il ne faisait aucun doute que nous avions été filmés par une des nombreuses caméras réparties dans tout le magasin.

Il fallait que je l'empêche d'obtenir cette vidéo.

— Tu dois m'aider à récupérer l'enregistrement, a déclaré Lara, son regard planté dans le mien. En fait, tu es la clef de mon nouveau plan.

Oh non, les choses s'aggravaient de seconde en seconde.

– Moi ?

J'ai vigoureusement secoué la tête en signe de dénégation.

– Non. Je ne sais pas ce qu'est une clef. Je suis le gars sans clef, si tu veux savoir. On ne me laisse même pas avoir celle de chez moi. Si je me retrouve dehors ou qu'il y a une urgence, notre voisine Mme Wilson a un double, mais je n'aimerais pas avoir à lui demander, pas après avoir lâché un marteau sur son chat. Même si c'était un accident. Et qu'il boite juste un petit peu.

Lara m'a regardé d'un air interrogateur.

– Mais de quoi tu parles ?

– De clefs. C'est toi qui as commencé avec ça.

Elle a soupiré et attrapé mon bras. Celui qu'elle m'avait déjà meurtri.

– Viens avec moi.

– Je… je ne peux pas, ai-je bafouillé. J'ai plein de trucs à faire. J'ai des devoirs.

– Ça attendra. Et de toute façon, tu me dois un service.

– Pas du tout.

– Oh, si. Un mot suffit…

Elle a levé un doigt.

– … stylo à encre gel, pointe fine, 0,4 mm.

– Ça ne fait pas un mot, ai-je protesté.

Mais elle s'est contentée de sourire. Elle me tenait à sa merci. Si seulement je lui avais rendu son stylo débile, je ne serais pas dans ce pétrin. J'étais pourtant certain que dans le grand ordre du monde, un stylo – même à encre gel – ne valait pas l'identité secrète d'un super-héros.

Nous avons pris tous trois l'ascenseur jusqu'au sous-sol. Lorsque les portes ont glissé pour se refermer et que le générique de l'ancienne série télévisée *Batman* – joué, pour une raison étrange, à la flûte de pan – a envahi le petit habitacle, j'ai commencé à transpirer. Comment avais-je pu en arriver là, à aider Lara à démasquer Star Mec ? C'était un cauchemar. Les super-héros avaient besoin de discrétion. Le fait était avéré. Les seuls super-héros qui pouvaient vivre au grand jour étaient du type Iron Man, et il y réussissait uniquement parce qu'il était milliardaire. Zack avait bien de l'argent de poche, mais on ne peut pas mener le train de vie d'un super-héros avec quatre livres cinquante par semaine.

Mon T-shirt était collant de sueur et je sentais une grosse goutte descendre de mon front pour venir chatouiller le bout de mon nez. Je m'accrochais à une pensée rassurante, comme à une bouée dans une piscine infestée de requins : les gens qui possédaient *Planète Krypton* ne laisseraient jamais une reporter junior comme Lara visionner les enregistrements des caméras de sécurité.

– Je sais ce que tu penses, a dit Lara. Les gens qui possèdent *Planète Krypton* ne laisseront jamais une reporter junior comme moi visionner les enregistrements des caméras de sécurité. C'est ça ?

C'était quoi le truc avec cette fille… ? Pouvait-elle lire dans mon esprit ? Encore une avec des super-pouvoirs.

– Je ne pensais rien de pareil, ai-je menti.

– Eh bien, tu as raison. C'est pour cela que nous n'allons pas leur demander la permission.

Et moi qui croyais que c'était sa sœur, la rebelle.

– Ce n'est pas un peu… illégal ?

– Pas du tout. Ce que nous faisons s'appelle une action d'utilité publique. C'est ce que disent les journalistes quand ils enfreignent la loi et, du coup, c'est légal.

Ça ne m'avait pas l'air légal du tout. Ça ressemblait même précisément à une infraction.

– J'ai toujours voulu participer à *uno* casse, a commenté Sergio, qui ne paraissait pas se rendre compte que Lara nous menait tout droit vers le genre d'ennuis qui se terminent par un coup de fil à la maison d'un policier à la voix glaciale.

Lara était aussi impatiente que Sergio de s'engager dans l'aventure.

– Et quand on arrive avec une histoire qui est meilleure que toutes celles des autres journalistes au monde – *et c'est le cas de celle-ci* –, on gagne un prix qu'on peut mettre sur son étagère ; j'ai déjà fait de la place sur celle de ma chambre. Et après ça, il y a aussi ta photo à côté de tous les articles que tu écris dans les journaux…

Elle a dessiné une signature imaginaire dans les airs.

– … Lara Lee, journaliste primée.

Sergio a hoché la tête avec enthousiasme, et ils se sont tous deux mis à bavasser sur les trophées, la célébrité et les étagères de chambre à coucher.

J'avais tellement souhaité, un peu plus tôt ce jour-là, raconter à Sergio le secret de l'identité de Star Mec. J'avais envie de soulager ma conscience. Je voulais que les gens soient impressionnés par ce que je savais. Pour être honnête, une petite partie de moi rêvait aussi de faire payer à Zack le fait qu'il soit un super-héros et pas moi. Mais là, c'était différent. Lara voulait étaler son visage partout dans *Le Globe* et, à cet instant, je ne savais plus qu'une chose : je devais l'en empêcher.

J'avais une idée. J'allais faire semblant de l'aider mais, en vérité, j'allais tout mettre en œuvre pour saboter ses efforts. Comme une sorte d'agent double. Moi vivant, le Plan F serait un bide. Un gros bide. Mémorable.

L'ascenseur a grommelé jusqu'à l'arrêt complet, et les portes se sont ouvertes sur le paysage alien familier baigné d'un halo verdâtre maladif. Ça sentait les toilettes.

La plupart des gens se trouvaient à l'étage du dessus

au lancement de la nouvelle BD Star Mec ; en bas traînaient une poignée de clients et encore moins d'employés en uniforme rouge. Nous avons progressé en file indienne sur le sol noyé de brume, contourné les faux pièges et les puits de lave. L'inquiétante voix générée par ordinateur, qui comptait à rebours jusqu'au démarrage du programme d'autodestruction avait atteint quarante. Je savais que lorsqu'elle arriverait à zéro, elle reprendrait à partir de cent, comme d'habitude ; mais, à cet instant, j'avais vraiment le sentiment que notre temps était compté.

– Baissez-vous ! a sifflé Lara.

Nous nous sommes accroupis derrière un gros rocher en plastique. J'ai regardé Lara. Je ne me considérais pas comme un ange, mais elle, c'était autre chose. Elle était sauvage, téméraire, se précipitait tête la première vers le danger comme une héroïne de jeu vidéo qui sait que, même si elle glisse du haut de la falaise, tout ira bien, qu'elle se régénérera et sera à nouveau fraîche comme une rose. Si j'avais su tous les ennuis qu'elle allait m'attirer quand je lui ai emprunté son stylo à encre gel (pointe fine, 0,4 mm), j'aurais plutôt essayé d'avoir le crayon de Rupashi Singh.

Nous avons lentement relevé la tête de derrière notre rocher.

– C'est là, a dit Lara, un doigt pointé vers la porte marquée « SAS ». Voilà notre cible.

– Les toilettes du personnel ? ai-je demandé, un peu surpris.

– C'est ce qu'ils veulent te faire croire, a-t-elle expliqué en se tapotant l'aile du nez. Mais regarde.

J'ai scruté la semi-obscurité en direction de la porte. Une silhouette rouge se tenait juste à côté, parfaitement immobile.

– C'est un agent de sécurité, a poursuivi Lara. Il contrôle les caméras de surveillance.

– Alors pourquoi est-il à l'extérieur des toilettes ?

– Ce ne sont pas des toilettes ! a-t-elle coupé sèchement. Et il doit être en train de prendre sa pause.

– J'ai l'impression qu'il est armé, a ajouté Sergio qui plissait les yeux pour mieux le distinguer parmi les ombres mouvantes. Oh non, attendez, ce n'est pas un pistolet semi-automatique avec système de vision nocturne laser. C'est un hot dog.

« C'est vrai qu'on peut facilement les confondre », ai-je pensé.

– Tu vois, a commenté Lara, il prend sa pause déjeuner. Maintenant, suivez-moi.

Elle s'est collé le dos au mur et nous l'avons imitée pour progresser centimètre par centimètre vers le sas, en prenant garde d'échapper à la vue du gardien qui dévorait son casse-croûte. Tandis que nous nous rapprochions à pas de loup, un fort gargouillis s'est fait entendre du côté de Sergio. Il a mis ses mains sur son ventre et pris un air contrit.

– Pardon, a-t-il murmuré. C'est la pensée de ce délicieux hot dog. Ça me donne faim.

Son estomac a poussé un grognement.

– Je ne peux plus continuer, a-t-il lâché.

– Mais si, tiens bon, ai-je répondu. Nous ne t'abandonnerons pas.

– Il le faut.

Les gargouillis se sont faits plus insistants.

– Laissez-moi. Vous devez tous deux accomplir cette mission. Faites-le pour moi. Faites-le pour l'It… je veux dire, le Royaume-Uni.

– Tu es sûr ?

– *Sì*. Je vais m'en sortir.

Il a désigné un point par-dessus son épaule.

– Je crois que j'ai vu un distributeur de friandises par là.

Nous nous sommes serré la main. Puis Sergio a embrassé Lara sur les deux joues, ce qui, avec une fille, faisait quand même plus italien. Il s'est redressé, a levé une main pour nous saluer avec raideur, puis a disparu à la recherche d'un Twix. Et probablement d'une barre de Mars, à mon avis.

Le compte à rebours avant autodestruction a atteint quinze.

Nous étions presque à la porte. Elle ne comportait pas de poignée ordinaire, mais un petit clavier en guise de système de fermeture.

– Oh non, il faut un code pour ouvrir, ai-je chuchoté, secrètement soulagé malgré mon faux air déçu. Quel dommage, ai-je grogné en espérant ne pas trop en rajouter. Si près du but et pourtant… Mais qu'est-ce que tu fais ?

Lara, penchée sur le verrou numérique, s'était mise à pianoter sur le clavier. Elle énonçait les chiffres à haute voix chaque fois qu'elle appuyait sur la touche correspondante.

– Cinq… Deux… Un… Neuf…

Dans un enchaînement de cliquetis, la porte s'est ouverte en grand.

J'ai ouvert une bouche tout aussi grande, tel un poisson rouge médusé.

– Mais… Comment as-tu su ?

– C'est l'adresse du magasin. 5219, High Street, a-t-elle répondu avec un haussement d'épaules. C'était plutôt évident, non ?

Avant que je puisse répliquer, une voix étouffée s'est élevée de l'obscurité ambiante.

– Qui va là ?

L'agent de sécurité a émergé de son recoin sombre, son hot dog brandi comme une menace. Il ne nous avait pas encore vus mais quelques pas de plus et il serait sur nous.

– Trois secondes avant autodestruction, a annoncé la voix synthétique.

Pour être honnête, je n'ai jamais été au top dans les situations tendues.

– Deux secondes avant autodestruction.

Calme-dans-la-Tempête n'a jamais été mon surnom. Bon, évidemment, ce serait un surnom plutôt inhabituel pour n'importe qui, mais… ce n'est pas la question.

Lara m'a poussé par la porte ouverte.

12
Piratage

Les déductions de Lara étaient justes – nous n'étions pas dans les toilettes du personnel.

Nous avions débarqué à l'intérieur du poste de contrôle de *Planète Krypton*. Avant que vous n'imaginiez un repaire à la pointe de la technologie avec des opérateurs aux yeux rivés sur des rangées d'écrans de surveillance et équipés de casques et de micros pour annoncer des trucs comme : « Intrus niveau 47 ! Lâchez la meute de robots ! », il vous faut savoir que des toilettes auraient sûrement été plus impressionnantes que le spectacle qui nous attendait.

C'était une pièce poussiéreuse, sans fenêtres, pas plus grande qu'un placard à balais. Appuyé contre un mur se tenait un bureau à moitié affaissé avec une chaise pivotante à roulettes, qui avait connu des jours meilleurs côté roulettes. Une lumière tremblotante émanait d'un moniteur encombrant posé sur le bureau à côté d'une vieille unité centrale et d'un clavier couvert de miettes et de taches de thé. L'écran diffusait des images qui provenaient des caméras disséminées dans le magasin et qui changeaient à intervalles réguliers pour montrer des angles différents. Brièvement, une vue du distributeur de friandises du rez-de-chaussée est apparue, et j'ai aperçu Sergio qui contemplait les différents choix proposés comme un chat à l'affût devant un aquarium.

Lara a chassé une miette du clavier et l'a examinée avec d'immenses yeux sombres.

— Cela provient du pain du hot dog, a-t-elle conclu, un sourcil levé. À en juger par la taille de cette miette, j'estime que l'agent de sécurité aura fini son déjeuner dans moins de six bouchées avant de retourner à son poste. Une bouchée toutes les trente secondes nous donne trois minutes. Quatre avec la moutarde.

Lara m'a regardé, guettant visiblement une réaction. Comme elle devait s'y attendre, je ne voyais pas où elle voulait en venir.

— Luke, c'est à toi, a-t-elle dit avant de tirer la chaise pivotante.

— Tu veux que je m'assoie sur la chaise ?

Elle a fait une grimace.

— Ce sera plus confortable pour pirater les caméras de surveillance.

– Pirater… les… caméras ?

– Oui. Pourquoi est-ce que tu crois que je t'ai engagé dans cette mission ?

– Heu, je pensais que je devrais faire diversion. Comme une bombe puante ou… un troupeau de gnous.

– Un troupeau…

Elle a marqué une pause et retroussé les lèvres.

– … de gnous ? Juste par curiosité, c'est quoi un gnou ?

– Je ne sais pas, ai-je avoué. J'ai paniqué. C'est la première chose qui m'est venue à l'esprit. Je ne suis même pas sûr de savoir à quoi ressemble précisément un gnou. Je crois que ça doit être un genre de vache. Mais avec du flair.

Je voyais à son expression qu'elle se demandait si je blaguais. Pour information, j'étais sérieux. J'en connaissais aussi peu sur les gnous que sur le piratage informatique. Dans un couinement, elle a fait glisser la chaise jusqu'à moi. J'ai attrapé le dossier d'une main, avalé une goulée d'air et pris place. J'ai fait couiner la chaise dans l'autre sens pour reculer vers le bureau.

– Tu veux que je pirate le système de sécurité pour récupérer des images de Star Mec ?

Elle a hoché la tête.

– Tu es un garçon. Les garçons savent faire ces trucs.

– C'est comme dire que toutes les filles savent faire de la pâtisserie.

D'un coup sec, elle a fait pivoter la chaise pour que je me retrouve face à l'écran, s'est penchée à mon oreille et a sifflé :

– Je suis ceinture noire de cupcakes. Maintenant, vas-y.

Les yeux vides, j'ai regardé le clavier. Lara était loin de se douter qu'elle faisait mon propre jeu. Non seulement je voulais que ces images restent dissimulées à jamais mais je n'avais de toute façon absolument aucune idée de la manière de me les procurer. Elle m'avait choisi pour une tâche pour laquelle j'étais totalement incompétent. Génial ! Cependant, je me suis dit qu'il valait mieux commencer par répondre à ses attentes et j'ai donc appuyé sur quelques touches, froncé les sourcils et poussé de nombreux soupirs. Au bout d'un moment, je m'y suis carrément cru. Je ne connaissais rien au jargon des pirates informatiques, mais ce n'était pas ça qui allait m'arrêter. J'ai repoussé brutalement le clavier avec un air de fausse exaspération.

– C'est inutile, ai-je dit. L'interface Schweitzer du système est verrouillée plus sûrement que le laboratoire secret d'Oscorp. Celui qui a conçu ce programme savait ce qu'il faisait. J'ai des Über-Bots périphériques à ne plus savoir qu'en faire. Et c'est comme le fichier extra-crack, eh bien, il est complètement… heu… cracké.

Je me suis éloigné du bureau d'un coup de roulettes et ai secoué la tête pour la convaincre de ma
frustration. J'ai levé les yeux pour voir si elle avalait
mon histoire, mais elle était déjà penchée au-dessus
du clavier.

– Voilà, a-t-elle dit, tandis que ses doigts voletaient sur les touches et qu'un menu s'affichait. C'est
le répertoire de sauvegarde.

D'un mouvement de hanches, elle m'a éjecté de la
chaise et s'est placée en face du moniteur. Son visage
luisait dans le halo produit par l'écran.

Elle a navigué avec dextérité à travers quelques
autres menus puis s'est assise.

– C'est ça, a-t-elle conclu avec excitation. Regarde.

Elle a placé le curseur au-dessus d'un dossier daté
du jour où Zack s'était précipité pour la première fois à
la rescousse de l'humanité en tant que Star Mec. Lara
était à un double-clic de révéler la véritable identité
du super-héros. Si je voulais l'arrêter, je devais le faire
maintenant. Il fallait que je fasse diversion. Il n'y a
jamais de gnous quand on en a besoin.

– Je crois que j'entends l'agent de sécurité, ai-je
murmuré.

Avec un regard inquiet vers la porte à moitié fermée, Lara a plongé une main dans sa poche et en a
extirpé une clef USB à grande capacité. Elle a copié
le dossier sur la clef avant de la réintroduire dans son
jean, bien à l'abri. J'allais devoir mettre la main dessus.

La porte s'est ouverte en grand d'un coup sec. À côté de moi, j'ai entendu Lara lâcher un halètement de terreur. J'ai retenu ma respiration, paré à l'inévitable. Quelques bruits de frottements ont annoncé une silhouette qui a peu à peu émergé dans la faible lumière du poste de contrôle.

– *Buongiorno*, a soufflé Sergio, son inhalateur de Ventoline dans une main et un paquet de chips au vinaigre dans l'autre.

Lara a soupiré de soulagement.

– Barrons-nous d'ici, a-t-elle lancé en se précipitant vers la porte. Ce hot dog ne va pas durer éternellement.

13
Cet ordinateur
n'a rien de maléfique

Lara, Sergio et moi étions assis dans le bus qui nous ramenait chez nous. Elle n'arrêtait pas de bavasser à propos de l'article qu'elle allait écrire sur Star Mec cet après-midi même, pendant que je réfléchissais au meilleur moyen de lui faire les poches ; mais j'ai laissé tomber cette option vu que je n'avais rien d'un de ces garnements aux doigts agiles qui dépouillaient les bonnes gens dans le Londres de l'époque victorienne. Sergio nous a quittés à l'arrêt suivant. Plus que deux avant celui de Lara et moi. Il me fallait un miracle.

Ou plutôt, une invasion d'extraterrestres.

J'avais souvent songé que si j'étais un chef suprême alien maléfique, je débuterais mon invasion de la Terre grâce à une onde magnétique foudroyante qui neutraliserait tous les appareils électriques de la planète. Les terriens seraient alors à ma merci, les systèmes de défense complètement à plat, les réseaux d'énergie au point mort, le monde entier dans l'incapacité de faire griller une tranche de pain. Même si toaster une tartine ne serait sûrement pas la première chose qui viendrait à l'esprit des humains paniqués lorsque mon puissant vaisseau mère galactique vomirait ses forces d'attaque atmosphériques et répandrait le souffle mauvais de la destruction alien à travers la planète. Et anéantirait des cibles stratégiques. Comme mon école. Ou le dentiste.

Une onde électromagnétique effacerait les données de la clef dissimulée dans la poche de Lara en une nanoseconde. Par la fenêtre, j'ai louché sur le ciel et scruté les formations de nuages avec espoir.

– Qu'est-ce qu'il y a ? a demandé Lara.

J'ai désigné un énorme cumulus noir.

– Tu ne trouves pas que ça ressemble à un vaisseau mère alien ?

Lara m'a dévisagé avec un regard bizarre.

– Tu sais, t'es vraiment encore plus étrange que je pensais, a-t-elle dit.

Mais pas méchamment.

Avant que j'aie eu le temps de dire ouf, nous étions arrivés à notre arrêt. Nous avons fini à pied les derniers cinq cents mètres jusqu'à Moore Street et marqué une pause devant sa maison. J'avais échoué dans ma mission. Demain, la vie de Zack s'étalerait en couverture du *Globe*.

– Bon ben, au revoir, ai-je lancé avant de m'éloigner sur le trottoir, cherchant déjà le moyen d'annoncer l'horrible nouvelle à Zack.

Se faire démasquer ne donnerait sûrement rien de bon pour sa future bataille contre Némésis. Si Zol le Guignol disait vrai, le monde entier – *deux* mondes entiers – tournoyaient en ce moment au fond de la cuvette des toilettes galactiques à cause d'un reporter junior décidé à balancer le scoop de l'année scolaire.

– Où vas-tu ? m'a crié Lara, la clef USB dans la main. Tu ne veux pas savoir ce qu'il y a là-dessus ?

Quelques minutes plus tard, nous étions dans la chambre de sa grande sœur Cara. Mais sans Cara.

Nous nous sommes frayé un chemin à travers des amas de vêtements en boule et de chaussures abandonnées jusqu'à un bureau près de la fenêtre qui surplombait un petit terrain bordé d'une palissade de bois. Au-delà, j'apercevais notre cabane, deux jardins plus loin. Zack s'y trouvait probablement seul à l'heure actuelle. Soit ça, soit il était quelque part en train de sauver des gens et d'arrêter des criminels.

– Cara est de sortie cet après-midi, a expliqué Lara. Avec Matthias.

– Ah, d'accord, ai-je répondu, pas tellement intéressé.

Lara a pris un air contrit, vexée par mon manque de curiosité.

– Matthias est son petit ami. Il est suédois. Cara dit qu'il est différent des autres, profond. Et papa et maman ne sont pas au courant.

Bon, Cara avait un petit ami secret. J'ai de nouveau jeté un œil à la cabane. Zack allait être carrément dégoûté. Mais il en avait déjà assez sur le dos avec le sauvetage du monde sans avoir à entendre que la fille de ses rêves sortait avec un Viking hyper-sensible. J'ai décidé de ne pas lui en parler pour l'instant.

Un secret de plus sur mes épaules.

Lara a relevé l'abattant du pupitre et extirpé un ordinateur portable argenté.

– C'est à Cara, a-t-elle commenté avec une pointe d'irritation. Maman et papa le lui ont offert à Noël. Et tu sais ce que j'ai eu?

– Des chaussures? ai-je suggéré.

– Pire.

Elle a ouvert l'ordinateur d'un geste sec et pressé le bouton « marche/arrêt ».

– Des leçons de danse classique, a-t-elle fini par cracher. Non, mais franchement, est-ce que je ressemble à une ballerine?

– Peut-être qu'après les leçons tu y ressembleras un peu plus?

Avec un regard mauvais, elle s'est assise devant l'ordinateur. Tandis que nous attendions la mise en route, j'ai examiné la chambre de Cara. Je n'avais jamais été dans la chambre d'une fille. La housse de sa couette n'était pas couverte de fleurs et de poneys et le lit paraissait tout à fait normal. Sur les murs s'étalaient plusieurs posters : deux d'un chanteur mal rasé que je reconnaissais vaguement, et un d'un film français en noir et blanc. Et, bien sûr, il y avait celui qui montrait Cara dans les bras de Star Mec. À part celui-ci, j'ai noté une absence déconcertante de posters de super-héros.

La fenêtre d'accueil a fleuri sur l'écran et les vrombissements du disque dur ont cessé. Lara a introduit la clef USB dans le port.

– Nous y sommes, Luke, a-t-elle lâché d'une voix rendue aiguë par l'impatience.

J'avais surtout envie de lui dire de se détendre, peut-être de s'allonger un peu. Je l'ai vue jeter un rapide coup d'œil au poster de sa sœur avec Star Mec : un regard que j'ai immédiatement reconnu. Lara était jalouse de sa grande sœur. C'était très clair. Depuis le jour de l'accident de bus, Cara était devenue célèbre et tout le monde voulait être son ami. Lara, d'un autre côté, se trouvait oubliée, négligée, une vague silhouette qu'on distingue en arrière-plan sans qu'on puisse vraiment se rappeler son nom. Je ressentais exactement la même chose avec Zack. À cette seule différence : Lara essayait de lutter. Si elle pouvait révéler son scoop, alors elle éclipserait sa sœur. Je ne voulais pas qu'elle réussisse, mais je ne pouvais m'empêcher d'être impressionné.

– Ça y est, a-t-elle lancé.

Le curseur flottait au-dessus du bouton « play ». D'un moment à l'autre, elle allait découvrir que Star Mec était mon frère. Je me préparais à l'inévitable en fermant les yeux et souhaitais de toutes mes forces être propulsé dans une galaxie très très lointaine. J'ai entendu le double-clic du destin.

– Quoi ? Ce n'est pas possible !

Son cri perçant de surprise m'a redonné de l'espoir. Avec précaution, j'ai ouvert un œil et vu qu'elle faisait glisser le curseur d'avant en arrière sur le compteur de temps de la vidéo.

– Il n'y a rien, a-t-elle grogné.

– Qu'est-ce que tu veux dire ?

Je me suis penché pour avoir un meilleur aperçu.

Au lieu de restituer l'enregistrement de tout l'après-midi, la séquence sautait directement de quatorze à quinze heures, ce qui signifiait qu'il manquait la durée exacte où Zack et moi avions été dans le magasin. De frustration, Lara a frappé du poing sur le bureau.

Une onde de soulagement m'a traversé le corps comme une cannette de Coca glaciale. Le secret de Zack était préservé. Pour l'instant.

– Peut-être qu'il y a eu une panne de caméra, ai-je suggéré. Ce poste de contrôle ne présentait pas vraiment le niveau de sécurité de l'héliporteur du S.H.I.E.L.D dans *Iron Man*.

Elle m'a jeté un de ces regards qui aurait fait exploser ma tête si elle avait été une télépathe malfaisante.

– La caméra aurait arrêté de fonctionner au moment précis où Star Mec serait arrivé dans le magasin ? Ouais, c'est ça, bien sûr, c'est tellement évident.

Quelque chose me disait qu'elle n'avait pas tort. La disparition d'une partie de la séquence n'était pas une coïncidence.

– Quelqu'un a supprimé ces quarante-sept minutes, a-t-elle poursuivi.

– Quelqu'un…

J'ai levé l'index.

– … ou quelque *chose*.

Lara m'a examiné d'un air incertain.

– Euh, non. Ne crois pas que nous ayons affaire à une *chose* ici, Luke. Je suis quasiment sûre que c'est une personne qui a fait ça.

J'ai haussé les épaules.

– Ça pourrait être un ordinateur malveillant, ou un être d'énergie pure, ou…

– Luke !

– Oui ?

– C'est une personne qui a fait ça. Une vraie personne de chair et de sang. Et elle – ou il – a coupé l'extrait qui révèle l'identité de Star Mec.

Elle a repoussé sa chaise du bureau et commencé à arpenter la chambre.

– Ce qu'il nous faut découvrir, c'est qui et pourquoi.

Je n'ai rien dit mais, évidemment, le suspect le plus probable était Némésis. Cela pouvait faire partie de son plan pour vaincre Star Mec. Je ne pouvais le présenter comme ça à Lara sans cracher le morceau, alors, j'ai proposé :

– Quelle que soit la personne qui a l'extrait, elle l'a peut-être pris pour les mêmes raisons que toi : dire au monde qui est vraiment Star Mec.

Elle a secoué la tête.

– Si c'était vraiment le but, ce serait déjà fait à l'heure qu'il est.

Songeuse, elle s'est tapoté la joue du doigt puis a ajouté :

– Non, quelle que soit la personne qui a agi, c'était avec une *avant-pensée*.

– Euh, tu veux dire une *arrière-pensée* ?

– Mais non, a-t-elle pouffé, le mot n'existe même pas.

– Ah. D'accord.

Ce n'était pas la peine de discuter.

– Si nous devons découvrir *pourquoi* elle a volé l'extrait, a enchaîné Lara, la première chose est de découvrir à *qui* nous avons affaire. Qui peut accéder au poste de contrôle de *Planète Krypton* ?

– Le gars au hot dog ?

– Oui, mais c'est du menu fretin. Juste un pion au service du grand patron. Il y a toujours quelqu'un qui tire les ficelles dans l'ombre.

Elle a ouvert une nouvelle fenêtre sur l'écran de l'ordinateur et tapé un mot-clef dans le moteur de recherche.

– Ah, ah ! Voilà qui est intéressant.

En haut de la page se trouvait la photographie d'un homme grave qui paraissait quelques années plus jeune que mon papa. Il plissait ses yeux bleus derrière des lunettes à verres fumés. Une mèche de cheveux sombres se tortillait au milieu de son haut front. Son visage avait l'air fermé, et affichait l'expression de quelqu'un qui ne veut pas qu'on le prenne en photo. Le cliché accompagnait un article pour *Vlan !*, un blog de BD bien connu.

– Christopher Talbot, a lu Lara, fondateur de *Planète Krypton*. Ils disent que c'est un play-boy millionnaire *bienfêtard*.

Elle a secoué la tête et poursuivi :

– Vraiment typique, ces hommes riches qui gaspillent leur argent dans des fêtes et des amusements stupides alors qu'il y a des milliers de personnes qui ont besoin d'aide.

J'ai parcouru l'article par-dessus son épaule.

– Ce n'est pas bienfêtard. C'est bienfaiteur, b-i-e-n-f-a-i-t-e-u-r. Je crois que ça veut dire qu'il donne son argent à de bonnes causes.

– Oh, a fait Lara, déçue.

Forts de ces nouvelles informations, nous nous sommes concentrés sur la photographie de Christopher Talbot et l'avons étudiée en silence. Avait-il l'air moins suspect maintenant que nous savions ce qu'il faisait de ses richesses ? C'était dur à dire. Pour moi, en tout cas. Pour Lara, c'était plus facile.

– Il possède *Planète Krypton*, il a donc accès aux fichiers des caméras de surveillance. Il pourrait être celui qui a supprimé l'extrait de Star Mec.

Elle a frappé sa paume du poing.

– Nous devons enquêter sur lui.

La porte a émis un cliquetis. Une étourdissante bouffée de parfum a précédé de quelques instants sa propriétaire dans la chambre. Cara se tenait sur le seuil, les yeux étincelants tel Sauron dans *Le Seigneur des anneaux*.

– Qu'est-ce que vous faites dans ma chambre ? a-t-elle hurlé. J'espère que vous ne vous servez pas de mon ordinateur.

– Maman a dit que je pouvais, a protesté Lara.

J'étais à peu près sûr que c'était un mensonge. Et je n'étais pas le seul.

– Ça m'étonnerait, a répliqué Cara, bras croisés, un regard accusateur braqué sur sa sœur. Maman ne te laisserait jamais entrer ici sans vérifier que je suis d'accord.

Elle avança d'un pas vers sa malheureuse sœur.

– Et je ne lui ai pas reparlé depuis qu'elle m'a dit qu'il faudrait lui passer sur le corps pour que je sorte de la maison avec cette robe sur le dos.

J'ai décidé de me la jouer Hobbit et de prendre le plus rapidement possible la poudre d'escampette sur la pointe de mes petits pieds velus. Je me suis dirigé vers la porte avec l'espoir de m'esquiver sans être remarqué mais, au cours de ma tentative d'évasion, j'ai glissé sur une paire de tennis abandonnée et me suis étalé à plat ventre. Lorsque j'ai relevé la tête, Cara me dévisageait d'un air sombre. Après douze heures de films – plus les bonus DVD –, plusieurs jeux vidéo basiques, un jeu de rôle immersif horriblement cher, et la lecture des trois livres en entier, je me suis enfin retrouvé dans la peau de Frodon.

– Toi ! a-t-elle craché. Tu es le frère de ce gars bizarre qui ne me lâche pas d'une semelle au collège. Qu'est-ce que *tu* fais ici ?

Je me suis redressé maladroitement, ai pressé ma main sur mon front et chancelé comme un faune étourdi.

– Où… où suis-je ? ai-je bégayé.

Je n'étais pas vraiment étourdi, je faisais juste semblant.

– Les dernières choses dont je me souvienne, c'est une grande lumière aveuglante dans le ciel, une musique angoissante et comme des phares de tracteur. Je… Je crois que j'ai été enlevé par des aliens puis téléporté.

J'ai lentement cligné des yeux en regardant Cara.

– Encore un taré ! Dehors ! a-t-elle coupé, un doigt pointé vers la porte. Vous dégagez tous les deux de ma chambre. IMMÉDIATEMENT !

Lara et moi nous sommes précipités sous son bras tendu pour gagner la sortie. La porte a claqué derrière nous. Tandis que nous dévalions les escaliers, j'ai remercié ma bonne étoile. J'avais survécu à cette journée sans être arrêté, atomisé, ou pire encore. Néanmoins, il n'y avait aucun doute dans mon esprit que Lara était une personne dangereuse. On aurait dû la forcer à porter un panneau d'avertissement : « Fréquenter cette fille présente des risques pour la santé. »

Elle m'a ouvert la porte d'entrée. La liberté n'était plus qu'à quelques pas. Avec un remerciement pour cette *charmante* journée en sa compagnie, j'ai franchi le seuil à toute vitesse, soulagé d'être dehors en un seul morceau.

– Lundi après l'école, a-t-elle aboyé. Toi et moi, nous allons *enfin* démasquer Star Mec.

Avant que j'aie pu protester, elle avait tourné les talons. Je suis resté planté là, à regarder fixement la porte fermée.

J'avais réussi à passer entre les gouttes aujourd'hui. Lundi, ce serait une autre paire de manches.

14
D'un seul bond

– Dans sa chambre ? a questionné Zack.

– Oui.

– Je ne te crois pas.

– D'accord. Comme tu veux.

– Dans sa chambre, *en vrai* ?

Plus tard ce soir-là, Zack m'était tombé dessus dans la cuisine tandis que je rassemblais les ingrédients pour me préparer un milk-shake. Ça faisait une heure qu'il bloquait sur le sujet. Ce n'était quand même pas comme si j'avais pénétré dans Batcave, ou la Forteresse de la Solitude de Superman.

– Je ne comprends pas ce que ça a d'extraordinaire. C'est juste une chambre.

– Non. C'est la chambre de *Cara Lee*.

Il se tenait devant moi et me barrait le passage.

– Alors ?

Je l'ai contourné et me suis assis sur le plan de travail.

– Alors quoi ?

– Alors… comment c'est ? a-t-il coupé sèchement.

– Parfumé. Oh, et elle a des posters de ce chanteur. Billy Machin.

– Dark ?

Une pointe de déception perçait dans sa voix.

– Elle aime Billy Dark ?

– C'est ça, ai-je confirmé. Tu ne m'avais pas dit que tu le détestais ?

Zack s'est éclairci la gorge.

– Je ne pense pas avoir dit que je le détestais. *Détester* est un peu exagéré, Luke.

Je me suis laissé glisser du plan de travail, perplexe.

– Mais je me souviens d'une conversation que nous avons eue. On regardait un vidéoclip de lui, celui avec la girafe triste et le chapeau. « Je ne peux pas le supporter, tu as dit. Avec sa stupide tronche mal rasée, ses chansons débiles et son chapeau ridicule. Quel crétin minable, il chante faux en plus ! » Après, tu as ajouté qu'en y réfléchissant bien, tu détestais carrément tout chez lui, absolument tout. Et tu as dit ça avec fougue.

– Oui, bon, a grimacé Zack. J'ai peut-être été un peu… rapide. Cara l'aime vraiment ?

– Deux posters. Juste au-dessus de son lit.

– Et quoi d'autre ?

– Pas grand-chose, ai-je répliqué avec un hausse-ment d'épaules. Mais c'est quand même devenu inté-ressant quand elle a débarqué…

Si Zack avait été un personnage de dessin animé, ses yeux lui seraient sortis de la tête, accrochés à des ressorts.

– Elle était là ?

Il a viré au cramoisi, un peu comme la fois où j'avais glissé des piments crus dans son sandwich au fromage.

– Est-ce qu'elle a… parlé de moi ? a-t-il demandé avec difficulté.

Cara avait effectivement mentionné Zack. Je crois que la description exacte qu'elle en a faite était « ce gars bizarre qui ne me lâche pas d'une semelle au col-lège ». J'ai décidé de lui épargner la vérité.

– Oui. Tu es assez remarquable.

Son visage s'est illuminé de joie.

– Remarquable ? Elle a dit que j'étais *remarquable* ?

« Pas aussi remarquable que Matthias le Viking », ai-je songé. Mais j'ai préféré me taire.

Tandis que Zack musardait dans la cuisine et répé-tait à loisir « remarquable » avec de grands sourires pour lui-même, je me suis concocté un ou deux milk-shakes au chocolat à ma façon. Huit cuillères de glace à la vanille. Une giclée de lait entier. Quelques mini-Chamallows, légèrement passés au micro-ondes. Et du chocolat en poudre. Pas le truc bon marché pour petit déjeuner : j'utilise uniquement le luxueux chocolat colombien de maman qu'elle garde dans un placard fermé au-dessus de la boîte à pain. Je ne suis pas censé y toucher mais, je vous le demande, un adulte peut-il véritablement comprendre l'art du milk-shake au chocolat aussi bien qu'un enfant ? Non, bien sûr que non. Donc, voyez-vous, ce n'est pas moi qui enfreins les règles, ce sont les règles de maman qui sont erronées.

J'ai branché le mixeur à main et malaxé les ingrédients dans un grand bol. La majeure partie du mélange est restée dans le récipient, mais une bonne quantité a quand même fini sur les carreaux du mur. Mais n'est-ce pas pour cette raison qu'on l'a recouvert de carrelage ? J'ai rempli deux mugs à ras bord et pioché quatre pailles dans le tiroir. Il faut deux pailles par mug pour maximiser l'efficacité d'aspiration. J'ai passé un milk-shake à Zack et me suis assis à la table de la cuisine.

J'avais conscience que je devais lui parler de *Planète Krypton* et de l'extrait vidéo disparu. Il y avait de fortes chances pour que la personne qui l'avait en sa possession sache déjà que Zack était Star Mec. C'était une chose qu'il lui fallait connaître, simplement pour qu'il se prépare à la probabilité d'être démasqué. J'attendais le bon moment pour m'exprimer ouvertement. Mais pour une raison ou pour une autre, depuis que j'étais revenu de chez Lara, ce bon moment ne s'était jamais présenté. C'était idiot, mais j'avais peur que Zack ne m'en veuille, puisque j'étais celui qui l'avait incité à venir dans le magasin de bandes dessinées.

J'ai fini par décider que l'extrait vidéo était mon problème, pas le sien. J'allais le retrouver, m'en débarrasser et Zack n'en saurait jamais rien.

— Donc, qu'est-ce que tu as fait aujourd'hui ? lui ai-je demandé.

Je voyais bien qu'il était toujours absorbé dans ses pensées à propos de Cara.

— Oh, rien, a-t-il répondu avec un geste dédaigneux. J'étais à mon cours de théâtre ce matin. Puis, l'après-midi, j'ai arrêté une rame sur le point de dérailler.

— Dans le métro ?

— La ligne principale.

J'ai hoché la tête et aspiré une gorgée de milk-shake. Zack n'était pas un super-héros depuis très longtemps, mais il prenait déjà les choses avec une certaine nonchalance. Les adultes se plaignent tout le temps de la faible capacité de concentration des jeunes, mais quand on se retrouve face à un garçon de quatorze ans déjà blasé de ses super-pouvoirs après seulement quelques semaines, on ne peut pas vraiment les blâmer.

— Ah ouais, a-t-il ajouté, j'avais presque oublié. J'ai découvert un autre de mes pouvoirs, aujourd'hui.

Je me suis étouffé avec mon milk-shake. Ça devenait enfin intéressant.

– La Vision aux rayons X ? La Propulsion d'énergie ? La Prémonition ?

– C'est quoi la Prémonition ? a demandé Zack.

– C'est quand on peut voir le futur. Pas des années à l'avance, juste quelques secondes avant un événement. Et, généralement, ce n'est pas très clair, plutôt une chose que l'on perçoit au fond de soi, comme la sensation d'un danger imminent. C'est ça, alors ?

J'étais gagné par l'excitation.

– J'ai une idée, ai-je poursuivi, appelons ce pouvoir la « Starmonition » !

– Non, ce n'est pas ça.

– Oh, ai-je fait, déçu. Alors c'est quoi ?

– Ben… Je suis allé nager au centre sportif, a-t-il commencé tandis qu'il s'installait sur une chaise en face de moi. La piscine est géniale. Énorme. Cinquante mètres.

Je n'en avais rien à faire. Je connaissais la taille de cette piscine. Mais je savais aussi que si je l'interrompais, l'histoire pouvait durer jusqu'à ce que je sois assez vieux pour entrer à l'université. J'ai acquiescé et l'ai laissé continuer. Voici ce que j'ai entendu :

– *Bla bla bla.* Douches très bien aménagées. *Bla bla bla.* Excellent sandwich au poulet. *Bla bla bla.* Je peux respirer sous l'eau. *Bla bla bla…*

– Quoi ?

J'ai sauté de mon siège et trottiné autour de la table. Je me suis placé juste derrière lui pour examiner l'arrière de sa tête.

– Qu'est-ce que tu fais ? a-t-il demandé en se tordant le cou pour voir ce que je manigançais.

J'ai planté mon doigt dans son oreille.

– Je cherche des branchies.

Il a repoussé ma main.

– Dégage ! Je ne suis pas un saumon !

Il avait raison. Aucune branchie derrière ses oreilles.

– Ce n'est pas possible, ai-je commenté d'un air perplexe.

Les branchies extraient l'oxygène de l'eau puis rejettent du dioxyde de carbone. C'est comme ça que respirent les poissons. J'ai croisé les bras, déconcerté.

– Comment peux-tu respirer sous l'eau sans avoir l'équipement nécessaire ?

– Je ne sais pas, a répondu Zack d'une voix où pointait l'ennui. C'est peut-être de la magie.

Ça ne me paraissait pas aberrant. Des tas de pouvoirs de super-héros avaient des origines surnaturelles. De mémoire, je pouvais citer Hellboy et ses facultés tirées de l'enfer, Zatanna, elle-même prestidigitatrice, John Constantine, spécialiste de la magie noire, et Docteur Strange, qui utilise les forces mystiques.

Donc, Zack pouvait respirer sous l'eau par magie. Je me suis demandé quel rôle cela pouvait jouer dans sa future bataille contre Némésis. Peut-être que la super-méchante serait moitié requin, moitié ornithorynque, ou aurait des tentacules à la place des bras. Et si le combat pour la destinée du monde avait lieu dans la piscine de cinquante mètres du centre sportif de Crystal Palace ? Ce serait parfait pour moi, j'ai un abonnement pour la saison.

À grand bruit, j'ai pompé le reste de mon milk-shake et me suis dirigé vers la porte de la cuisine. Il se faisait tard, et je devais me préparer à affronter la dangereuse Lara demain et les jours suivants. J'avais besoin de beaucoup de sommeil. J'étais à mi-chemin de la porte quand une lumière a balayé la fenêtre. J'ai regardé à l'extérieur et aperçu, au-delà des maisons, un rayon qui transperçait le ciel ; il éclairait le dessous d'un nuage pour y former un S et un M géants, d'un blanc brillant.

– Heu, Zack ? ai-je lancé en me tournant vers lui.

– Ah, ouais, c'est pour moi, a-t-il répondu avant de se lever de sa chaise. C'est nouveau. Quand le conseil a besoin de moi, ils allument ce projecteur.

J'ai contemplé le faisceau avec stupéfaction.

– Le conseil ? D'Elrond ? Ou le conseil Jedi ?

– Le conseil municipal de Bromley, a fait Zack. La lumière vient du toit du centre administratif.

– Et s'il n'y a pas de nuages ?

– Quoi ?

– S'il n'y a absolument aucun nuage dans le ciel, sur quoi projettent-ils le faisceau lumineux ?

– Je ne sais pas. On n'en a pas parlé.

– Peut-être que tu devrais aborder la question à la prochaine réunion.

– Ouais, bonne idée, a-t-il répliqué, mais d'une façon qui indiquait qu'il n'avait aucune intention de le faire. Je dois y aller, Luke.

Il s'est éloigné d'un bond et je l'ai suivi dans le vestibule. Lorsque je l'ai rejoint, il décrochait son blouson à capuche de la patère, la porte d'entrée était déjà grande ouverte.

– Zack, lui ai-je lancé, je peux venir avec toi ?

Il a émis un rire mi-amusé, mi-désolé.

– Je regrette, petit frère, mais cela m'a tout l'air d'une mission…

Il a bombé le torse, serré la capuche autour de sa tête et grogné :

– … pour Star Mec !

Sur ces mots, il a bondi dans la nuit.

Je ne l'avais pas remarqué jusque-là mais, depuis un moment, Zack ne marchait quasiment plus, il se contentait de bondir en tout sens. Je me suis précipité dans l'allée juste à temps pour le regarder disparaître sur Moore Street : une silhouette fugace, indistincte, comme une ombre fantôme sous le halo orange des lampadaires, en route vers une nouvelle aventure passionnante.

Sans moi.

15
En bus vers l'inconnu

La leçon d'anglais de Mme Tyrannosaure touchait presque à sa fin. Ce n'est pas, à proprement parler, son vrai nom. Nous l'appelons comme ça parce qu'elle est préhistorique, marche avec les coudes collés au corps et rugit beaucoup.

Elle se tenait devant la classe, agitait ses bras trapus et tonitruait à propos du livre que nous lisions. C'était *The Railway Children*, « Les Enfants du rail », de E. Nesbit. Un classique. Quand on aime le genre. Je l'avais lu des années auparavant, persuadé que ce serait l'histoire d'une bande d'enfants-génies qui se transformaient en cyborgs mi-humains, mi-trains. Comme des Transformers mais avec des horaires d'arrivée et de départ.

En fait, pas du tout.

Attention : ne lisez pas ce qui suit si vous avez vraiment l'intention de vous procurer ce livre et préférez garder la surprise. Le moment clef de l'histoire est celui où les enfants doivent arrêter un train. Comment s'y prennent-ils, vous demandez-vous, sans super-pouvoirs ni exosquelettes multiplicateurs de force ? Eh bien, je vais vous le dire…

– *Psss*, a sifflé une voix derrière moi.

J'ai tourné la tête et vu Rupashi Singh qui me tendait un petit papier plié.

– De la part de Lara, a-t-elle murmuré en l'enfouissant dans ma main tandis que sa bouche mimait un baiser.

J'ai jeté un œil de l'autre côté de la classe. Je suis assis près de la porte, Lara près de la fenêtre, le plus loin possible de moi. Une bonne chose, à mon avis. Surtout que j'ai fait en sorte de l'ignorer pendant tout le cours. J'espérais qu'elle aurait oublié notre projet de nous retrouver après l'école. Lara a désigné le mot d'un doigt pressé. Je l'ai ouvert avec un soupir las. C'était l'adresse personnelle de Christopher Talbot, propriétaire de *Planète Krypton*, et suspect numéro 1 de Lara dans l'affaire de l'extrait vidéo de Star Mec disparu. Visiblement, elle n'avait pas oublié notre rendez-vous.

– Luke Parker ! a rugi Mme Tyrannosaure.

De panique, j'ai laissé tomber le papier et lâché à brûle-pourpoint :

134

– Ils ont agité leurs pyjamas rouges !

Une tempête de rires a balayé la salle de classe. Sergio rigolait tellement qu'il a dû prendre une bouffée de son inhalateur. La professeure avait l'air moins jovial. Selon les dernières recherches scientifiques, le *Tyrannosaurus rex*, à la différence des autres grands carnivores théropodes, a une excellente vue binoculaire. Tout comme Mme Tyrannosaure. Elle me scrutait d'un regard perçant. Heureusement, le mot compromettant était tombé sur mes genoux, hors de sa vue. Elle s'est pesamment avancée jusqu'à ma table.

– Pour arrêter le train, ai-je continué d'une voix tremblante, les enfants ont agité leurs pyjamas dans sa direction.

J'ai mimé l'action d'agiter un pyjama, ce qui n'était probablement pas nécessaire.

Mme Tyrannosaure se tenait au-dessus de moi ; ses serres vernies de rouge battaient l'air, des sucs digestifs dégoulinaient de ses mâchoires baveuses.

– Ce sont des caleçons. Les enfants retirent leurs caleçons rouges et s'en servent pour faire signe au train de s'arrêter, a-t-elle corrigé. Mais oui, Luke, tu as en grande partie raison dans ta description de cette scène cruciale du roman. Je suis ravie de constater que tu suivais quand même malgré tout.

Elle s'est penchée et j'ai perçu son haleine, un mélange de viande pourrie et de thé. Ses narines anguleuses se sont dilatées puis elle a grondé :

– Et que tu ne passais pas ton temps à échanger des *lettres d'amour* pendant mon cours.

J'ai senti mes joues s'enflammer tandis que le reste de la classe gloussait à mes dépens. Tous, sauf Sergio, que je voyais observer ses camarades anglais avec perplexité. Je pense que les Italiens sont un peu moins crispés sur les histoires de bisous-bisous.

La sonnerie a signalé la fin du cours et de la journée d'école. J'avais échappé de peu aux attaques reptiles de ma professeure, mais je savais que je ne serais pas aussi chanceux avec Lara Lee. Dans un brouhaha de raclements de chaises et de martèlements de chaussures sur le parquet de bois, la classe a gagné la sortie.

– OK, Roméo, a murmuré Lara tandis qu'elle passait près de moi. Nous avons un rendez-vous galant avec Christopher Talbot.

Dans le bus, elle m'a expliqué qu'après avoir trouvé son adresse et son numéro de téléphone, elle l'avait appelé sous prétexte de réaliser une interview pour le journal scolaire. Il avait accepté avec joie et l'avait invitée à boire le thé.

– Pourquoi n'est-ce qu'un prétexte ? ai-je demandé.

Lara m'a regardé comme si j'étais totalement idiot.

– Parce que ce ne sera pas une vraie interview.

Ça paraissait dommage. Un entretien avec le fondateur d'une chaîne de librairies de bandes dessinées était exactement le genre d'article que j'aurais aimé lire dans le journal de l'école.

– Donc, si ce n'est pas une vraie interview, tu vas lui poser de fausses questions ?

– Non, bien sûr que non. Les questions seront réalistes, ce sont ses réponses qui feront la différence.

– Parce que ce seront de fausses réponses ?

Elle a soupiré.

– Ses réponses me diront ce qu'il sait de la séquence disparue de Star Mec.

Je comprenais la manœuvre mais j'avais une dernière question :

– Et moi, qui suis-je ?

Elle m'a jeté encore un de ses regards pas très engageants.

– Tu te sens bien ?

J'ai compris la méprise.

– Non, je veux dire, je sais qui je suis *maintenant*, ici, dans ce bus. Mais si c'est toi la journaliste d'investigation, quel rôle, moi, je suis censé jouer dans tout ça ?

Avec un sourire, Lara a plongé la main dans son sac d'école, farfouillé un instant dans le fond avant d'en extraire un appareil photo jetable My Little Pony, en plastique rose avec des paillettes.

– Tu n'es pas un peu, tu sais, grande pour... ?

– My Little Pony, c'est une blague, a-t-elle coupé, comme si elle me mettait au défi de la contredire. Tu seras mon photographe.

Elle m'a passé l'appareil photo et j'ai hoché la tête.

– Comme Peter Parker.

– C'est ton cousin ?

Quoi ? Avait-elle passé toute sa vie sur une île déserte ? Non, même un naufragé solitaire aurait su qui était Peter Parker. Elle devait avoir passé sa vie sur une île à la surface de la planète la plus distante de notre système solaire, qui n'est pas Pluton, en fait, mais un objet céleste appelé Sedna situé dans le nuage d'Oort. Enfin, comment aurait-elle pu n'avoir jamais entendu parler du plus célèbre photojournaliste du monde ?

– C'est Spiderman.

– Oh, a fait Lara qui ouvrait un rouleau de bonbons. Tu veux une pastille aux fruits ?

J'en ai fourré une dans ma bouche.

– Si tu t'apprêtes à interviewer un dirigeant de magasins de BD, il faut que tu connaisses les bases, ai-je expliqué tout en mastiquant.

Elle a commencé à protester mais je l'ai réduite au silence.

– *Même* pour une fausse interview. Si tu ne sais pas faire la différence entre Batman et Robin des bois, il sentira qu'il y a quelque chose qui cloche et se fermera comme une huître. Et tu n'apprendras rien sur Star Mec.

J'ai vu qu'elle essayait de considérer la situation sous cet angle. Vous devez vous dire qu'il aurait mieux valu pour moi que je la laisse se lancer dans cette interview sans préparation. Mais je me trouvais dans une position délicate. Je ne voulais pas que Lara découvre la vérité sur Star Mec, mais il fallait que je mette la main sur cet extrait vidéo. Ça me faisait mal de l'admettre, mais j'avais besoin d'elle et de ses talents de reporter.

– Il nous reste quatorze arrêts jusqu'à l'arrivée, a-t-elle fini par dire. Ça te laisse le temps de m'expliquer quoi ?

Quatorze arrêts auraient pu suffire pour développer les causes de la Première Guerre mondiale ou l'histoire des rois et des reines d'Angleterre, mais c'était de bandes dessinées qu'il s'agissait.

– Ça dépend. Qu'est-ce que tu connais déjà ?

Lara s'est mordu le bout du pouce tandis qu'elle pesait la question.

– Eh bien, je sais que Superman peut voler.

Oh. Désastre.

J'ai fait un rapide calcul, pris une profonde inspiration et commencé :

– A, comme Avengers…

16
Talbot

Le bus s'est arrêté dans un grincement et nous sommes descendus. Nous étions bloqués à la lettre C depuis les six derniers arrêts. Il s'était avéré que des tonnes de super-héros s'appelaient Capitaine quelque chose. Je pouvais voir à l'expression absente de Lara et au tressautement dans son œil gauche qu'elle avait probablement assez entendu parler de BD pour l'instant et, tandis que nous faisions les derniers mètres qui nous séparaient de la maison de Christopher Talbot, elle a changé de sujet.

– Ton frère est amoureux de ma sœur, n'est-ce pas ?
– Je crois.

S'engager avec des filles sur ce genre de sujet équivalait un peu à lire un livre avec Mme Tyrannosaure. Parfois, une phrase n'est pas qu'une simple phrase.

Apparemment, certains auteurs mettent des trucs dans leurs romans qu'on ne peut pas voir. Je ne parle pas d'un genre de bonus DVD. Ça s'appelle du sous-texte. Comme un sous-marin, il rôde sous la surface. En fait, c'est plus un monstre aquatique qu'un sous-marin. Un abominable kraken. Quel intérêt, je vous le demande ? Si on veut que les gens comprennent les livres, pourquoi y ajouter des significations cachées ? Les bandes dessinées n'ont pas de sous-texte. Rien n'est dissimulé. Tout est exposé en plein jour, même les sous-vêtements. Dans une bande dessinée, un kraken est un kraken, pas un monstre aquatique avec trois niveaux d'interprétation.

— Zack n'est pas assez mûr pour Cara, a déclaré Lara.

Dans notre réfrigérateur, nous avions des fraises et maman disait qu'elles étaient mûres. Je ne voyais pas ce que ça venait faire dans la conversation, alors j'ai juste répondu :

— Oh.

— Matthias a une barbe, a-t-elle ajouté, de la même façon qu'une personne quelconque aurait pu dire : « Je peux me téléporter à volonté. »

— Une barbe ? Comme le Père Noël ?

— C'est ça, Luke, comme le Père Noël…

Elle a roulé des yeux exaspérés.

— … mais non, enfin ! Pas ce genre-là. La barbe de Matthias est… c'est quoi le mot ?

Je sentais que je ne faisais pas le poids, mais je voulais rendre service.

– Poilue ? Pointue ? Pentue ?

– Non, cool, a-t-elle décidé.

Donc, le petit ami de Cara était un Viking avec une barbe cool. Je me suis demandé quels étaient ses autres avantages.

– Est-ce qu'il a un marteau ?

– Tu veux dire, pour bricoler dans la maison ?

– Non, pour invoquer le pouvoir de la tempête et l'abattre sur ses ennemis jurés.

– Euh, non.

– Un casque ailé ?

– Nan.

– Alors plutôt un…

– Écoute, Luke, m'a interrompu Lara, j'ai besoin de m'éclaircir les idées avant l'interview, tu vois ?

– Bien sûr.

– Donc, pourquoi ne pas finir le trajet… en silence ?

D'après l'adresse que Lara avait dénichée, la maison de Christopher Talbot portait un nom. Manoir Talbot. Je constatais que les gens qui donnaient des noms à leur maison choisissaient rarement Robert ou Félicie. C'était plutôt des mots comme « manoir, abbaye ou cottage ». Les demeures de ce type étaient hérissées de tourelles de pierre et de gargouilles, elles grouillaient de majordomes nommés Charles-

Édouard et de têtes d'animaux empaillés accrochées aux murs. Elles se dressaient dans des jardins gigantesques, que l'on appelait domaine, avec des allées crissant de graviers sur des kilomètres, et des forêts où s'ébattaient les cerfs et les hors-la-loi. Ça a donc été plutôt une surprise, pour ne pas dire une déception, lorsque nous sommes finalement arrivés au Manoir Talbot.

– Ce n'est sûrement pas là, ai-je dit.

Nous nous tenions devant une maison mitoyenne assez ordinaire : deux pièces en haut, deux pièces en bas, avec une baie vitrée carrée, fermée par un voilage. Il y avait bien une allée mais pavée, et elle semblait bien loin de serpenter avec majesté à travers un vaste paysage boisé. La chose la plus approchante d'une gargouille sur une tourelle était un pigeon qui avait perdu une patte et vacillait sur une antenne de télévision.

Lara a appuyé sur la sonnette. À l'intérieur, j'ai entendu un carillon jouer les premières mesures du thème du film *Superman* sorti en 1978.

Le rideau a bougé comme un sourcil que l'on soulève et, un instant plus tard, la porte s'est ouverte pour laisser apparaître un homme de grande taille, tout de noir vêtu. Son costume luisait comme la coque humide d'un sous-marin d'attaque. Ses yeux étincelaient comme deux diamants bleus. J'avais vu des hommes avec des yeux identiques sur les couvertures des romans que lisait maman. Il s'agissait généralement de beaux gosses musclés qui tenaient dans leurs bras des femmes en robe longue avec la tête renversée en arrière. D'ordinaire, ils se trouvaient dans le désert. Ou la jungle. Et le beau gosse avait toujours des cheveux épais et ondulés.

– Chris Talbot, s'est-il présenté tandis qu'il passait une main dans ses cheveux épais et ondulés et tendait l'autre à Lara. Et tu dois être Laura, a-t-il ajouté avec un grand sourire.

– Lara, a dit Lara.

Il m'a remarqué debout derrière elle, sur le pas de la porte.

– Et qui est ton collègue ? a-t-il demandé d'une voix amicale.

– Je suis le photographe, ai-je répondu en brandissant mon appareil My Little Pony.

Christopher Talbot m'a vigoureusement serré la main. Il avait une poigne puissante ; j'ai senti mes os s'écraser.

– Tu t'appelles…

– Luke, ai-je précisé. Luke Parker.

– Eh bien, Luke Parker, es-tu un fan de BD ?

– Oh, oui. Je dépense tout mon argent de poche ainsi que celui de mes anniversaires dans votre magasin.

Christopher Talbot m'a observé avec attention.

– Je me disais que je t'avais déjà vu quelque part.

144

Il a de nouveau souri et révélé deux rangées de dents blanches comme des cuvettes de toilettes.

– Bien, ne restez pas là. Entrez.

Nous l'avons suivi à l'intérieur, dans un étroit hall d'entrée. Le sol recouvert de carrelage noir et blanc ressemblait à un échiquier ; ses chaussures émettaient un bruit mat tandis qu'il nous guidait vers une porte située au bout du petit vestibule. Nous nous sommes arrêtés près d'une cheminée de pierre éteinte, ornée de têtes d'animaux mythologiques sculptées. Des griffons et des vouivres nous observaient sans ciller. Deux basilics se faisaient face au-dessus du foyer, ce qui était complètement stupide de leur part puisqu'ils s'étaient de toute évidence mutuellement changés en pierre rien qu'en se regardant. Une horloge de grand-mère tictaquait dans un coin. Au lieu d'un cadran à l'ancienne avec des chiffres romains se trouvait une gravure de l'Homme Élastique dont les incroyables bras étirables formaient les aiguilles des heures et des minutes. Les murs étaient décorés de rares exemplaires de bandes dessinées dans de somptueux cadres dorés. D'autres bandes dessinées étaient empilées sur une volée de marches qui menait à un palier où trônait un mannequin grandeur nature d'Iron Man.

Nulle part, ni sur les murs, ni sur la tablette de la cheminée, il n'y avait de photographies. Chez moi, on ne voit que ça, partout. Papa n'arrête pas de nous faire poser pour des clichés de famille. Je déteste qu'on me prenne en photo, mais c'est vraiment difficile de dire non à quelqu'un qui contrôle votre argent de poche. Ici, rien de Christopher Talbot ni de ses proches. Peut-être qu'il était orphelin ou que sa famille était vraiment moche.

– Laissez-moi vous débarrasser de vos manteaux, a dit Christopher.

Au lieu de nous aider à nous en défaire, ses longs doigts ont pianoté un code sur un clavier installé au-dessus de la tablette de la cheminée. L'une des bandes dessinées encadrées a glissé sur le côté pour révéler une niche creusée dans le mur, d'où un bras mécanique s'est déroulé puis a dansé comme un cobra avant de plonger vers le col de la veste de Lara pour le serrer entre ses pinces métalliques. Enfin, je pense qu'il voulait attraper son col, mais il a raté sa cible.

– Aïe ! a-t-elle piaillé tandis qu'il lui pinçait le cou. Dégage !

Elle a tenté de le repousser, mais le système ôte-manteaux semblait être commandé par un programme automatique. Les pinces impitoyables sont repassées à l'attaque.

– Il n'y a pas d'inquiétude à avoir, a déclaré Christopher Talbot qui s'acharnait sur son clavier. Juste un tout petit pépin technique.

Le bras mécanique s'est figé, ses pinces luisaient sous les lumières du hall.

– Ah, voilà. Je vous l'avais bien dit.

Dans un ronronnement de moteur, le bras s'est rétracté dans sa niche.

– Bien, a poursuivi Christopher comme si l'attaque du déshabilleur tueur ne s'était jamais produite. Je vais demander à mon robot majordome de nous servir le thé dans la bibliothèque.

Lara en est restée bouche bée.

– Vous avez une *bibliothèque* ?

J'ai croisé son regard. Non, mais franchement.

– Monsieur Talbot, ai-je claironné, vous avez bien dit *robot* majordome ?

– Tout à fait, jeune homme. C'est un de mes passe-temps préférés : je l'ai conçu et fabriqué moi-même. En fait, j'ai construit toutes les machines que vous voyez dans cette maison.

– Même le lave-vaisselle ? ai-je demandé.

– Bon, non, a admis Christopher Talbot. C'est un Bosch. Je voulais dire que j'ai construit toutes les machines *cool* de la maison. Comme le robot major-dome, l'ôte-manteaux automatique et les toilettes bioniques.

J'ai immédiatement décidé que si ses toilettes bio-niques fonctionnaient comme son ôte-manteaux, il n'était pas question que je m'en approche. J'ai croisé les jambes et essayé de ne jamais penser à un glouglou d'eau courante.

Christopher Talbot a poussé la porte et nous a conduits dans la bibliothèque qui était en fait le salon principal. Les murs étaient couverts d'étagères de livres qui allaient du sol au plafond. Tous les ouvrages étaient reliés en cuir rouge sur lequel se détachaient les titres en lettres dorées. Un lustre suspendu au milieu de la pièce faisait penser à une luxueuse boucle d'oreille géante, comme celles que maman portait pour aller avec papa à la soirée de Noël du bureau. Le lustre, trop gros pour l'espace disponible, descendait si bas qu'il fallait le contourner en file indienne. Christopher Talbot nous a invités à prendre place sur un sofa de velours aux pieds de bois sculpté qui se terminaient en serres de dragon. Il s'est lui-même installé en face de nous dans un fauteuil élégant et a joint les doigts. Il nous fixait sans ciller. Lara a sorti son carnet tandis que j'explorais la pièce du regard.

– Monsieur Talbot, pourrais-je voir votre robot majordome, s'il vous plaît ? ai-je demandé.

Un bref sourire est apparu sur son visage et, d'un mouvement désinvolte, il a soulevé un bras de son fauteuil, révélant une unité de commande. Il en a sorti une tige de métal qui ressemblait à une baguette magique avec une grosse tête noire et ronde : une sorte de micro. Il l'a approché de sa bouche, s'est éclairci la voix et a dit :

– Nos invités attendent leur thé.

Une trappe s'est ouverte entre deux étagères et un robot a roulé doucement dans notre direction. Pour être honnête, quand il a annoncé qu'il avait un robot major-

148

dome, j'avais imaginé quelque chose de plus impressionnant : un Dalek comme dans *Doctor Who* mais avec un nœud papillon par exemple, ou une Sentinelle comme dans *X-Men* mais avec une assiette de sandwichs au concombre. À ma grande déception, la chose qui se tenait devant moi n'était ni l'un ni l'autre.

Il faisait à peu près la taille d'un aspirateur sans sac, avançait sur des chenilles qui semblaient avoir été récupérées sur un tank télécommandé et transportait un plateau d'argent où oscillaient une théière, trois tasses et leurs soucoupes, plus un assortiment de biscuits fourrés. Sa tête donnait l'impression d'avoir été fabriquée à partir d'une vieille lampe de lecture, avec un gros œil clignotant au bout d'un cou flexible. Il a cahoté sur le sol dans un tintement de tasses et de soucoupes entrechoquées et s'est arrêté avec un hoquet aux genoux de Christopher Talbot. Du thé s'échappait du bec de la théière.

– Je l'ai appelé Robo-Talb, a fièrement déclaré Christopher Talbot.

– Le thé. est. servi, a annoncé Robo-Talb d'une voix mécanique hésitante.

J'avais déjà entendu des calculettes avec de meilleurs synthétiseurs vocaux.

– Je vois que tu es bluffé, a commenté Christopher Talbot, en haussant un sourcil.

Je ne voulais pas être malpoli, alors j'ai hoché la tête.

– Oh oui, c'est *extraordinaire*.

– Ah, a-t-il répliqué avec ravissement. Eh bien, si tu trouves ça extraordinaire…

Ce n'était pas le cas.

– … attends un peu de voir… ceci !

Il a porté le micro à ses lèvres.

– Robo-Talb, action propulsion !

Rien ne s'est produit pendant un long moment. Lara et moi avons échangé des regards gênés, sans savoir si nous devions ouvrir la bouche ou pas.

– Robo-Talb. Action. Propulsion, a répété Christopher Talbot, le sourire crispé, le front luisant de sueur.

– Ac… tion, a finalement répondu Robo-Talb.

La plaque arrière du corps du robot a coulissé et ce qui ressemblait de manière suspecte à un moteur à réaction a émergé. Un ronronnement s'est fait entendre tandis que l'engin montait en puissance. Je ne savais pas grand-chose de ce type de propulsion à part quelques connaissances basiques, mais même moi pouvais dire que si le moteur fonctionnait vraiment, il était beaucoup trop gros pour ce robot minus.

Le ronronnement est devenu rugissement, a empli la pièce. L'air tremblait et se dilatait autour du pot d'échappement brûlant. Le robot a été pris de secousses. Le plateau à thé s'est mis à vibrer, les tasses, les soucoupes, la théière ont glissé vers le bord centimètre après centimètre, avant de basculer et de s'écraser en mille morceaux sur le sol. Christopher Talbot n'a pas semblé prêter attention aux dégâts. Ma mère aurait pris les choses différemment.

Avec un gros *boum* et un nuage de fumée, un truc est parti comme une fusée dans les airs. Il a déchiqueté le lustre de verre comme un wampa de *Star Wars* aurait balayé des stalactites, puis a transpercé le plafond et ouvert un trou irrégulier dans le plancher, au-dessus.

Bien à l'abri derrière le sofa, Lara et moi regardions les ravages, bouche bée. Des éclats du lustre et des morceaux de plâtre pleuvaient doucement sur le parquet. Là où s'était tenu Robo-Talb se trouvait maintenant une simple marque noire fumante, une chenille caoutchoutée abandonnée et un amas de miettes de biscuit. J'avais raison à propos du réacteur. Il s'était arraché de ses fixations et envolé au plafond, tandis que son pot d'échappement surchauffé avait réduit le robot majordome à un petit tas qui se consumait sur le tapis.

Christopher Talbot n'avait pas bougé. Il restait assis silencieusement sur son fauteuil de commande avec le même sourire figé, le micro devant la bouche.

– Monsieur Talbot, est-ce que ça va ? a demandé Lara en risquant un œil par-dessus le dossier du sofa.

Un débris de plâtre a rebondi sur la tête de notre hôte et saupoudré ses cheveux de poussière blanche.

– Très bien, a-t-il répondu d'une voix tranquille. Et si nous procédions à cette interview ?

17

Planète Krypton

Pour une soi-disant fausse interview, Lara a posé beaucoup de questions. Tandis qu'elle l'interrogeait, je prenais des photos.

– Le marché de la bande dessinée est en pleine expansion, a déclaré Christopher Talbot en réponse à la dernière question de Lara. Les gens ont toujours besoin de super-héros, particulièrement lorsque les temps sont durs. Nous avons tous envie de croire à quelque chose. Ainsi, l'émergence de Star Mec a été la chose la plus importante qui soit advenue depuis des années. Le monde attendait un véritable super-héros depuis l'âge d'or de la bande dessinée, et voici que nous en avons un. À notre porte !

Lara notait tout ce qu'il disait dans un carnet à spirale de reporter. Son écriture, haute et tortueuse, dansait comme un singe qui se balance de liane en liane.

– L'âge d'or a duré des années 1930 à 1940, ai-je ajouté. C'est le moment où Superman est arrivé de Krypton. Dans la revue *Action Comics*, pas dans la vraie vie.

– C'est exact, a commenté Christopher Talbot. Tu connais bien le sujet, Luke. Très impressionnant. Mais maintenant, Superman – ou Star Mec – est *vraiment* parmi nous. C'est quand même incroyable, non ?

Il comparait Zack à Superman ! Bon, il fallait que je dise quelque chose. Mon frère était peut-être un super-héros, mais Superman incarnait le plus grand super-héros de tous les temps. Star Mec était un garçon de quatorze ans qui n'arrivait même pas à faire pipi droit si je me fiais aux gouttelettes qu'il laissait sur la cuvette des toilettes.

– Il n'est pas tout à fait Superman, ai-je lancé.

– Pourquoi ça ?

– Eh bien, pour commencer, il ne possède pas de Super-force, ai-je grommelé. Et il ne peut pas voler. En plus, il n'a même pas de cape.

Christopher Talbot a ri.

– Oui, j'ai pensé la même chose. Si j'étais un super-héros, je porterais une cape *et* un masque.

– Tout à fait !

Franchement, ça faisait du bien de parler avec quelqu'un qui comprenait l'importance de ces détails.

– Si Star Mec ne prend pas garde, a-t-il poursuivi d'une voix plus sombre, sa capuche va un beau jour être balayée par une bourrasque de vent, et où est-ce que ça va se finir, hmmm ? Au journal télévisé du soir, en édition spéciale.

Il a secoué la tête avec gravité. Je voyais bien qu'il pensait que ce serait une chose terrible si l'identité secrète de Star Mec était révélée. Et, à cet instant, en observant l'inquiétude gravée sur son visage, j'ai cru connaître la vérité sur Christopher Talbot. En réfléchissant à tous les gadgets de sa maison et à son amour inconditionnel pour les bandes dessinées, tout devenait clair. Aussi clair que le Bat-Signal par une nuit obscure. Aussi clair que le réacteur lumineux de la poitrine d'Iron Man.

Clair comme un cristal de kryptonite.

Christopher Talbot rêvait d'être un super-héros tout autant que moi.

– Mais avec une cape ou sans, a-t-il poursuivi, grâce à Star Mec, l'intérêt pour les super-héros n'a jamais été aussi grand. Les ventes de bandes dessinées battent tous les records. Si bien que j'ouvre un tout nouveau magasin le mois prochain.

Je n'ai pas pu dissimuler mon enthousiasme.

– Un nouveau *Planète Krypton* ?

– Ce sera notre magasin mère, a-t-il acquiescé. Non, notre *vaisseau amiral*. Sept niveaux, le paradis de la bande dessinée.

– Ce sera donc le thème ? ai-je demandé tandis que j'imaginais des vendeurs habillés en anges et des caisses en forme de nuages. Le paradis ?

Christopher Talbot a ri.

– Oh, non. Mais le thème est top secret. Il faudra que tu attendes que le magasin ouvre pour le découvrir.

Son visage s'est éclairé comme s'il venait juste d'avoir une idée géniale.

– Vous devriez venir tous les deux. Mais oui, des reporters avisés comme vous devraient être présents à la grande inauguration.

Il m'a regardé.

– Sans oublier qu'il y a un tirage au sort pour gagner un exemplaire d'*Action Comics* n° 232 en excellent état, sous pochette plastique, avec des agrafes sans trace de rouille, très peu de pliures marquées, aucune déchirure, juste un très très léger décalage entre la couverture de début et celle de fin.

J'en ai eu le souffle coupé.

– Je vais demander à mon équipe de vous préparer deux badges VIP.

Il a balayé une mèche de ses cheveux et poursuivi :

– Donnez-moi simplement vos adresses avant de partir.

Un badge VIP pour la grande inauguration du nouveau *Planète Krypton* et une chance de gagner mon propre exemplaire d'une BD de l'âge d'or ? Je n'en revenais pas. J'étais sur le point de le remercier quand Lara a tourné une page de son carnet de reporter et s'est bruyamment éclairci la gorge.

– Donc, monsieur Talbot, avec tous ces clients qui se précipitent dans vos magasins et toutes ces bandes dessinées de valeur en exposition, le vol doit être un souci constant.

Elle tapotait le carnet du bout de son crayon.

– Pas avec tous ces chasseurs de hors-la-loi entre mes murs ! a-t-il répondu avec un large sourire.

– Mais vous devez avoir un excellent système de sécurité, a-t-elle insisté. Des caméras de surveillance et que sais-je encore.

– Oh, je ne saurais pas dire, a-t-il répliqué avec un geste nonchalant. Je laisse tout cela à mon directeur général.

J'ai échangé un regard avec Lara. Donc, Christopher Talbot ne savait rien des séquences vidéo, mais son directeur général, si. Il a continué :

– Eh oui, je me consacre à la stratégie d'entreprise. Les prévisions sur le long terme, toutes ces choses. Je laisse la gestion quotidienne de *Planète Krypton* aux mains de…

À cet instant, sa poche a vibré et une sonnerie qui ressemblait au thème d'un vieux dessin animé de X-Men a retenti. J'avais peine à le croire. Juste au moment où il allait nous révéler l'identité de…

– Walter Go, a lâché Christopher Talbot qui

156

tentait d'attraper son téléphone. Je laisse cette responsabilité aux mains diligentes de Walter Edmund Go.

Il a examiné son téléphone.

– Ah, quand on parle du loup…

Il a fait glisser son doigt sur l'écran et porté l'appareil à son oreille.

– Walter, je chantais justement tes louanges, a-t-il commencé avec un sourire à notre intention. Mais je vais devoir te rappeler. Je suis au beau milieu d'une interview très importante. *Ciao*.

Il a mis fin à la conversation et s'est renfoncé dans son fauteuil.

– Donc, où en étions-nous ?

Lara lui a posé quelques questions supplémentaires et a conclu l'entretien. Nous ne savions toujours pas qui avait les extraits vidéo de Star Mec, mais nous avions une très bonne piste : Walter Edmund Go, le directeur général de *Planète Krypton*, était notre nouveau suspect principal. Nous avons remercié Christopher Talbot pour le temps qu'il nous avait accordé, et il nous a guidés vers la sortie parmi les vestiges de Robo-Talb. Une fois dans le vestibule, Lara a jeté un œil méfiant à l'ôte-manteaux automatique tapi dans sa niche.

– J'ai été très heureux de vous rencontrer, a conclu Christopher Talbot tandis qu'il ouvrait la porte d'entrée. Oh, et n'oubliez pas de me donner vos adresses pour les invitations VIP.

Il nous a mis un livre d'or sous le nez, j'ai gribouillé mes coordonnées et l'ai passé à Lara.

— Parfait. Je ferai en sorte que mon assistant vous les envoie dans les plus brefs délais. Et je vous en prie, n'oubliez pas de me faire parvenir votre article quand il sera terminé.

Nous avons promis de le faire. Lara s'est arrêtée sur le pas de la porte.

— Je me disais, monsieur Talbot, que l'interview était vraiment intéressante, mais qu'il serait peut-être bon d'avoir un autre écurage.

L'homme a eu l'air désorienté, ce qui était compréhensible. Lara utilisait les mots comme Hulk ouvrait un paquet de chips : on ne savait jamais si on allait finir avec une chips entière ou une poignée de miettes qui ressembleraient vaguement à une chips.

— Un autre écurage ? a-t-il demandé avec incertitude.

Puis, la lumière s'est faite dans son esprit.

— Oh, tu veux dire éclairage ?

— Oui, a fermement répondu Lara. C'est ce que j'ai dit. Donc, j'imaginais que je pourrais aussi interviewer votre directeur général. Qu'est-ce que vous en pensez ?

Christopher Talbot a passé la main dans ses cheveux. Il en a chassé un morceau de plâtre qui est tombé au sol avec un bruit mat.

— Je pense que c'est une idée géniale.

18
Kryptonite

J'ai laissé Lara devant chez elle et parcouru d'un pas rapide la petite distance qui me séparait de chez moi. J'avais dit à papa et maman que j'allais directement chez Sergio après l'école et que je serais de retour pour dîner. Je ne voulais pas éveiller leurs soupçons avec trop de retard.

– Tu as un air coupable, m'a lancé maman au moment où j'ai débarqué dans la cuisine.

Elle se tenait assise et tripotait son téléphone. Derrière elle, sur la plaque chauffante, un énorme fait-tout bouillonnait comme un réacteur nucléaire en surchauffe. Elle m'a dévisagé.

– Qu'est-ce que tu as fait ?

Maman pouvait toujours deviner quand je m'étais fourré dans quelque chose de louche. Pour en avoir débattu avec Sergio, je savais que sa *mamma* lisait aussi en lui comme dans un livre ouvert. Les mamans ont leur propre pouvoir de vision au rayon X.

– J'ai pris des photos pour le journal de l'école, ai-je répondu.

Ce qui était vrai. D'accord, je n'avais pas mentionné la partie où j'avais pris le bus sans permission pour aller de l'autre côté de la ville dans la maison de Christopher Talbot. Mais elle n'avait pas posé la question non plus.

Elle a abandonné son téléphone.

– Toi ? Participant à une activité extrascolaire sans rapport avec des super-héros ?

Elle n'avait pas l'air de me croire.

– J'élargis mes horizons, ai-je affirmé tandis que je pressais du liquide vaisselle sur mes mains avant de les passer sous le robinet.

– Vraiment ?

Elle m'a étudié avec attention, comme quand elle examine un ananas sous toutes les coutures au supermarché pour voir s'il est mûr.

À cet instant, la porte qui donne sur le jardin s'est ouverte en grand. Papa et Zack, abrités sous un journal, se sont précipités à l'intérieur pour échapper à une averse subite. Si j'en jugeais par les taches de cambouis étalées sur leurs manches et leur visage, ils arrivaient de la remise où ils avaient travaillé sur l'égouttoir. Comment des taches de cambouis peuvent-elles naître de la fabrication d'un égouttoir à vaisselle ? Ne me demandez pas.

– Cette pluie est un véritable déluge *biblique*, a dit papa.

– Tu veux dire qu'il pleut des grenouilles et des nuages de sauterelles, comme dans les dix plaies d'Égypte ? ai-je interrogé.

– Non, je veux dire que…

– Des colonnes de feu s'abattent du ciel ? ai-je suggéré.

Papa a regardé maman. Elle a haussé les épaules.

– C'est aussi ton fils.

La météo, ici, est toujours un peu changeante mais, dernièrement, elle paraissait encore plus bizarre que d'habitude. Pas de pluie de grenouilles, de sauterelles ou de colonnes de feu, mais des grêlons de la taille d'une Mini Cooper, des nuages épais comme du flan aux œufs et des orages d'électricité assez violents pour ressusciter le monstre du docteur Frankenstein.

– Tu as passé une bonne journée à l'école ? a demandé papa tandis que sa main ébouriffait mes cheveux.

– Il participe au journal de l'école, maintenant, a annoncé maman sans me quitter des yeux.

– Ça m'étonnerait, a coupé Zack avec une grimace.

– Mais si, j'en fais partie !

Je lui ai jeté un regard noir. Je gardais son secret

depuis des lustres : ne voyait-il pas qu'il était temps de me rendre la pareille ?

Maman s'est penchée en avant et a fait glisser son regard sur moi comme un scanner laser.

– Il y a quelque chose que tu ne me dis pas, n'est-ce pas ?

Il y avait un tas de choses que je ne lui disais pas. Laquelle avait-elle à l'esprit ? Si je lui sortais un mensonge éhonté, elle me démasquerait aussitôt. Il fallait que je lâche une vérité. Une demi-vérité.

– Euh, tu sais quand je t'ai raconté que j'allais chez Sergio après l'école ? En fait, je ne me suis pas rendu là-bas.

– Luke Parker ! s'est exclamée maman d'une voix qui aurait surpassé le cri hypersonique de Flèche Noire.

Elle s'est levée, sa chaise a crissé sur le sol comme des ongles sur un tableau d'école.

J'ai regardé mon père et ma mère tour à tour. Leurs yeux étincelaient d'un mélange de déception et de mécontentement. Zack se tenait devant le frigo ouvert et buvait du jus d'orange directement à la brique de carton ; il étouffait des gloussements à l'idée du guêpier dans lequel je m'étais fourré. Pas un guêpier du genre nid d'insectes piqueurs rayés noir et jaune. Non, une autre sorte, celui où l'on se retrouve en équilibre au bord d'une falaise à cause du sale tournant qu'est en train de prendre l'histoire. Je me retrouvais acculé, mais j'étais sûr de savoir ce que je faisais. Enfin, à peu près sûr.

– Je sors avec Lara Lee, ai-je annoncé.

Une toux s'est fait entendre et le jus d'orange a jailli des deux narines de Zack en même temps. Remarquable.

Maman et papa ont eu des réactions différentes à mon aveu. Le menton de papa s'est allongé, une expression étrange s'est installée sur son visage et il a commencé à hocher la tête. Je dirais presque qu'il avait l'air impressionné. Maman, de son côté, s'est laissée retomber lourdement sur sa chaise.

– Mon petit garçon a grandi, a-t-elle soupiré.

Mission accomplie ! J'avais réussi avec succès à détourner les questions gênantes sur ce que j'avais vraiment fait cet après-midi. Lara et moi étions bien *sortis* pour rencontrer Christopher Talbot, donc c'était un peu « sortir ensemble », non ? Peu importe. C'était suffisamment approchant pour moi.

– Il invente, a dit Zack, les lèvres tremblantes.

Il s'est tourné vers moi, les yeux écarquillés, du jus d'orange luisant s'écoulait de son nez. Si je n'avais pas su qu'il était un super-héros, j'aurais dit qu'il était sur le point de fondre en larmes.

– Tu ne sors avec personne, c'est n'importe quoi.

À cet instant, le téléphone a sonné et maman a décroché.

Elle a dit « allô », puis « oh », et, avec une expression médusée, m'a passé le combiné.

– C'est… Lara.

Zack a émis un bruit comme s'il s'étouffait avec une cacahouète et a quitté la cuisine à grands pas, secoué d'une sorte de hoquet furieux. Depuis l'allée extérieure de la maison est monté un cri étranglé :

– Nooon !

Je ne comprenais pas pourquoi il en faisait tout un plat. J'ai porté le téléphone à mon oreille.

– Salut, Lara.

– Pas le temps de bavarder. Retrouve-moi dans ta cabane dans cinq minutes.

– Il faut vraiment que ce soit dans cinq minutes ? Je n'ai pas encore dîné.

Un soupir est monté de l'autre bout de la ligne.

– Bien, a-t-elle grommelé. Après dîner, alors.

Elle a marqué une pause.

– Qu'est-ce que tu manges ?

J'ai jeté un œil à la marmite qui bouillonnait sur la plaque chauffante. Le couvercle cliquetait et se soulevait par intermittence tandis que s'élevaient des bouffées de vapeur blanche.

– Je ne sais pas, ai-je répondu. Mais je crois que ça essaye de s'échapper.

– Hé, je t'entends, a dit maman.

J'ai placé une main en coupe devant le combiné et me suis détourné.

– Oh, et si on te le demande, ai-je murmuré, nous sortons ensemble.

– Nous *quoi* ?

– J'étais coincé. Il fallait que je dise quelque chose.

– Alors tu as raconté que j'étais ta petite amie ?

– Oui, mais ce n'était qu'une tactique de diversion. Un peu comme un gnou.

– C'est quoi ton truc avec les gnous ? a-t-elle marmonné avant de raccrocher.

Dès la fin du dîner, je suis monté à l'étage en annonçant bruyamment que j'allais faire mes devoirs. Mon plan était à l'origine de faire le tour par l'arrière et de retrouver Lara dans la cabane, mais j'ai supposé qu'il valait mieux faire comme si je suivais ma routine quotidienne.

Depuis le rez-de-chaussée, j'entendais papa et maman qui finissaient la vaisselle et dansaient dans la cuisine. Ils font cela souvent, bien qu'ils soient nuls comme danseurs. Au moins, ils se contentent de s'ébattre dans la cuisine et pas en public où de vraies gens pourraient les voir. Tandis qu'ils se dandinaient sous mes pieds, j'ai trottiné sur le palier, contourné la plante en pot et dépassé la chambre de Zack. Il n'était pas descendu dîner et, à ma grande surprise, maman n'avait pas insisté. J'ai entrouvert la porte de ma propre chambre et me suis glissé par l'ouverture. À peine sur le seuil, j'ai senti qu'une poigne de fer se refermait sur mon bras et qu'on me tirait brutalement à l'intérieur.

Zack a claqué la porte derrière moi et s'est tourné dans ma direction.

– Tu ne peux pas sortir avec Lara Lee, a-t-il sifflé.

– Pourquoi pas ?

– Parce que, parce que…, a-t-il bégayé, tremblant de fureur.

J'ai senti des gouttelettes d'eau sur mes joues et remarqué que ses cheveux étaient trempés.

– Parce que je veux sortir avec sa grande sœur et… et… que je n'ai encore jamais eu de petite amie… et que tu es mon petit frère et…

Un gémissement est monté dans sa gorge.

– Et que ce n'est pas comme ça que ça doit être !

Il a relâché sa prise et j'ai frotté mon bras. J'aurais dû lui dire la vérité. À cet instant précis, j'aurais dû dire : « Détends-toi, frérot, j'ai inventé toute l'histoire avec Lara, afin que maman et papa me laissent tranquille. »

Mais je suis resté muet.

Là, debout devant Zack, pour la première fois depuis qu'il était devenu Star Mec, je me suis senti fort. J'avais quelque chose qu'il désirait par-dessus tout, et je n'étais plus capable que d'une seule pensée : « Ça lui apprendra, maintenant il sait ce que ça fait. » À l'idée de la frustration de Zack, une partie de moi percevait que je me conduisais mal, mais une autre se délectait comme un cochon vautré dans un bain de boue.

– Eh bien, nous *sortons* ensemble, c'est tout, ai-je dit. Lara est ma petite amie.

166

Il a accusé le coup, mais je voyais bien qu'il s'apprêtait à me sonder davantage : si je ne mettais pas fin à cette conversation, il allait s'apercevoir que je mentais. Je savais comment lui clouer le bec. C'était une arme de dissuasion nucléaire, mais il ne me laissait pas le choix. J'ai pris une grande inspiration et annoncé :

– Elle m'a embrassé.

C'était encore un mensonge, bien sûr, mais Zack a titubé comme si un rayon cosmique l'avait frappé.

– Vous vous êtes embrassés ? a-t-il hurlé. Tu as à peine onze ans et tu as embrassé une fille. C'est… Je ne sais même pas ce que c'est. Je ne me sens pas très bien, a-t-il ajouté avant de s'étaler de tout son long sur mon lit.

C'était vrai qu'il avait l'air pâle. Les boutons supérieurs de sa chemise étaient défaits et je voyais que les étoiles de sa poitrine, qui habituellement luisaient comme des veilleuses et palpitaient comme un cœur de lion, étaient ternes et clignotaient avec irrégularité. J'ai ressenti une vague de culpabilité. Avais-je causé cela avec mes mensonges à propos de Lara ? Serait-ce là, pour Star Mec, l'équivalent d'une sorte de kryptonite ? Le cristal vert faisait perdre tout contrôle à Superman…

– Zack, tes étoiles…

– Je sais. Ça a commencé la nuit dernière…

Il s'est retourné sur le ventre et a regardé par la fenêtre, les yeux dans le vague.

– Je venais juste d'empêcher l'attaque d'une banque.

Il a toussé.

– D'habitude, je me sens plein d'énergie lorsque je déjoue un hold-up, mais là, j'étais si fatigué que j'ai presque laissé échapper un cambrioleur. C'était moins une.

– Mais tu as quand même réussi, ai-je dit pour essayer de le rassurer. Tu as attrapé les méchants juste à temps, sur le fil. C'est comme ça avec les super-héros. Ils sont rarement en avance.

– Je ne t'ai pas encore raconté le pire.

Il s'est retourné sur le dos et a fixé le plafond.

– Après avoir remis les voleurs à la police, j'ai attendu le bus pour rentrer et j'ai senti qu'il disparaissait.

– Qu'il disparaissait ?

– Mon champ de force. Il s'est tout simplement éteint. Juste au moment où je montais dans le 43. Il s'est éteint comme s'il y avait eu une panne de courant et n'est pas revenu depuis.

Du doigt, il a décrit un cercle autour de sa tête.

– Et maintenant, mon radar ne fonctionne plus. Et je viens juste de plonger la tête dans la baignoire pour voir si je pouvais respirer sous l'eau.

Ceci expliquait les cheveux mouillés.

– Et alors ? ai-je demandé.

– Je me suis presque noyé.

Sa voix s'est brisée.

Nous avions un gros problème. J'ai insisté :

— Mais tu as toujours ton pouvoir de télékinésie, n'est-ce pas ?

— Je… Je ne sais pas.

— Essaye-le. Commence avec quelque chose de facile.

J'ai désigné ma lampe de chevet.

— Utilise ton pouvoir pour l'allumer, ai-je suggéré.

— D'accord, je tente.

Zack s'est redressé sur le lit, a étendu la main, écarté les doigts et fixé son regard sur la lampe. Son bras s'est mis à trembler sous l'effort. Il serrait tellement les dents qu'elles grinçaient. Une veine bleue palpitait sur sa tempe et semblait sur le point d'exploser. Puis, dans un souffle, il a baissé le bras et est retombé à la renverse sur le lit.

— Ça ne sert à rien, a-t-il conclu avec un soupir désespéré. J'ai perdu tous mes pouvoirs. Comment vais-je faire pour sauver deux univers, maintenant ?

Ma tête bruissait d'un tourbillon de pensées. En était-il vraiment ainsi ? Le règne de Zack en tant que Star Mec touchait-il déjà à sa fin ? J'ai honte de l'admettre, mais une part de moi s'en félicitait. Il n'avait jamais apprécié à sa juste valeur le fait d'être un super-héros et, à mon avis, ne méritait pas ses pouvoirs. D'accord, il s'en était allé combattre le crime, mais je savais que le cœur n'y était pas et qu'il aurait préféré rester faire ses devoirs dans sa chambre.

Bien sûr que les super-héros perdaient sans arrêt leurs pouvoirs (et évidemment, Zack l'ignorait puisqu'il n'avait jamais lu de bandes dessinées). Pendant un temps, Superman a renoncé aux siens pour devenir humain et sortir avec Lois Lane. Imaginez un peu, abandonner ses super-pouvoirs pour une fille ? Spiderman, Thor et Wolverine ont tous à un moment connu des passages à vide. Mais leurs pouvoirs sont revenus. Ils reviennent toujours. Et j'étais sûr qu'il en serait de même pour Zack. Après tout, Bozon le Baragouineur les lui avait donnés pour qu'il puisse vaincre Némésis et l'affrontement ultime n'avait pas encore eu lieu. J'étais sur le point de le réconforter quand il s'est tourné sur le côté et a gémi :

– Il y a la réunion parents-professeurs au collège mardi prochain.

Pourquoi aurais-je été surpris ? Après tout, c'était mon studieux de grand frère. Voici exactement le genre de chose qui pouvait le préoccuper davantage que les circonstances actuelles.

– Pendant tout ce temps que j'ai passé à faire Star Mec, à sauver des gens et à déjouer des crimes, j'ai négligé mon travail scolaire.

Zack a dégluti avec difficulté.

– Mes résultats chutent, a-t-il ajouté d'une voix qui se brisait. Je ne passe pas en maths.

Avant d'être un super-héros, Zack était un super-élève. Il semblerait qu'on ne puisse pas cumuler les deux. Je savais à quel point il prenait ses études au sérieux : il voulait devenir médecin et, pour réaliser ce rêve, il faut des A dans toutes les matières dès l'âge de trois ans. De plus, aucun champ de force de la galaxie ne pourrait le protéger de la fureur de papa et maman quand ils découvriraient qu'il était recalé en maths.

Je cherchais quelque chose à dire pour le consoler quand il a lâché une autre plainte :

— Je me sens faible. Je me sens ordinaire. Je me sens inutile. Je me sens comme…

Il a levé les yeux vers moi et j'ai compris ce qu'il pensait.

Il se sentait comme moi.

À cet instant, toute ma compassion s'est consumée en flammes. Je haïssais mon frère. Je le haïssais avec toute la puissance d'une explosion solaire. Je savais que ma vie serait bien meilleure s'il n'existait pas. Mes parents n'auraient personne avec qui me comparer. Mes bulletins scolaires ne seraient jamais plus un tantinet moins bons que les siens. Dans notre cuisine, papa a fait des marques sur le mur pour mémoriser notre croissance aux différents âges. Zack a toujours été plus grand que moi, même à un an. Toute ma vie, je n'ai jamais réussi à être à sa hauteur.

– Tu te souviens quand je t'ai dit que Cara te trouvait remarquable ? ai-je commencé.

– Oui ?

– Elle n'a pas dit que ça.

Zack a paru momentanément revigoré. Il a rampé jusqu'au rebord du lit.

– Raconte.

Je me sentais étrangement calme. Aussi glacial que Mr Freeze. Aussi impitoyable que Lex Luthor.

– Elle t'a appelé « ce gars bizarre qui ne me lâche pas d'une semelle au collège ».

Le visage de Zack s'est affaissé et il a semblé avaler sa salive avec difficulté. J'ai continué, tel l'inexorable Fléau de *X-Men*. Précis et fatal, tel le Tireur face à Daredevil.

– Et elle a un petit ami. Il s'appelle Matthias et il a une barbe.

Zack n'a rien dit, s'est laissé glisser du lit et s'est traîné hors de ma chambre. Il n'a même pas claqué la porte.

Et tandis qu'elle se refermait avec un léger *clic* derrière lui, j'ai su que j'avais vaincu Star Mec.

19
Verre brisé

J'ai attendu que maman se rende chez la voisine pour prendre des nouvelles de la vieille Mme Wilson et que papa se soit retranché dans sa remise avec son égouttoir pour me faufiler jusqu'à la cabane et rejoindre Lara. L'air semblait immobile, le ciel étoilé était caché par un épais couvercle de nuages qui avait perduré toute la semaine. Lara voulait discuter de notre prochaine action, mais je n'avais plus rien à faire de cette enquête. Je me moquais pas mal de qui pouvait bien connaître la stupide identité secrète de Zack. J'étais furieux après lui. J'ai mis le pied sur le premier barreau de l'échelle de corde et commencé à grimper.

J'avais décidé de dire toute la vérité à Lara à propos de Star Mec. Qu'elle écrive ce qu'elle voulait.

Je l'ai trouvée assise sur le sol à côté d'une pile de

bandes dessinées ; elle feuilletait un numéro de *X-Men* qu'elle a posé près d'elle.

– J'ai appelé le siège de *Planète Krypton*, a-t-elle dit tandis que je m'asseyais à mon tour. Walter Edmund Go ne peut pas donner d'interview car il est en vacances en Slovaquie. Tu ne trouves pas ça bizarre ?

– La Slovaquie est un endroit *plutôt* inhabituel pour des vacances, ai-je acquiescé.

– Et quand j'ai fait une recherche sur Google, rien n'est sorti.

– C'est l'Homme Invisible, ai-je marmonné.

Dans d'autres circonstances, l'idée aurait été assez cool, mais à cet instant cela signifiait juste que notre piste ne conduisait nulle part.

– Je crois que Christopher Talbot nous a menés en cargo.

– Je crois qu'on dit : « menés en bateau ».

Elle a froncé le nez.

– Un cargo est beaucoup plus gros qu'un bateau. De toute façon, je ne lui fais pas confiance. Avec son gadget flippant d'ôte-manteaux étrangleur et son robot explosif…

Un frisson l'a traversée.

– … Les gens normaux n'ont pas ce genre de trucs.

Je pensais que son ôte-manteaux automatique était génial et il n'y avait rien que je veuille plus au monde que mon propre robot, mais peut-être pas avec un propulseur à réaction.

— Tu as remarqué qu'il n'y avait aucune photo dans sa maison ? a-t-elle demandé.

Je m'étais fait la même réflexion et trouvais aussi cela étrange, mais je n'allais sûrement pas l'admettre devant elle maintenant. Elle en aurait profité pour démontrer qu'elle avait raison de trouver Christopher Talbot bizarre. Il n'était pas bizarre, il était comme moi.

— Je pense qu'il cache beaucoup de choses derrière les apparences, a ajouté Lara, les yeux plissés.

— Eh bien, je ne suis pas d'accord. Ce n'est pas parce qu'il adore les BD et qu'il vit dans la maison du futur que ça fait de lui un farfelu. On pourrait dire cela de la plupart des super-héros. *Ils* cachent beaucoup de choses derrière les apparences.

— Es-tu en train de dire que Christopher Talbot est un super-héros ?

Son visage s'est éclairé.

— Et s'*il* était Star Mec ?

L'heure de la vérité avait sonné.

— Lara, il faut que je t'avoue quelque chose.

J'ai pris une grande inspiration.

— Mon frère est…

J'ai essayé de faire sortir les mots. Je les voyais dans ma tête, mais ils restaient assis là, bras croisés, refusant de prendre leur essor.

— … Ce que je veux dire, c'est que… mon frère… Zack…

Je savais où était passé le champ de force de Star Mec : il s'était glissé entre mon cerveau et ma langue.

– Zack est…

À l'extérieur, un fracas de verre brisé a résonné.

– Qu'est-ce que c'était ? a demandé Lara en se précipitant à la porte.

Nous avons scruté le jardin sombre à la recherche de la source du bruit. Une lumière était allumée dans la remise de papa d'où s'élevait un martèlement sourd. Il était aux prises avec son égouttoir, mais l'explosion de verre ne venait pas de là et l'incident ne semblait pas l'avoir perturbé. Je me suis tourné vers notre maison. De la lumière brillait aux fenêtres du premier étage. Elle était allumée sur le palier et dans la chambre de Zack. Je voyais sa silhouette se déplacer.

Il s'est extirpé de son lit et a titubé à moitié jusqu'à la porte ; lorsqu'il l'a atteinte, elle s'est violemment ouverte et l'a heurté à l'épaule. Son corps a fait un vol plané. À côté de moi, j'ai entendu Lara lâcher une exclamation étouffée. Elle n'avait rien manqué de la scène. Un doigt tremblant tendu vers les fenêtres, elle a soufflé :

– Luke, il y a un robot dans ta maison !

Sur le seuil de la chambre de Zack se tenait une forme géante, étincelante. Sous nos yeux ébahis, elle a baissé sa tête chromée et fait pivoter ses larges épaules brillantes sur le côté pour pénétrer par l'embrasure de la porte. Elle a avancé avec détermination dans la pièce, un énorme pied après l'autre, comme si elle écrasait des fourmis.

– Ce n'est pas un robot, ai-je dit. C'est quelqu'un qui porte une combinaison robotique.

Ses mouvements étaient saccadés, comme si la combinaison sortait tout juste de son emballage et que son propriétaire n'avait pas encore lu le mode d'emploi. Sans une hésitation, la créature s'est dirigée vers Zack qui gisait sur le sol, encore étourdi par la collision avec la porte ; elle allait bientôt être sur lui. Il fallait que je fasse quelque chose. Mais Lara avait une longueur d'avance.

– Allez, viens, qu'est-ce que tu attends ?

Elle s'est lancée dans le vide depuis la plate-forme de la cabane et s'est tortillée jusqu'au bas de l'échelle de corde. J'ai dégringolé derrière elle. Le temps que j'atteigne l'herbe, elle ouvrait déjà la porte arrière de la maison, qui donnait sur le jardin. Quand je l'ai rattrapée, elle se faufilait dans la cuisine. Les lumières étaient éteintes.

– C'est quoi le plan ? ai-je murmuré dans l'obscurité.

– Nous allons arrêter le robot, a-t-elle répondu comme si je lui demandais de quelle couleur était le ciel. Nous bénéficions de l'effet de surprise.

Elle avait besoin d'un petit retour à la réalité.

– Euh, nous sommes en présence d'un super-méchant équipé d'une combinaison robotique qui est très certainement conçue pour décupler la force, la vitesse et l'endurance de son utilisateur, ce qui le rend capable de t'arracher un bras aussi facilement que tu déchires une feuille d'un rouleau de papier toilette. Et tu penses que nous bénéficions de l'effet de surprise ?

– Si tu as peur, reste ici, a-t-elle répliqué avant de trottiner vers le vestibule.

– Je n'ai pas peur.

J'ai serré les dents et l'ai suivie. Nous avons avancé à pas de loup dans le hall sombre et silencieux. La porte d'entrée de la maison pendait bizarrement à une charnière, comme un grimpeur accroché du bout des doigts à la paroi d'une montagne. La vitre colorée qui occupait sa partie supérieure gisait en mille morceaux sur le tapis. Non loin de là, le guéridon a eu comme un frémissement. J'ai remarqué un serpentin noir enroulé autour de ses pieds et me suis agenouillé pour en avoir le cœur net.

Branché dans la prise murale sous la petite table se trouvait ce qui ressemblait au fil électrique d'un aspirateur. Quelque chose tirait dessus et faisait chanceler la table. J'ai suivi le fil qui zigzaguait sur le tapis et sortait par la porte démolie.

– J'ai un mauvais pressentiment, ai-je marmonné.

J'ai couru dans l'allée et aperçu le dos de la combinaison robotique tandis que son propriétaire débouchait dans la rue à pas lourds. Le câble se déroulait jusqu'à la chaussée et se connectait à l'arrière de l'armure de métal.

Un murmure faible mais audible s'est fait entendre.

Une voix synthétique émanait de la combinaison. J'ai supposé que c'était une sorte d'ordinateur embarqué qui servait d'interface tactique. La voix a prononcé des instructions :

– Au bout de l'allée, tournez légèrement à gauche. Vous êtes arrivé à destination.

La créature a progressé avec raideur jusqu'à une voiture garée, un monospace aux vitres teintées sans plaque d'immatriculation. C'est seulement lorsqu'elle a marqué une pause pour chercher ses clefs que j'ai vu mon frère, à moitié inconscient, prisonnier de ses bras massifs à renfort hydraulique.

– Zack ! ai-je hurlé.

La créature s'est retournée en entendant ma voix. L'espace d'un instant, nos yeux se sont rencontrés. Derrière son masque de métal, deux têtes d'épingle ont émis une lueur incandescente. Un genre de télémètre laser ou de vision infrarouge, ai-je songé. Le super-méchant a ouvert la portière du monospace et jeté Zack à l'intérieur comme un fétu de paille.

– Comment peut-on l'arrêter ? a crié Lara.

Une demi-heure plus tôt, j'étais tellement en colère après Zack que si quelqu'un m'avait proposé d'organiser son enlèvement par un super-méchant vêtu d'un exosquelette motorisé, j'aurais baisé avec joie sa main surpuissante. Mais maintenant que cela se produisait dans la vraie vie, mes sentiments prenaient une tournure différente.

– Je suis sur le coup, ai-je lancé avant de rebrousser chemin à toute allure vers le vestibule.

Je me suis jeté à genoux et ai glissé sur le tapis. Accroupi sous le guéridon, j'ai arraché le câble de la prise. J'ai entendu Lara s'exclamer :

– Il a arrêté de bouger, dépêche-toi !

J'ai bondi sur mes pieds et me suis précipité hors de la maison pour sauver Zack.

Sur la chaussée, la créature était figée comme une statue, neutralisée juste au moment où elle allait grimper dans le monospace, une main gantée cybernétique accrochée au montant de la portière, une jambe suspendue au-dessus du marchepied. Mais pas pour longtemps. Un bourdonnement s'est fait entendre et elle a semblé se réinitialiser à partir d'une batterie interne. Sûrement assez efficace pour quelques minutes d'énergie, mais pas autant que la prise secteur.

La combinaison robotique est revenue à la vie et, tandis que nous nous précipitions vers elle, elle s'est calée sur le siège du conducteur et a mis le contact. Nous arrivions trop tard. Le monospace a démarré dans un craquement de boîtier de vitesses. Sans réfléchir, j'ai couru au milieu de la route pour bloquer le passage. Face à la voiture, j'ai alors pris conscience qu'elle n'allait pas s'arrêter.

Mes jambes ont été balayées sous moi et j'ai senti tout l'air s'échapper de mon corps. Étendu sur le bord de la chaussée, j'ai levé les yeux pour apercevoir

Lara allongée sur moi. Le monospace ne m'avait pas heurté : c'était Lara qui m'avait poussé hors d'atteinte du véhicule.

Nous nous sommes démêlés l'un de l'autre et avons repris notre souffle, regardant avec impuissance la voiture qui s'éloignait sur Moore Street. Le poids de la combinaison devait être trop important pour son châssis : rabaissée, elle touchait le macadam et laissait derrière elle une traînée d'étincelles comme la post-combustion d'un avion de chasse. Dans un gémissement plaintif de pneus, elle a pris un virage et disparu. Pendant une ou deux secondes, les étincelles argentées ont lui dans l'air nocturne puis grésillé en retombant sur le goudron froid et se sont éteintes.

– Nous devons appeler la police, a dit Lara avant de bondir sur ses pieds.

– Non, attends.

Je ne pouvais pas la laisser faire ça. La police poserait trop de questions. Tout s'était passé trop vite ; j'avais besoin de temps pour réfléchir.

– Mais ton frère a été enlevé par… par… c'était quoi ce truc ?

– Pas c'était quoi, mais c'était *qui*…

Ça ne faisait aucun doute. Elle avait parfaitement choisi son moment. Elle s'était tenue loin de toute l'agitation autour de Star Mec, avait patienté dans l'ombre jusqu'à ce qu'il se retrouve en position de faiblesse.

– Ce truc, ai-je ajouté, c'était Némésis.

20

Tu es mon seul espoir

— Qui est Némésis ? a demandé Lara.

— Personne, ai-je répondu à la hâte.

Elle s'est figée, une main sur la hanche, avec une expression que j'avais déjà observée chez mon professeur de sport juste après l'avoir informé que j'étais dans l'impossibilité de participer au tournoi de balle au prisonnier de l'après-midi, à cause d'une vieille blessure contractée lors d'une corrida.

J'ai repris la direction de chez moi avec l'espoir qu'elle ne me suivrait pas.

— Luke ?

Ma mère se tenait devant l'entrée béante de la maison et semblait essayer de comprendre pourquoi sa porte gisait en mille morceaux dans le vestibule.

— Qu'est-ce qui s'est passé ?

Un super-méchant dans un exosquelette futuriste a kidnappé ton fils aîné qui, d'ailleurs, n'est pas qu'un simple collégien mais aussi un super-héros mondialement connu sous le nom de Star Mec…

C'est exactement ce que je n'ai pas dit.

Une partie de moi voulait lui annoncer la vérité. Tout lâcher sur Zack et Star Mec et Némésis. Lui demander d'appeler la police, l'armée, la Ligue de justice d'Amérique. Mais que pourrait faire la police ? Némésis était une super-méchante. Dans les bandes dessinées, la police est toujours impuissante face aux esprits maléfiques technologiquement supérieurs. Et oublions l'armée : ils tirent toujours les premiers et leurs armes sont totalement inefficaces. Et je ne pouvais pas faire appel à la Ligue de justice parce que, ben… pour ce que j'en savais, ses membres étaient des personnages de fiction. Le seul véritable super-héros du monde était mon frère. Et le dire à maman lui retirerait le dernier pouvoir qui lui restait : son identité secrète.

J'ai regardé son visage interrogateur et cherché désespérément une réponse. Plus j'hésitais, plus je voyais grandir ses soupçons. Il fallait que je dise quelque chose. Quelque chose de simple. De crédible. De rapide.

– C'était une minitornade, a déclaré Lara.

Voilà. Quelque chose comme ça.

– Oui ! Exactement. Le vent, ai-je renchéri avec un bruitage additionnel du meilleur effet. Wouuuuh…

– Merci, Luke, je pense que ta maman sait quel bruit fait le vent.

Maman a semblé réfléchir à l'explication de Lara.

– Eh bien, a-t-elle fini par dire, on a eu beaucoup d'étranges phénomènes météo ces derniers temps.

C'était vrai : des tempêtes à déraciner les arbres suivies d'un calme irréel, des journées obscurcies de nuages épais comme cette semaine.

– Oui, vraiment étrange, ai-je acquiescé avec un hochement de tête beaucoup trop enthousiaste.

– Tant que vous deux n'avez rien, ce n'est pas grave.

À ces mots, elle a traversé avec précaution le hall jonché de verre et nous a enveloppés dans ses bras pour un énorme câlin : ses inquiétudes domestiques pour la porte brisée avaient vite été remplacées par ses préoccupations maternelles.

– Nous allons bien, madame Parker, a marmonné Lara depuis quelque part à l'intérieur du manteau de ma mère.

– Où est Zack ? a demandé maman.

Oh, oh.

– Tu le connais, ai-je répondu, rien ne peut le perturber quand il fait ses devoirs.

Sauf quand un super-méchant le kidnappe.

Maman a acquiescé.

– Je ferais mieux de nettoyer tout cela avant que quelqu'un ne se blesse.

Elle s'est dirigée vers le placard sous l'escalier pour récupérer une pelle et une balayette. Tandis qu'elle farfouillait dans le petit cagibi, elle a lancé par-dessus son épaule :

– Lara, il est tard. Je pense que tu devrais rentrer.

– Oui, madame Parker.

– Je te raccompagne, ai-je proposé.

Il y avait quelque chose que je devais lui dire. En privé.

– D'accord, a répondu maman. Mais reviens tout de suite après.

Elle a décroché le tube de l'aspirateur et l'a agité dans notre direction.

– Et pas de papouilles avant que vous ayez vingt et un ans !

Lara m'a poussé vers la sortie. Je ne suis pas sûr de ce qui m'a le plus saisi, entre le froid de la nuit et les mots qu'elle a sifflés dans mon oreille :

– Tu vas tout me dire. Maintenant. Ou je retourne direct chez toi et j'informe ta mère qu'il n'y a pas eu de minitornade, et je lui raconte en détail tout ce qui s'est passé ce soir.

En même temps, ça aurait pu être pire. Elle aurait pu vouloir papouiller.

Il m'a fallu un moment pour mettre mes idées en ordre. Ce que je me préparais à faire allait tout changer. Mais Némésis avait kidnappé Zack et, sous peu, mes parents se rendraient compte que leur fils aîné n'était pas dans sa chambre en train de préparer son évaluation de géographie. Ils téléphoneraient à ses amis et, comme il ne réapparaîtrait toujours pas, ils contacteraient la police. Il y aurait des larmes, des attentes angoissées, peut-être même un appel à témoin à la télévision suivi d'une supplique déchirante pour qu'il revienne à la maison. Sauf que je savais qu'il ne reviendrait pas. Privé de ses super-pouvoirs, il était trop faible pour lutter même contre un rhume, sans parler d'un super-méchant. Il n'était plus que Zack Parker, médaille d'or de la bonne conduite, le frère le plus ennuyeux que la Terre ait jamais porté.

Il avait besoin de moi. Et de Lara.

Courageuse, intelligente, elle avait déjà démontré ce soir sa rapide capacité de réaction avec son explication sur l'étrange minitornade. Bien sûr, elle voulait révéler la véritable identité de Star Mec, mais si quelqu'un pouvait m'aider à sauver mon frère, c'était bien Lara Lee. Il n'y avait qu'une seule chose à faire.

— Zack est Star Mec, ai-je annoncé.

Dans les bandes dessinées, quand un super-héros dévoile son identité secrète, au début personne ne le croit. J'imaginais donc très bien la réponse de Lara. Elle allait bafouiller quelque chose pour dire que c'était impossible, ridicule, complètement in…

— Je sais, a-t-elle répliqué.

— Tu… quoi… euh… comment ?

Elle a retiré la main de la poche de son jean et ouvert lentement les doigts.

S. M.

Le blason de Star Mec scintillait sur sa paume à la lueur des lampadaires. Celui que je lui avais fabriqué en collant de vieilles décorations de Noël sur l'une des broches de maman. Il était devenu l'un des symboles les plus photographiés au monde, reconnaissable entre tous pour quiconque suivait les exploits de mon frère.

– Je l'ai trouvé dans la rue, a-t-elle expliqué. Là où la voiture était garée. Il a dû tomber quand… Comment tu l'as appelée ? Némésis ?… Quand Némésis l'a fourré sur le siège arrière.

Elle a plissé les yeux, avant de poursuivre :

– Je m'étais toujours demandé comment Zack avait pu récupérer le téléphone de Cara dans la bouche d'égout ; maintenant, je sais. La télékinésie. Mais je ne sais rien d'autre. Et je veux toute l'histoire.

Elle a alors aboyé :

– Crache le morceau ! Du début jusqu'à la fin. Chapitre un. Allez !

Pendant les cinq minutes suivantes, Lara m'a écouté avec attention tandis que je l'abreuvais de récits sur Zorbon le Décideur conférant des superpouvoirs à Zack ; sur la menace que Némésis faisait planer sur deux univers et que seul Star Mec pouvait contrecarrer ; sur la façon dont il avait perdu ses pouvoirs ; sur son refus de porter la cape que j'avais fabriquée à partir du rideau des toilettes. Enfin, vous savez, tous les trucs importants.

Après avoir terminé, je l'ai regardée dans les yeux et j'ai dit :

– J'ai besoin de ton aide pour sauver Zack.

Elle s'est fendue d'un sourire entendu pas vraiment rassurant et a déclaré :

– Tu peux compter sur moi.

D'un large geste du bras, elle a tracé un gros titre imaginaire dans l'air de la nuit et lancé :

– « Une jeune reporter *sauve* Star Mec ». *Là*, j'ai mon article.

Elle s'est lentement hissée sur la pointe de ses tennis. Il est possible qu'elle ait lévité d'excitation.

Mais avant que je puisse répliquer, quelque chose d'étrange s'est produit.

– Luke, c'est moi, a dit Zack.

– Zack ?

J'ai pivoté au son de sa voix, persuadé qu'il se tenait derrière moi. Mais la rue était vide.

– Luke, tu es là ? Tu m'entends ?

C'était bien sa voix, mais Zack restait totalement invisible.

– C'est lui, n'est-ce pas ? a demandé Lara. Il te parle par télépathie.

La télépathie ? La communication par l'esprit. Bien sûr que c'était ça. La voix de Zack était dans ma tête, transmise par ce qui devait être le cinquième de ses super-pouvoirs à se révéler. Mais ne les avait-il pas tous perdus ?

J'ai formé les mots dans mon cerveau :

« Zack, je t'entends. Tes pouvoirs sont revenus. »

« Non. Je pense que c'est une sorte de bouée de secours qui s'active dans les moments critiques. Je ne sais pas combien de temps ça va durer. Luke, j'ai de gros gros problèmes. »

« Je sais. J'ai vu Némésis te kidnapper. Je n'ai rien pu faire pour l'arrêter. »

– Demande-lui ce qu'il voit, est intervenue Lara. S'il peut nous donner un repère, nous pourrons réduire la zone de recherche, sinon, ça va être comme chercher une nouille dans une botte de foin.

Elle avait raison. Pas pour la nouille, mais certainement sur le moyen de retrouver la piste de Zack.

« Où es-tu ? » ai-je dit dans ma tête.

« Ligoté dans une voiture. »

« Tu peux voir quelque chose ? »

« Rien, je suis étendu sur le siège arrière. »

« Il faut que tu me fournisses des indications. Quelque chose de remarquable. Un repère. »

« Bien pensé. Je vais essayer de me tortiller jusqu'à la fenêtre. »

J'ai jeté un regard à Lara ; elle semblait pleine de bonnes idées.

« Tu sais, parfois, j'aimerais être celui qui est allé

faire pipi ce soir-là, a soupiré Zack. Zorbon le Décideur a choisi le mauvais frère. »

J'en étais persuadé depuis des semaines mais, à cet instant, je me suis rendu compte que ce n'était pas vrai. Zack avait sacrifié les choses qu'il aimait le plus (oui, ses devoirs, d'accord, c'est assez bizarre mais peu importe) afin de remplir ses responsabilités de Star Mec. Il n'avait jamais demandé à être un super-héros mais quand bien même, il avait accepté sa mission, si on exclut le masque et la cape. Je me suis senti plus proche de mon grand frère que je ne l'avais été depuis des années, ce qui n'avait ni queue ni tête puisqu'il était plus loin que jamais. J'ai éprouvé une étrange sensation télescopique, comme si je me tenais au sommet de la plus haute montagne du monde et que toutes les étoiles de la nuit s'éloignaient de moi à toute vitesse. J'ai compris que je ne reverrais peut-être jamais Zack. J'avais envie de lui dire que tout allait s'arranger, mais je n'en avais aucune idée. Star Mec avait perdu ses pouvoirs et je n'étais qu'un écolier ordinaire confronté aux intrigues diaboliques d'un super-criminel. Je n'avais même pas d'arme secrète.

« Attends, la voiture ralentit », a dit Zack.

Le silence s'est installé.

« Zack ? »

« Je suis toujours là. Nous nous sommes arrêtés. Je peux relever un peu la tête. »

Il y a eu une pause.

« Sans blague. C'est impossible. J'y crois pas. »

« Quoi ? Qu'est-ce que c'est ? »

J'ai entendu un bruit de portière qui s'ouvrait et le frottement de Zack qu'on extirpait du véhicule.

« Nous allons à l'intérieur », a-t-il ajouté.

« À l'intérieur de quoi, Zack ? » ai-je dit dans ma tête puis, de désespoir, à voix haute.

– Vous allez à l'intérieur de quoi ?

« J'entends des voix… Ils m'emmènent dans le… cratère. »

« Le cratère ? Qu'est-ce que ça veut dire ? Le cratère de quoi ? »

Il a répondu à travers un flot de parasites, puis la connexion télépathique s'est interrompue et je n'ai plus entendu que mes propres pensées qui tourbillonnaient follement dans ma tête.

Lara me considérait avec impatience.

– Alors ? Qu'est-ce qu'il t'a raconté ?

Je n'en étais pas sûr à cent pour cent parce que j'avais perdu la connexion au moment crucial, mais je pensais avoir compris ses derniers mots.

– Luke, où Zack est-il retenu prisonnier ? a insisté Lara.

J'ai cligné des yeux et croisé son regard.

– Dans un volcan.

21
Trois font la paire

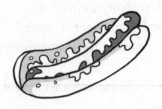

Lorsque Zack ne s'est pas présenté au petit déjeuner le lendemain matin, maman et papa ont immédiatement compris que quelque chose clochait. Mon frère ne se tenait jamais volontairement éloigné de ses céréales. Maman a frappé à sa porte et, lorsqu'aucun grognement adolescent n'est venu en réponse, elle est entrée pour découvrir que le lit n'avait pas été défait. Je me sentais mal à l'aise de dissimuler ce que je savais à mes parents, mais la vérité ne leur aurait apporté aucun réconfort, loin de là. Comme je l'avais prévu, s'en est suivie une série d'appels de plus en plus affolés aux amis de Zack. Puis, papa a téléphoné à la police.

En un rien de temps, deux officiers, un homme et une femme, se sont présentés à notre porte ; leurs casquettes à la main, ils parlaient d'une voix douce.

Ils ont tout d'abord recueilli les déclarations de mes parents, puis ça a été mon tour. Je savais que l'heure était grave lorsqu'ils m'ont fait asseoir sur le canapé avec une cannette de Fanta et une assiette de Pim's ; d'ordinaire, je ne peux approcher ni l'une ni l'autre avant d'avoir englouti mon propre poids en salade. J'ai répondu à leurs questions du mieux que je le pouvais. Est-ce que Zack a côtoyé des personnes inhabituelles dernièrement ? Oui, un être transdimensionnel envoyé par le Haut Conseil et, oh, une super-méchante du nom de Némésis. S'est-il comporté bizarrement ? Eh bien, il s'est précipité dans des bâtiments en flammes, a soutenu des ponts qui s'écroulaient et sauvé la vie de gens, la plupart du temps. Donc non, rien de bien étrange… *pour un super-héros*. Évidemment, je n'ai pas dit tout cela à voix haute. Je leur ai fourni des réponses insipides pour ne pas les paniquer – et éviter de me faire enfermer dans un asile pour petits frères déments.

À la fin de l'interrogatoire, j'ai dit à papa et maman que je voulais aller à l'école. Ils ont paru surpris. Est-ce que j'en étais sûr ? Si, étant donné les circonstances, je voulais prendre une journée de congé, ils comprendraient. J'ai refusé fermement d'un signe de tête. Oui, j'étais sûr, j'avais des affaires importantes à régler. Ils ont tous deux insisté pour me conduire en voiture jusqu'aux grilles. Maman m'aurait tenu par la main pour m'accompagner dans ma classe si je l'avais laissée faire. Je les ai serrés chacun dans mes bras et ai dit que j'étais persuadé que Zack rentrerait à la maison en moins de temps qu'il ne faut pour le dire. Et s'il n'avait tenu qu'à moi, il en serait ainsi.

À partir de ce moment-là, Zack est officiellement devenu un enfant disparu, ce qui me faisait bizarre. Les policiers avaient coché la mauvaise case sur leur rapport. Zack était un super-héros disparu. Mais j'étais le seul à savoir ça.

Rectification. Nous étions deux. Lara Lee savait aussi. Et avant la fin de cette journée, j'allais devoir mettre une autre personne dans le secret.

Les enfants s'ébattaient dans la cour de récréation et, tandis que les plus sportifs tapaient dans des ballons de foot et que les plus grands tapaient sur les plus petits, tous semblaient joyeusement inconscients du fait que la rencontre qui se tenait à l'autre bout du terrain de basket pouvait décider du destin de deux univers. Il était onze heures et demie, ou plutôt zéro ouaf trente, comme nous avions pris l'habitude de dire à cause de l'épagneul qui vivait dans la maison face aux grilles de l'école et qui sautait derrière la vitre en aboyant à tue-tête tous les matins à la pause.

– *Buongiorno*, Lara. C'est merrrveilleux de te revoir.

Il a pressé ses lèvres sur le dos de la main de Lara puis a pris une bouffée de son inhalateur.

Pourquoi avions-nous besoin de Sergio ? C'était

simple. Simple, bien que la réponse comporte tout de même deux points, telles les réponses aux questionnaires de Mme Tyrannosaure sur ses livres infernaux. Si nous devions traquer Némésis, c'est-à-dire une super-méchante, il nous fallait apprendre à réfléchir comme elle ; seul Sergio possédait une connaissance encyclopédique des héros et des méchants susceptible de rivaliser avec la mienne. L'été dernier, il s'était même produit un événement qui m'avait laissé penser qu'il avait une meilleure compréhension des esprits criminels que moi.

Nous étions partis ensemble en colonie super-héros. C'est comme un camp scout, mais le thème est beaucoup plus sympa. Vous vous retrouvez sous des tentes dans une vallée du pays de Galles avec cinquante autres garçons qui savent tous que Galaxus, dévoreur de mondes, n'a peur que d'une chose, l'Anéantisseur ultime ; que depuis 1970, Flash peut battre Superman à la course ; et que Wolverine, le glouton, avait reçu comme premier nom Badger, le blaireau. En d'autres termes, des âmes animées du même feu que moi. La brochure de la colonie annonce que l'ambition de ce camp est de s'inspirer du bon exemple des super-héros. D'après mon expérience, le but est plutôt de courir pendant une semaine dans les bois avec un masque et une cape en grignotant des barres chocolatées jusqu'à en être malade. À l'arrivée, on vous donne un nom de super-héros. J'étais l'Ombre Indigo (nous étions en retard à cause de la circulation alternée sur l'autoroute et toutes les couleurs sympas étaient déjà prises), et Sergio incarnait Docteur Cranium.

Quand Capuche Violette avait chopé le dernier hot dog sous le nez de Docteur Cranium au barbecue du vendredi soir, Sergio l'avait mal supporté. Dans les BD, on découvre habituellement que les super-méchants deviennent mauvais suite à quelques terribles événements du passé, comme la mort d'un membre de leur famille ou un contact prolongé avec un objet maléfique ancien. Pour Sergio, le révélateur de son côté obscur avait été une saucisse dans un morceau de pain. Je l'avais surpris, un peu plus tard dans la soirée, qui tentait de détourner le cours d'une rivière pour noyer le camp, debout sur une pile de rondins, les bras levés vers la nuit noire en jurant qu'il débarrasserait le monde de Capuche Violette le maudit.

Les tendances criminelles de Sergio nous serviraient fort bien dans notre quête pour déjouer la menace de Némésis.

La nuit précédente, j'avais expliqué tout cela à Lara.

Il y avait une autre bonne raison pour laquelle je voulais embarquer Sergio dans l'aventure. Je ne me sentais pas à l'aise à l'idée de me retrouver en mission avec Lara, seuls tous les deux. Je savais qu'elle était parfaitement compétente. C'était juste que…

... je ne voulais pas qu'elle croie qu'on sortait ensemble.

J'avais déjà vu des garçons sortir avec des filles. Un jour, ils étaient contents de traîner avec vous après la classe pour débattre des chances de Batman contre Iron Man en combat singulier ou des capacités d'Aquaman hors de l'eau. Le lendemain, ils mettaient du gel dans leurs cheveux, marmonnaient du coin de la bouche et partageaient leur casque avec des filles pour écouter des chansons pourries. D'une : ce n'était pas hygiénique. De deux : quand on essayait de leur montrer le dernier album des *Quatre Fantastiques*, ils prenaient un air boudeur et indifférent et s'éclipsaient dans les toilettes des garçons pour se tartiner un peu plus de gel sur les cheveux. Si c'était là tout l'effet de sortir avec une fille, je préférais que ça ne passe pas par moi.

Et ça, je ne l'avais pas expliqué à Lara.

– Alors, mes amis, a commencé Sergio tandis qu'il déballait les quatre barres d'un KitKat. Quel est l'objet de notre rendez-vous ce matin ?

Je savais que ce que je m'apprêtais à lui dire allait potentiellement lui retourner le cerveau. Le choc pourrait même provoquer chez lui une réaction similaire à celle de Mark Stanton lorsqu'il a mangé par accident un kiwi fourré au beurre de cacahouète et que sa tête a gonflé comme un ballon violet. J'avais donc préparé une liste de questions préliminaires que j'avais fixée sur mon bloc-notes à pince J'onn J'onzz, le Limier martien. J'ai posé la première question :

— As-tu sur toi ton kit complet de médicaments contre l'asthme ?

— Oui, a répondu Sergio en brandissant son inhalateur chargé. Pourquoi tu me demandes ça ?

— Une minute, ai-je répliqué tandis que je tapotais mon bloc-notes de mon crayon. Nous ne sommes pas au bout du questionnaire.

Je me suis éclairci la voix.

— As-tu ressenti des palpitations dernièrement ?

— Je ne connais pas ce mot, *pal-pi-ta-zio-ne*.

Lara a sifflé avec impatience.

— Il demande si tu risques de tomber raide mort si tu entends quelque chose de vraiment stupéfiant.

Les yeux de Sergio ont glissé de Lara à moi.

— De quoi parle-t-elle ? Quelle est cette chose stupéfiante ?

J'ai baissé mon bloc-notes et annoncé d'une voix solennelle :

— Sergio, j'ai un truc à te dire.

Il s'est soudain tenu le ventre.

— Oh, non, je suis malade, c'est ça ? Je le savais.

Il a fixé le sol.

— J'avais pourtant expliqué à *mamma* que ces boutons m'avaient l'air grave.

Lara s'est pris la tête à deux mains.

– Tu n'es pas malade. Comment Luke pourrait-il le savoir ? Il n'est pas docteur.

Elle m'a jeté un regard suppliant.

– Enfin quoi, dis-lui.

Il restait seize questions à passer en revue, mais j'ai vu à l'expression de Lara que je n'aurais pas l'occasion de les poser.

– Sergio, tu connais mon grand frère, Zack ?

– Oui ?

– Tu connais Star Mec ?

– Bien sûr.

J'ai pris une grande inspiration.

– Ils ne font qu'un.

22

Danse

Les yeux de Sergio sont restés sans expression.

– Évidemment qu'il fait cette tête-là, a commenté Lara. C'est vrai, tu as une façon bizarre de présenter les choses. « Ils ne font qu'un. » Pourquoi ne lui dis-tu pas simplement : « Hé, Sergio, mon frère est Star Mec » ?

Un couinement s'est fait entendre, comme si un million de hamsters en état de choc avaient soudain poussé un cri puis s'étaient trouvés réduits au silence. Nous avons baissé les yeux pour découvrir Sergio étendu sur le dos, qui marmonnait en italien. Ou était-ce en klingon. Je confonds.

Lara s'est agenouillée auprès de lui.

– Tu veux ton inhalateur ?

Sergio a secoué la tête et continué de babiller. Sa

peau a viré au gris, puis au rouge, et de nouveau au gris, comme un caméléon qui aurait arbitré un combat d'écureuils.

– Sergio, combien tu vois de doigts ? ai-je demandé.

Lara m'a lancé un regard déconcerté.

– Hé, tu tiens ta main derrière ton dos.

– Et alors ?

– Comment veux-tu qu'il voie le nombre de doigts que tu lèves ?

– Quatorze ! a hurlé Sergio en se redressant d'un bond.

– Exact ! ai-je répliqué avec un grand sourire. Il va très bien, ai-je poursuivi à l'intention de Lara qui, pour une raison inconnue, avait l'air perdu.

– Ton frère… ton frère…, a bégayé Sergio. Ton frère, c'est…

Il a agrippé mon bras, les doigts plantés dans ma chair, fixant sur moi des yeux exorbités comme si une infirmière venait juste de lui planter une aiguille dans les fesses.

– … Star Mec ?

Sa voix n'était plus qu'un murmure. J'ai hoché la tête.

– « *Par mes super-pouvoirs cosmiques…* », a-t-il commencé.

J'ai levé les yeux au ciel. Pas ça.

– « *Héros aux heures les plus fatidiques…* »

Malgré ses efforts, mais à la surprise de personne à

part lui-même, son serment n'avait pas eu le succès escompté.

– « *Je suis Star Mec, étoile de lumière.* »

« *Protecteur du monde et de l'univers !* »

L'espoir, le bonheur et l'émerveillement brillaient dans son regard. C'était plutôt touchant, vraiment, mais ça n'annulait en rien la médiocrité absolue et saisissante de son texte.

La récréation du matin allait s'achever dans cinq minutes, ce qui laissait juste assez de temps pour mettre Sergio au parfum. Après mes explications, il a demandé :

– Tu es certain que Star Mec a dit volcan ?

J'ai froncé les sourcils.

– Qu'est-ce qu'il aurait pu dire d'autre ?

Sergio a rentré les lèvres d'un air concentré.

– *Involtini* ?

– C'est quoi les *involtini* ?

– De petits rouleaux de viande fourrés.

– Non, ai-je répliqué après une longue pause. Je suis quasiment sûr qu'il a dit volcan.

– Mais ça n'a pas de sens, a protesté Lara. S'il y avait un volcan à Londres, on le saurait.

– Pas s'il est caché, ai-je suggéré.

– Comment veux-tu cacher un volcan ?

J'ai listé sur mes doigts les solutions les plus évidentes.

– Rayon distractif, dôme d'invisibilité, peut-être

202

qu'on peut le faire monter et descendre grâce à une plateforme…

– Un volcan *escamotable* ?

Elle paraissait dubitative.

– Oh, oui. Le super-méchant de base a accès à beaucoup de techniques de camouflage impressionnantes, n'est-ce pas Sergio ?

Sergio a acquiescé avec un grognement :

– On peut aussi le suspendre dans un nuage d'hypnogaz ou lui donner l'apparence d'un innocent pâté de maisons.

Ce genre de remarques intelligentes rendaient évident mon choix d'associer Sergio à la mission, mais je me rendais compte qu'il tentait toujours de digérer le choc. Comprenait-il complètement à quoi il s'engageait ? Je devais en être sûr. Nous n'étions pas dans une bande dessinée. Nous nous préparions à affronter une super-méchante démente terrée dans un volcan invisible…

D'accord, c'était un peu comme dans une BD.

Sauf que c'était la réalité. Nous pouvions mourir. Et il n'y aurait aucun scénariste pour nous faire renaître au numéro suivant grâce à une formule magique d'infinité. Je devais mettre les choses au clair avec Sergio.

– Nous ne reviendrons peut-être pas tous.

– *Basta !* Le danger est une seconde nature pour moi, a-t-il répliqué avec un de ses gestes négligents de la main.

– Ah oui ? a demandé Lara. C'est dans la nature des Italiens ?

– Tu m'as mal compris. Ce n'est pas vraiment dans ma nature, je disais ça pour montrer que je n'avais pas peur.

L'expression de Lara s'est durcie.

– Il y a une chose qui me tracasse ; je suis désolée, mais il faut que j'en parle. Comment pouvons-nous être sûrs que Némésis n'a pas déjà…

Elle a détourné les yeux d'un air bizarre.

– … vous savez ?

Non, je ne savais pas.

– Quoi ?

– Eh bien, si j'étais Némésis… ce que je ne suis pas… et que j'avais capturé mon ennemi juré, Star Mec, je n'irais pas par quatre chemins. Je… bon… c'est ton frère, je ne veux pas dire ça.

– Je croyais qu'il fallait que tu parles.

– Oui, mais c'est difficile à dire.

Sergio a hoché sombrement la tête.

– Je vais le faire.

Heureusement, il avait l'air de savoir où elle voulait en venir.

– Elle demande comment nous pouvons être sûrs que Némésis ne s'est pas déjà…

Il a rapidement passé un doigt sur sa gorge avec couinement.

– … débarrassée de Star Mec.

Lara a saisi mon bras.

– Oh, Luke, je suis désolée mais nous devons faire face à cette éventualité.

Je n'étais pas inquiet du tout.

– Aucun risque.

Elle a froncé les sourcils.

– Et comment tu peux en être aussi sûr ?

– C'est enfantin. Il n'y a pas eu de publicité.

– Euh, qu'est-ce que ça signifie ?

C'était absolument évident.

– Les super-méchants ne tuent pas simplement les héros, pas sans avoir d'abord clamé au monde entier ce qu'ils s'apprêtent à faire. Ils prennent le contrôle de toutes les chaînes de télévision et d'Internet, ils diffusent un message depuis leur repaire avec un petit sourire pour expliquer qu'ils vont liquider le héros en question afin de dominer le monde. Et puis ils disent : « Rien ne pourra m'arrêter. » Et puis ils rient. Un rire sardonique.

J'ai vu Sergio hocher la tête tout au long de mon explication.

– Ce que dit notre ami est correct. Star Mec est vivant, a-t-il conclu tandis que ses yeux quittaient Lara pour se poser sur moi. Jusqu'à maintenant en tout cas.

La récréation s'est achevée et nous nous sommes dirigés vers le gymnase pour notre prochain cours, un cours de danse. Ce trimestre, nous explorions les mythes grecs. Et ce jour-là, nous allions chorégraphier l'histoire des douze travaux d'Héraclès (ou d'Hercule, si vous êtes romain). Pas la totalité, sinon cela nous aurait vraiment trop épuisés. La danse de ce matin était consacrée à un accident de son enfance, au moment où il a pour la première fois fait la démonstration de ses pouvoirs. Héraclès était moitié homme, moitié dieu, et avait un demi-frère, Iphiclès, simple mortel. Dans les mythes grecs, tous les gens normaux sont décrits comme de simples mortels. Quand ils étaient bébés, Héraclès avait prouvé sa force surhumaine en sauvant Iphiclès d'une sournoise attaque de serpent. Je suppose qu'il était un genre de superhéros pour la Grèce antique. Je me suis demandé ce qu'Iphiclès éprouvait pour son frère.

Mme Tyrannosaure s'est installée au piano, ses serres suspendues au-dessus des touches, les yeux dardés sur nous par-dessus ses lunettes.

– Vous êtes prêts, les enfants ? Et un, et deux, et trois…

Elle a commencé à jouer un air triste et languissant appelé : *La Lamentation de la mer sombre comme le vin*. Bien qu'il s'agisse d'un morceau de musique d'un autre lieu et d'une autre époque, il m'a fait ressentir la perte de Zack au plus profond de moi-même. Il m'a aussi fait regretter toutes les choses terribles que je lui avais dites le soir d'avant. Rongé par la culpabilité, je me demandais si j'aurais jamais la chance de m'excuser. Mme Tyrannosaure, penchée sur son clavier, arrachait des notes lugubres au vieux piano. En réponse, trente paires de pieds frappaient en cadence le parquet du gymnase.

Tandis que nous balancions les bras et remuions les jambes pour tenter de raconter l'histoire d'Héraclès, Lara, Sergio et moi saisissions chaque occasion pour échanger discrètement sur notre future mission. Notre premier objectif était de débusquer le repaire de Némésis. On pourrait croire que localiser un volcan dans la banlieue de Londres était une chose facile, mais lorsque nous avons entré « Bromley » et « volcan » dans Google, le moteur de recherche a donné pour résultat : « Essayez avec l'orthographe *Bromley, garage Volvo*. » C'était le problème avec les tanières secrètes : elles n'étaient pas très bien indiquées.

– Peut-être qu'il existe des plans à la mairie ? a suggéré Sergio, les bras tendus vers le plafond pour avoir l'air d'une colonne. Souvenez-vous de tout le bazar qu'il y a eu quand Ikea a voulu ouvrir un nouveau magasin. Imaginez les protestations que pourrait causer un volcan.

Lara s'est faufilée entre deux serpents.

– Je ne crois pas que les super-méchants demandent des permis de construire.

J'incarnais une urne grecque que l'on appelle amphore. Danser le rôle d'une poterie est plus difficile que vous ne l'imaginez. J'ai fermé les yeux et visualisé les flammes brûlantes du four tandis que je virevoltais et bondissais. Vous vous dites certainement que je déteste les leçons de danse, mais vous vous trompez. Oui, je suis un très mauvais danseur – je tiens de mon père et de ma mère – mais, le truc bizarre, c'est que ça ne m'affecte pas vraiment. Quelque chose de particulier se passe quand je tournoie dans tous les sens, parfois à deux doigts de la collision avec mes camarades de classe. C'est comme si je lisais un très bon numéro de *X-Men* et que je me laissais tellement prendre par l'histoire que tous les autres aspects de ma vie se trouvaient relégués en arrière-plan. Quand je promène mon corps ici et là, mon esprit est libre de penser. Mme Tyrannosaure appelle cela une « activité immersive ». Et à cet instant, j'étais immergé dans le mystère de la disparition de Zack.

Nous avions bien une piste : notre nouveau suspect dans la disparition de l'extrait vidéo des caméras de surveillance de *Planète Krypton*.

– Nous devons trouver Walter Go, ai-je lancé en me réceptionnant d'une pirouette. S'il détient la séquence manquante, alors je parie toute ma collection de bandes dessinées qu'il sait quelque chose sur l'enlèvement de Zack.

Sergio a toussé et ses yeux se sont élargis :

– Ta collection *tout entière* ?

C'était peut-être un peu inconsidéré.

– Ben, évidemment pas les *Ligues de justice* de

Grant Morrisson ni les *Spiderman* de Stan Lee et Steve Ditko, ni les *Sandman* de Neil...

– C'est bon, on a compris, a fait Lara.

Nous avons joint les mains et tous regardé vers la gauche pour figurer une frise, c'est-à-dire une image sculptée au-dessus des colonnes d'un temple.

Walter Edmund Go. Le nom flottait dans mon cerveau comme une bannière à l'arrière d'un petit avion. Quelque chose me titillait depuis la première fois où j'avais entendu Christopher Talbot le prononcer. Il était à la fois étrange et étrangement familier.

Je me concentrais tellement qu'il était trop tard lorsque j'ai aperçu le cheval-d'arçons. J'ai rebondi sur un de ses hauts côtés de bois et atterri maladroitement sur le sol. Un cri s'est échappé de ma bouche. Mais la douleur qui pulsait de mon pied m'importait peu ; et tandis que je le regardais enfler comme un navet pneumatique, un sourire a envahi mon visage.

J'avais résolu le mystère de Walter Edmund Go.

23
Walter Edmund Go

– Walter Edmund Go n'existe pas ! ai-je annoncé avec excitation.

– Tu prends les saucisses en sauce ? a demandé Sergio.

Autant dire que ce n'était pas la réaction que j'attendais.

La dernière leçon avant le déjeuner venait de se terminer et une file d'écoliers bruyants et affamés se déversaient dans la cantine. À la fin de la session de danse, nous étions allés directement en sciences et je n'avais pas eu l'occasion de partager mes brillantes déductions avec les autres jusqu'à ce moment.

Sergio était incapable de se concentrer l'estomac vide, je lui ai donc pardonné. Nous avons navigué entre les sandwichs et les fameuses saucisses en sauce.

– Bien sûr que Walter Go existe, a objecté Lara tandis qu'elle posait une salade au thon sur son plateau.

– Walter E. Go, ai-je répété en insistant sur l'initiale du second prénom.

Un craquement s'est fait entendre lorsque Sergio a mordu dans un morceau de baguette croustillante.

– Je ne saisis pas. Pourquoi tu répètes son nom comme ça ? Quelle est la signification de Walter Ego ?

Nous avons porté nos plateaux jusqu'à notre table habituelle.

– Les super-héros et les super-méchants ont une chose en commun, ai-je expliqué. La plupart se cachent sous une identité secrète. Clark Kent est Superman. Matt Murdoch est Daredevil. La princesse Diana de Themyscira a un nom imprononçable mais c'est aussi Wonder Woman. Il y a un autre mot pour qualifier la seconde identité d'une personne : « *alter ego* ». Et à quoi ça vous fait penser ?

Lara en a eu le souffle coupé.

– Walter Ego !

Je pouvais presque voir fonctionner ses méninges. Et elles tournaient à vive allure.

– Tu es en train de dire que Walter E. Go est juste un autre nom pour Christopher Talbot ?

J'ai percé ma brique de jus de pomme à base d'extraits naturels avec ma paille.

– Talbot nous a menti, ai-je expliqué après avoir aspiré une gorgée. Le jour où nous sommes allés chez lui pour poser des questions, nous nous sommes un peu trop approchés de la vérité. Il fallait qu'il trouve quelque chose pour nous mettre sur une fausse piste. Alors, il a utilisé son *alter ego*.

– Mais pourquoi le propriétaire d'un magasin de bandes dessinées a-t-il besoin d'un *alter ego* ? s'est étonné Sergio.

– Parce qu'il n'est pas qu'un innocent propriétaire de magasin de bandes dessinées. Je pense qu'il est derrière l'enlèvement de Zack.

J'ai englouti le reste de mon jus et écrasé le carton pour créer un effet théâtral.

– Je crois que Christopher Talbot est Némésis, ai-je ajouté.

Sergio a enfourné une pleine fourchette de purée.

– Tu es sûr ? a demandé Lara d'un air dubitatif. Regardons les faits ; un bon reporter ne tire pas de conclusions hâtives. Quand nous l'avons interviewé, il m'a paru, eh bien, un peu quelconque. Plutôt... cafouilleux. Tout ce délire avec le propulseur qui traverse le plafond... Je suis sûre qu'un super-méchant digne de ce nom ne laisserait jamais une telle chose se produire.

J'avais une réponse toute prête.

– Je pense que ces cafouillages étaient une ruse pour détourner notre attention.

– *Scusi*, a fait Sergio, une main levée comme s'il était en classe. Mais c'est quoi « cafouillage » ?

– C'est quand tu agis ou que tu parles maladroitement, ai-je expliqué. Beaucoup d'*alter ego* de super-
héros sont de grands maladroits. Clark Kent est le
plus célèbre d'entre tous. Quand il trébuche ou qu'il
tripote ses lunettes, cela détourne les gens de la vérité.

– Je le savais ! s'est exclamée Lara tandis qu'elle
embrochait une tomate cerise avec sa fourchette. J'ai
su que c'était un super-méchant dès qu'il a ouvert la
porte.

– Mais tu viens de dire que nous ne devions pas
tirer de conclusions hâtives et qu'il était cafouilleux.

Elle a balayé mes objections d'un geste.

– Ne parlons plus de cela. J'avais vu clair dans son
jeu. J'avais deviné que Christopher Talbot était un
type bizarre. Tous ces gadgets flippants et ce petit
robot louche.

Elle a haussé les épaules avant de poursuivre :

– Personne ne peut m'embusquer.

J'avais envie de dire qu'il ne m'avait pas embusqué
– *embobiné* – non plus mais, à ma grande honte, s'il
y en avait bien un qui méritait la bobine d'or, c'était
bien moi. Car, à dire vrai, il m'avait plu. Toutes les
choses que Lara avaient trouvées bizarres, je les avais
admirées. Et par-dessus tout, je partageais avec lui le
même amour sincère pour la bande dessinée.

Lara a continué :

– Donc, Christopher Talbot détient la séquence
vidéo manquante de Star Mec.

Elle avait fini son assiette de thon et tapotait pensivement avec sa cuillère sur son bol de salade de fruits de saison.

– Et quand tu t'es pointé devant sa porte, il t'a reconnu à cause de cette même vidéo. Puis il a rusé pour que nous lui donnions nos adresses afin de kidnapper Zack. Très intelligent. *Diaboliquement* intelligent.

Je me suis senti trahi par Christopher Talbot et par tout ce qu'il représentait. Comment une vie passée à lire des histoires de super-héros pouvait-elle vous transformer en méchant ? Cela allait à l'encontre de mes convictions les plus profondes.

Mais je me suis souvenu d'une conversation avec mon père lorsque nous avions regardé *Star Wars* ensemble. Je parle des premiers films, de la trilogie originelle. Ils sont si vieux que le jour où papa avait voulu me les montrer, je pensais qu'ils seraient en noir et blanc. Il brûlait de partager ce moment avec moi depuis qu'il m'avait enfilé ma première grenouillère Jedi (je ne m'appelle pas Luke pour rien), mais maman avait décidé d'attendre que je sois assez grand, c'est-à-dire huit ans, selon son barème. Papa avait négocié quatre ans. Ils s'étaient mis d'accord sur six. Nous avions visionné la trilogie ensemble le matin de mon anniversaire : notre session marathon avait commencé peu après l'aube. Papa m'avait permis de manquer l'école et il avait appelé à son travail pour dire qu'il était malade. Une main sur le combiné, il m'avait expliqué que les circonstances étaient exceptionnelles. Et prié de ne pas le dire à maman. Nous avions regardé les trois films du début jusqu'à la fin. Puis on avait remis *L'Empire contre attaque* une seconde fois parce que c'est le meilleur.

À la fin, la larme à l'œil, il s'était tourné vers moi et m'avait demandé quel était mon personnage favori. C'était évident. Luke Skywalker, mon homonyme, le jeune Jedi investi du pouvoir de la Force. Papa m'avait répondu que la première fois qu'il avait regardé *Star Wars*, Luke était aussi son préféré. Mais des années plus tard, lorsqu'il avait redécouvert la trilogie, il avait plutôt eu un penchant pour Han Solo à cause de son côté frondeur et de son arme en bandoulière. J'aimais bien Han, pas autant que Luke, mais je comprenais qu'on puisse avoir quelque chose pour lui. Sauf que papa avait ensuite baissé la voix pour me dire qu'en vieillissant, il s'était aperçu qu'il n'était plus attiré ni par Luke ni par Han.

— Tu n'as quand même pas flashé sur la princesse Leia ? avais-je demandé d'un air gêné.

— Non. Enfin si, mais non.

Il s'était extirpé de son fauteuil et placé devant la télévision. Derrière lui, la fin du générique défilait sur l'écran.

— Le personnage que j'aime le plus est…

Il avait marqué une pause qui a semblé durer une éternité.

– … Dark Vador.

Noooon !

À cet instant, j'avais imaginé le Seigneur Noir, une main gantée posée sur mon épaule, me disant : « Luke, je suis le préféré de ton père. » J'étais sous le choc. Comme si quelqu'un avait tiré une torpille à proton dans mon conduit d'échappement. Petit à petit, le monde dans lequel j'avais été élevé m'apparaissait sous un jour différent. Au début, on veut croire aux bons gars et puis on se retrouve un beau matin à applaudir le Seigneur Noir des Sith. Est-ce que tous les gens finissent par être tentés par le côté obscur ? Était-ce arrivé à Christopher Talbot ? Et cela m'arriverait-il tôt ou tard ?

Quelque chose bougeait rapidement devant mon visage.

– Luke ?

J'ai suivi des yeux la main qu'agitait Lara.

– Hmm ? ai-je répondu.

– Tu es parti dans les nuages. Où étais-tu ?

– Dans une lointaine galaxie.

– Eh bien, reviens parmi nous, car nous devons prévoir notre prochaine action.

Tandis que nous élaborions notre stratégie, la cantine se vidait. Le brouhaha familier de l'heure du déjeuner laissait maintenant place au cliquetis occasionnel des couverts que l'on débarrassait. Nous étions les derniers à partir.

– Nous sommes donc d'accord, a finalement déclaré Lara. Après les cours, nous allons nous planquer près du Manoir Talbot et, quand Christopher Talbot, *alias* Némésis, fait son apparition, nous le prenons en filature. Tôt ou tard, il va devoir se rendre à son volcan secret. Il suffit que nous soyons sur ses traces à ce moment-là.

J'ai acquiescé. C'était un plan qui tenait la route. Je savais qu'il y aurait des obstacles sur le chemin. Je me préparais à des objets piégés, à une milice de robots et à des tours de guet avec projecteurs. Mais la première difficulté a surgi plus tôt que je ne l'escomptais, ce même après-midi, aux grilles de l'école.

24
Le début de la fin

– Mais papa…

– Luke, ne discute pas. Nous rentrons à la maison.

– Mais Sergio et Lara…

Il a levé un doigt menaçant.

– Ne m'oblige pas à utiliser le pouvoir de mon esprit Jedi sur toi.

J'ai poussé un grognement de frustration.

– Il faut que je les prévienne. Nous avions des projets.

– Je suis sûr que tes projets peuvent attendre.

Ah, là, là ! Il ne savait pas de quoi il parlait et je n'étais pas en mesure de lui expliquer ce que nous nous apprêtions à faire.

– Possible, ai-je marmonné en le suivant d'un pas lourd.

Lara et Sergio traînaient près des grilles.

– Est-ce que ton père t'autorise à venir faire le guet avec nous ? a demandé Sergio.

J'ai secoué la tête en signe de dénégation.

– C'est compréhensible, a dit Lara. Tes parents ont perdu un fils, ils ne veulent pas risquer de te perdre aussi.

Elle m'a adressé un sourire consolateur.

– Ne t'inquiète pas, nous sommes sur le coup. Sergio et moi nous chargeons de trouver le repaire de Némésis.

Une horrible pensée m'a frappé.

– Vous n'allez pas organiser une attaque du volcan sans moi, n'est-ce pas ?

– Non, Luke. Bien sûr que non.

Elle a pressé ma main.

– Tu pourras mener l'assaut...

L'ombre d'un doute est apparu sur son visage.

– ... si on te laisse sortir de ta chambre.

Quand papa et moi sommes arrivés à la maison, maman m'a serré dans ses bras comme si je revenais d'une expédition au pôle Sud. J'ai entendu l'écho de conversations dans la cuisine : j'y ai découvert mes quatre grands-parents qui descendaient des tasses de thé à la chaîne et coupaient des tranches d'un cake aux fruits si dur qu'on aurait facilement pu y laisser une dent.

Papi Bernard était assis à table et regardait le

sport sur son iPad, sa principale activité quand il vient nous rendre visite. Il n'utilise jamais d'écouteurs, nous sommes donc contraints de supporter les commentaires assommants de présentateurs apathiques. Lorsqu'un golfeur fait un trou en un, ou qu'un joueur de cricket frappe la balle si fort qu'elle atteint les limites du terrain, la foule tape dans ses mains et ça ressemble à une bande de souris qui applaudissent depuis l'intérieur d'une boîte de conserve. C'est très pénible. Mamie Maureen n'arrête pas de lui dire de laisser tomber, mais il s'en fiche, se contente de sourire béatement et lui demande de lui resservir une tasse de thé. Ce sont les parents de papa, ils vivent en Écosse. Ceux de maman se nomment papi Clive et Manou (elle déteste qu'on l'appelle mamie parce qu'elle dit que ça lui donne l'air d'être une vieille, elle s'est donc inventé une identité secrète pour faire plus jeune). Ils habitent à deux rues de là mais, pour l'heure, tout le monde campait à la maison. La famille s'était mobilisée pour faire face à la disparition de Zack, tout comme les voisins. Un flux incessant de visiteurs se déversait par notre porte d'entrée réparée à la hâte et nous laissait des cartes de soutien et des ragoûts maison. Je ne savais pas pourquoi, mais on aurait dit que les circonstances poussaient les gens à faire longuement mijoter de la viande dans de grosses cocottes.

Cara Lee et sa mère se sont aussi présentées avec

une carte et un ragoût (poulet et champignons, le quatrième de la journée). Mme Lee s'est assise près de ma mère et lui a pris la main, tandis que Cara se tenait près de la gazinière, l'air triste. Elle avait écrit sur la carte : « À Zack, je n'oublierai jamais que tu as sauvé mon téléphone », et avait signé avec des bisous. Zack allait être content – s'il survivait.

Parmi le fatras des cocottes sur la table de la cuisine gisait une enveloppe pour moi. Elle était arrivée ce matin. Je ne recevais pas beaucoup de courrier, principalement des cartes d'anniversaire et des avertissements de l'école à propos de ma conduite, de mes devoirs ou du résultat de mes examens – ou tout à la fois. Ça ressemblait à une carte d'anniversaire, mais il était passé depuis des semaines. J'ai glissé un pouce sous le rabat. À l'intérieur de l'enveloppe se trouvait un carton d'une forme originale, imprimé en lettres d'or.

C'était une invitation à l'inauguration du nouveau magasin mère de *Planète Krypton*. Avec tous les événements de ces derniers jours, j'avais oublié la proposition de Christopher Talbot. Je me sentais perdu. Toute cette histoire n'était-elle pas une ruse pour obtenir mon adresse et enlever Zack ? Mais à en juger par cette invitation à une grande soirée d'ouverture la semaine prochaine, le nouveau magasin semblait plutôt réel. Qu'est-ce que trafiquait Christopher Talbot ? Pourquoi voulait-il me voir à cette fête ? En y réfléchissant, j'ai compris que la réponse était évidente. Comme le confirmaient toutes mes lectures sur les super-méchants, il lui fallait un public pour son ultime et méprisable forfait.

Je ne pouvais qu'imaginer quel sort monstrueux il réservait à mon frère. La théorie de Sergio était que Christopher Talbot avait l'intention d'exposer Star Mec captif au centre de son nouveau magasin de bandes dessinées, comme une sorte de version tordue d'une sculpture de cygne en glace. La sensation nauséeuse qui me serrait l'estomac me disait que quels que soient les desseins de Némésis concernant Star Mec, ils étaient beaucoup plus sombres qu'une simple décoration de fête taillée dans la glace.

– Qu'est-ce qui se passe avec la retransmission de golf ? s'est plaint papi Bernard, mettant ainsi un terme à mes pensées lugubres.

Il a frappé son iPad comme si c'était une vieille télé que l'on pouvait faire repartir en donnant des coups sur le côté.

Nous avons soupiré de soulagement à l'idée que les bourdonnements de moustique des commentateurs allaient enfin cesser. Une nouvelle voix a pris leur place. Et même avec les minuscules haut-parleurs, on devinait que l'affaire était sérieuse.

– Nous interrompons nos programmes habituels pour une annonce de la plus haute importance. Merci de rester à l'écoute.

Un murmure inquiet a parcouru l'assemblée. Dans mon esprit, il n'y avait qu'une réponse à la question de papi Bernard. Némésis. Elle avait pris le contrôle des ondes pour diffuser son message de destruction.

Nous nous sommes agglutinés autour de l'iPad. L'image d'un pupitre vide équipé d'un micro a envahi l'écran. Derrière, sur le mur, était affiché un sigle qui paraissait officiel. Papa a allumé la télévision : la même image y apparaissait également. Une silhouette en costume noir s'est approchée lentement du pupitre. Ce n'était pas Némésis.

– C'est Mme le Premier ministre, a dit maman.

Je percevais l'angoisse dans sa voix. J'ai regardé les autres adultes qui semblaient tous préoccupés.

Le Premier ministre a retiré ses lunettes et les a posées sur le pupitre. Je lui ai trouvé l'air fatigué. Elle a pris la parole avec solennité :

– Ce matin à quatre heures, heure du méridien de Greenwich, ATLAS, le système d'alerte anti-astéroïdes, a détecté un objet dans notre système solaire se dirigeant vers la Terre.

Elle a marqué une pause avant de poursuivre :

– Les calculs ont été vérifiés par la Nasa et l'Agence spatiale européenne. L'astéroïde entrera en collision avec notre planète dans une semaine. Depuis ce matin, je suis en contact étroit avec d'autres dirigeants du monde pour gérer la situation. Tout ce qui est humainement possible sera mis en œuvre pour éviter la catastrophe, mais il est de mon devoir en tant qu'élue de ce pays de vous préparer au pire. L'immense taille de cet astéroïde signifie qu'un impact…

Elle s'est étranglée, puis reprise :

– … balayera la civilisation que nous connaissons.

Chaque personne présente dans la cuisine a lâché une exclamation étouffée.

– Quelle grosseur exactement ? a demandé papa avec calme.

On aurait dit que le Premier ministre avait entendu sa question.

– L'objet fait approximativement mille cent trente kilomètres de diamètre.

J'ai senti comme un étourdissement.

– Il est plus grand que l'Étoile de la Mort, ai-je murmuré avec incrédulité.

– En accord avec les conventions internationales, la Nasa a désigné l'astéroïde sous le nom de… Némésis.

Quoi ? Cela n'avait aucun sens. Némésis était Christopher Talbot. Ou pas ? « Némésis est en route. » C'était ce que Zorbon le Décideur avait annoncé à Zack. Naturellement, j'avais conclu qu'il s'agissait d'un criminel aux super-pouvoirs. Mais j'avais faux sur toute la ligne.

Némésis n'était pas une super-méchante, c'était une roche géante du cosmos. Ce qui signifiait que la mission de Star Mec était de sauver le monde d'un astéroïde anéantisseur de planète. Il n'y avait qu'un seul problème.

Star Mec était prisonnier.

— Les plus grands scientifiques internationaux sont déjà au travail pour étudier le moyen de détourner la menace, a poursuivi le Premier ministre. Cependant, nos capacités technologiques sont limitées face à une telle échelle galactique.

Elle s'est penchée, agrippée au pupitre, et ressemblait moins maintenant à une politicienne qu'à la maman de quelqu'un.

— Alors, j'en appelle à l'individu connu sous le nom de Star Mec. L'heure est critique. S'il vous plaît, venez. Votre planète a besoin de vous.

La diffusion s'est interrompue, l'écran s'est assombri, bientôt remplacé au bout de quelques secondes par la suite de la compétition de golf. Personne n'a bougé. Papi Bernard a éteint son iPad.

25
Une invitation à l'aventure

Ils ont fermé l'école. Nous avons passé une ultime journée avec Mme Tyrannosaure et, à la fin de la dernière leçon, elle nous a remis les prix pour le meilleur dessin et la meilleure rédaction du trimestre, même si, officiellement, il restait encore un mois avant son terme. Je savais que je quitterais l'école primaire cette année, mais je ne m'attendais pas à ce que ce soit à cause d'un astéroïde géant. Depuis la rentrée, j'étais angoissé à l'idée d'aller au collège l'année suivante mais, à cet instant, ma peur de quitter mes copains et de m'en faire de nouveaux, de ne pas arriver à suivre et de me retrouver à la traîne, tout cela semblait minuscule et insignifiant.

Avant que nous rentrions chez nous, Mme Tyrannosaure nous a chacun serrés dans ses bras et dit combien elle nous aimait ; nos parents nous attendaient aux grilles, même ceux des enfants qui rentrent habituellement à pied ou prennent le bus tout seuls.

Lara, Sergio et moi sommes sortis ensemble la tête courbée par le désespoir. La surveillance du Manoir Talbot n'avait jusqu'ici pas permis de localiser le volcan secret, et si nous ne le trouvions pas avant jeudi prochain, jour où l'astéroïde allait frapper, alors il serait trop tard. Le temps ne se contentait pas de filer, il sprintait comme un malade avec le feu aux fesses.

Papa et maman m'attendaient devant les grilles de l'école. Ils souriaient, mais je voyais bien qu'ils essayaient de donner le change. Je ne pouvais pas leur en vouloir : quelle raison auraient-ils eue de sourire ? Zack avait disparu et il ne restait que six jours avant la fin du monde.

– Tu dois tout leur expliquer à propos de Zack, a murmuré Lara. La planète a besoin de Star Mec et nous avons besoin d'aide pour le retrouver.

L'appel du Premier ministre était bien sûr resté sans réponse. Chaque soir, le conseil municipal de Bromley projetait le signal de Star Mec dans le ciel et, chaque soir, il finissait par s'éteindre sans résultat. Sur Internet et dans la rue, les spéculations allaient bon train pour expliquer le silence du super-héros. Pour certains, cela prouvait qu'il était un imposteur ; pour d'autres, il était retourné sur sa planète d'origine. Quelques-uns suggéraient qu'il était entré dans la phase cocon de son évolution et qu'il réapparaîtrait dans cinq jours sous la forme de l'Homme Papillon. C'était n'importe quoi. Nous étions les seuls à savoir qu'il était ligoté dans un volcan et ne pourrait venir en aide à personne avant que nous puissions lui apporter la nôtre. Et de toute évidence, ce n'était pas pour demain.

Lara avait raison. Si je parlais à mon père et à ma mère, ils informeraient les autorités. Des recherches à grande échelle sur Bromley avec des chiens, des policiers, quelques unités des forces spéciales et des hélicoptères à caméra thermique infrarouge, permettraient sûrement de découvrir le repaire volcanique de Christopher Talbot. Donc, pendant la courte marche à travers le parc qui nous séparait de la maison, j'ai raconté toute l'histoire à mes parents, depuis le début. Ils ont écouté en silence tandis que nous cheminions devant les balançoires où Zack et moi avions l'habitude de jouer ensemble ; ils ont hoché la tête lorsque nous avons contourné la mare où nous nourrissions les canards et inventions des attaques de requins. Et quand maman a introduit la clef dans notre porte d'entrée, ils savaient tout.

Il n'y avait qu'un seul problème.

– Comment ça, ils ne t'ont pas cru ? a demandé Lara.

Plus tard ce même soir, j'avais enfilé mon pyjama Torche Humaine et remonté en cachette l'ordinateur portable dans ma chambre pour parler sur Skype avec Sergio et Lara. J'entendais papa et maman à l'étage du dessous. Ils ne faisaient pas leur danse ratée comme à l'ordinaire ; au lieu de cela, ils criaient et se disputaient. Je préférais quand ils dansaient. Je ne comprenais pas vraiment ce qu'ils disaient, mais je devinais qu'ils parlaient de Zack et de moi.

– Ils pensent que j'ai inventé l'histoire du super-héros kidnappé.

– Et pourquoi tu aurais eu une idée pareille ? a demandé Sergio.

– Pour me protéger.

– Je ne saisis pas, a-t-il répliqué.

Les parents ont une façon étrange d'envisager le monde.

– Ils pensent que j'ai inventé cette histoire afin d'échapper à l'horrible réalité de la situation.

– Mais l'histoire du super-héros kidnappé est l'horrible réalité, a protesté Lara.

Je me suis regardé en train de hausser les épaules dans la petite fenêtre vidéo du bas de l'écran.

– Je sais. Mais dans leur esprit, c'est mieux pour moi que j'imagine mon frère en Star Mec, plutôt que je me le représente mort dans un fossé quelque part, ou victime d'un pervers.

– Alors, ils ne vont pas appeler la police ?

J'ai fait non de la tête.

– Aucune chance.

Mais j'avais une idée.

– Ça ne nous empêche pas, *nous*, de l'appeler.

Je suis parti chercher le téléphone fixe de la maison, me suis rassis devant l'ordinateur et ai composé le numéro du poste de police local.

– Commissariat de Bromley. Sergent Gordon à l'appareil.

– Bonjour. Mon nom est Luke Parker et j'ai des informations vitales concernant la disparition de Star Mec.

Un bruit d'aspiration s'est fait entendre comme si le sergent buvait du thé, puis il a dit :

– Tiens donc ?

Ça ressemblait à une question mais j'avais le sentiment qu'il ne voulait pas vraiment avoir de réponse. Je lui ai tout révélé sur l'enlèvement de Zack. Lorsque je suis arrivé au passage sur le volcan, je l'ai entendu s'étouffer.

– Alors, vous allez lancer des recherches ? ai-je demandé. Je pense que six hélicoptères et vingt-cinq voitures de patrouille devraient suffire. Oh, et il faudra des chiens. Oui, des tas de chiens limiers. Même si vous n'avez pas besoin des saint-bernard avec le tonnelet de rhum. À moins qu'il ne se mette à neiger.

– Merci pour ces inestimables informations, monsieur. Selon notre procédure, je vais classer votre déclaration avec les autres rapports sur la disparition de Star Mec. Nous la traiterons en temps voulu.

– D'accord.

Nous progressions. Je voulais juste vérifier quelque chose.

– Qu'entendez-vous par « en temps voulu » ?

Il s'est éclairci la voix.

– Compte tenu des objectifs actuels d'intervention policière, et des quatre cents et quelques *autres* témoignages sur Star Mec reçus ces deux derniers jours, il faut compter… six à huit mois.

– Quoi ? Mais nous n'avons pas tout ce temps. Némésis arrive. Jeudi prochain.

– Je suis tout à fait conscient de la destruction imminente de la planète, monsieur.

Nouveau bruit d'aspiration.

– Y avait-il autre chose, monsieur ?

J'ai répondu que non et raccroché avec colère.

– Vous voyez, c'est pour cela que dans les films, les super-héros n'appellent jamais la police.

Sergio et Lara n'avaient pas manqué un mot de ma conversation stérile. Leurs visages effrayés me dévisageaient depuis l'écran de l'ordinateur. Ils attendaient que j'agisse. Même Lara, qui était d'ordinaire courageuse et téméraire, semblait perdue. Si nous échouions, ce serait la fin. De tout.

– Bon, qu'est-ce qu'on fait, maintenant ? m'a demandé Sergio.

– Nous devons trouver Zack nous-mêmes. Personne ne va nous aider. C'est à nous de nous y coller.

Tout reposait vraiment sur nos épaules. Les gouvernements de la Terre avaient réuni leurs cerveaux les plus brillants pour qu'ils conçoivent une solution à la menace Némésis, mais selon les médias qui couvraient l'événement vingt-quatre heures sur vingt-quatre, jusqu'ici seules des commandes de pizzas avaient émané de cette réunion.

Mes yeux sont tombés sur l'invitation pour le lancement du nouveau magasin *Planète Krypton*, posée sur l'appui de ma fenêtre. La fête était programmée pour mercredi prochain, la veille de l'impact prévu avec Némésis. J'avais du mal à imaginer qu'elle aurait quand même lieu, mais ce n'était pas ce qui me tracassait le plus. Il y avait quelque chose dans la forme bizarre du carton. Je l'ai attrapé pour le regarder de plus près. Si j'avais eu le pouvoir de l'araignée de Spiderman, j'aurais senti un chatouillement à la base de la nuque pour m'alerter d'un danger. Soudain, j'ai compris. Mes mains ont commencé à trembler. Je me suis tourné vers Lara et Sergio, presque incapable de parler.

– Qu'est-ce que tu tiens ? a demandé Lara.

– L'invitation… de Christopher Talbot.

– Oh, je l'ai reçue aussi…

Je l'ai vue fouiller sur son bureau.

– C'est un peu étrange, a-t-elle ajouté, de faire une inauguration si près de la fin du monde, tu ne crois pas ?

– Ces événements sont planifiés des mois à l'avance, a fait remarquer Sergio. Si Talbot devait annuler maintenant, il perdrait probablement sa caution pour la location des chaises.

– Peu importe, ai-je coupé. Regardez la forme du carton !

J'ai pressé mon exemplaire sur la caméra de l'ordinateur pour qu'il remplisse leurs écrans.

– C'est un triangle, a dit Sergio, perplexe.

– Ou plutôt un trapèze, a commenté Lara.

– Non, ai-je répliqué d'une voix tremblante d'excitation. C'est un volcan.

26
Le joli volcan

Tôt le lendemain matin, dès que j'ai pu fausser compagnie à mes parents, j'ai rejoint Lara et Sergio et nous avons pris la direction de l'adresse mentionnée sur l'invitation. Peu de temps après, nous nous sommes retrouvés devant le plus extraordinaire magasin de bandes dessinées du monde… qui-allait-bientôt-être-anéanti. Entre une pizzeria et un vendeur de téléphones portables se dressait un volcan sur sept étages : le nouveau *Planète Krypton*, la plus prestigieuse enseigne de l'entreprise.

– *Bell… issimo!* a haleté Sergio.

En dépit du fait que mon frère était très certainement retenu là contre sa volonté, je ne pouvais qu'acquiescer. Les flancs pentus de l'édifice étaient entaillés de traces de griffes, qui figuraient des évents provoqués par les éruptions. Je le savais grâce à mes quelques connaissances sommaires en volcanologie, mot qui désigne la science des volcans et pas un personnage de *Star Strek*, comme je l'ai d'abord cru lorsque j'ai emprunté le livre à la bibliothèque. Tandis que je regardais les crevasses où rougeoyait de la lave, un grondement s'est fait entendre à l'intérieur du volcan, tel un dragon qui se râcle la gorge ; un nuage de cendres et de feu s'est échappé du cratère. Le nuage, tout comme la lave, était factice, mais l'effet restait extrêmement impressionnant. Sur le fronton du volcan, une banderole annonçait la grande soirée d'inauguration de la semaine prochaine. Aussi incroyable que cela puisse paraître, la fête était maintenue.

— Comment est-ce possible que nous n'ayons pas remarqué ça avant ? a demandé Lara. Quel genre de camouflage de haute technologie utilise Christopher Talbot ? Hypnogaz ? Rayon distractif ?

— Euh… une bâche ? ai-je proposé, tandis que mes joues s'enflammaient. Une grande bâche, ai-je ajouté, mais ça ne sonnait pas mieux.

Nous avions trouvé la prison de Zack. La prochaine étape était de le sortir de captivité. Ça n'allait pas être facile : le volcan était ceint d'une haute clôture surmontée de fils barbelés. Une grille permettait d'y pénétrer, sécurisée par le genre de lourd cadenas que Wolverine mettrait sur sa boîte à biscuits pour empêcher le Fléau de lui voler ses KitKat. Suspendues au bout de longs bras articulés, de nombreuses caméras de surveillance ondulaient comme des cobras royaux. Aucune zone au sol n'échappait à leur périmètre d'action. Tandis que nous examinions les lieux, un corbeau a voleté par-dessus la clôture et touché le plus haut fil barbelé. Il y a eu un grésillement électrique, un éclair bleu vif puis un croassement étranglé. Le corps sans vie de l'oiseau est tombé à terre avec un bruit mat.

Nous sommes retournés chez moi et avons trouvé refuge dans ma chambre pour échafauder notre stratégie.

— Nous avons du pain sur la planche, ai-je dit. On ne rentre pas comme ça dans un volcan secret lourdement fortifié, transformé en quartier général.

À la perspective de la tâche ardue à accomplir, Sergio s'est ouvert un paquet de chips au vinaigre tandis que Lara mettait en œuvre ses compétences de reporter junior pour une petite recherche rapide sur Internet. Sur le site de la mairie de Bromley, elle a trouvé un plan téléchargeable du bâtiment de *Planète Krypton* (les super-méchants demandaient donc *aussi* des permis de construire) et nous avons passé les heures suivantes à concevoir un stratagème génial. Pas si génial que ça, dans un premier temps : « pas mal mais excessivement compliqué » est probablement le plus haut niveau que nous ayons atteint. Je voulais prendre le volcan d'assaut. Sergio préférait une approche en douceur. Nous avons finalement tranché pour une technique d'infiltration et j'ai dû convaincre Lara qu'il ne s'agissait pas d'une sorte de système de purification d'eau. Nous avons lu le plan dans tous les sens et proposé un tas de scénarios inventifs pour pénétrer dans le volcan ; puis Sergio a fait remarquer que nous avions des invitations et que si nous attendions simplement la soirée d'inauguration, nous pourrions entrer par la porte principale. Cela paraissait beaucoup plus facile que la meilleure de mes stratégies, qui impliquait une tyrolienne, des perruques et une petite quantité d'explosifs.

Lara a soulevé une objection :

– Il y a un truc qui cloche avec la suggestion de Sergio.

– Quoi ?

– L'inauguration n'est pas avant mercredi : la veille de l'impact prévu entre Némésis et la Terre. C'est serré. Si nous échouons, nous n'aurons pas droit à un deuxième tour.

Un deuxième tour ? Elle donnait l'impression que nous faisions la queue pour monter sur le grand huit.

– Nous n'échouerons pas, ai-je répondu fermement. Nous ne pouvons pas.

Après avoir imprimé le plan, nous l'avons déroulé sur le sol et nous sommes rassemblés autour pour parfaire notre tactique. Un vague débat s'est engagé sur l'usage éventuel d'un lance-flammes (j'étais pour, mais me suis retrouvé en minorité). Lorsque maman nous a appelés pour déjeuner, l'opération Star Mec était prête à être lancée.

Notre chemin semblait semé d'embûches, l'échec menaçait à chaque pas, mais il y avait quelque chose d'irrésistiblement excitant dans la promesse de cette aventure. Zack ressentait-il cela chaque fois qu'il devenait Star Mec ? Mon corps tout entier pétillait, plus encore que la fois où papa m'avait laissé boire une gorgée de champagne. J'avais l'impression de pouvoir foncer plus vite qu'une balle de revolver et enjamber des gratte-ciel d'un seul bond. En regardant les visages de mes amis, j'étais convaincu avec l'énergie d'un Hulk que nous avions en nous les ressources pour nous en sortir. Je sais ce que vous pensez. Je m'emballe. Voilà que je risque de me répandre sur la force de l'amitié, plus puissante que les super-méchants et leurs armées de sous-fifres diaboliques. Eh bien, non. Franchement, à cet instant, j'aurais bien échangé Sergio contre la ceinture de Batman garnie d'une panoplie de gadgets.

Lara griffonnait dans la marge du plan du bâtiment.

– Mettons que nous libérions Zack d'un claquement de doigts, a-t-elle dit. Vous pensez vraiment qu'il pourra sauver le monde ? Après tout, la première raison pour laquelle Christopher Talbot a pu le kidnapper, c'est la perte de ses pouvoirs.

Je n'avais pas pensé à ça. Les super-héros ne sauvaient-ils pas toujours le monde ? Mais Lara avait raison, sans ses pouvoirs, Star Mec n'était qu'un garçon ordinaire.

– Zorbon a placé sa confiance en Zack, ai-je répliqué.

Mais j'aurais bien aimé que Zorbon ait été un peu moins mystérieux sur cette histoire de pouvoirs. Je sais qu'on ne fournit pas de mode d'emploi dans ce genre de situation, mais un guide des principaux problèmes rencontrés aurait été utile. Je doutais que nous puissions réinitialiser Zack en l'éteignant et en le rallumant. Et puis, pour commencer, pourquoi avait-il perdu ses facultés ? Et comment allions-nous les restaurer ?

Un crissement s'est fait entendre de l'autre côté de la pièce. Sergio avait laissé tomber au sol le paquet de chips à moitié plein et marchait dessus. Il se tenait à la fenêtre, le dos raide, l'attention absorbée par quelque chose à l'extérieur.

– Je crois que vous devriez venir voir ça, a-t-il dit avec nervosité.

Des vents violents avaient chassé les nuages de plomb qui recouvraient le pays depuis des jours. Comme une bande d'adolescents rageurs, les bourrasques shootaient dans les pierres des rues et les balançaient sur les fenêtres, bousculaient les vieilles dames et rouspétaient vingt-quatre heures sur vingt-quatre. À la télévision, le bulletin météo parlait de perturbations atmosphériques causées par l'approche de l'astéroïde. Les prévisions à court terme étaient sombres. Il n'y avait pas de prévisions à long terme.

– Là.

Sergio a pointé un doigt vers l'horizon. Par-delà les toits d'ardoise et les cheminées où tournoyaient de folles rafales s'étendait un ciel bleu comme une cape fraîchement lavée et repassée. Mais, dans un coin, apparaissait un petit point noir cerclé de feu. Aucun détergent dans l'univers ne pouvait avoir d'effet sur cette tache. Elle suivait sa course dans l'obscurité de l'espace vers une collision inexorable. Et dans l'interminable hurlement du vent, j'entendais les mêmes mots, encore et encore.

Némésis est en route.

27
Neuf mille cent dix

Nous étions à la veille de la fin du monde.

Tandis qu'elle s'approchait, l'ombre de Némésis s'élargissait, comme un immense pouce qui descendait du ciel pour écraser un insecte ; et l'insecte, c'était nous. Des fragments se décrochaient du corps principal de l'astéroïde et les premiers impacts étaient relevés un peu partout dans le monde. Lorsque les morceaux de roche en flammes pénétraient dans notre atmosphère, le ciel était strié de traînées incandescentes. Autour de la Terre, des stations d'observation enregistraient leur progression inexorable et des communiqués alarmants tombaient toutes les heures. La plupart des fragments atterrissaient sans dommages dans les océans mais quelques-uns s'abattaient sur des villes. New York, Paris, Pékin, toutes avaient eu à souffrir de destructions. Nous n'étions pas à l'abri. Le centre commercial de Glades avait reçu une frappe directe : le *Marks & Spencer* et le *Planète Sushi* avaient été balayés. On ne déplorait pas de victimes, mais c'était quand même une mauvaise nouvelle pour moi, car j'avais reçu pour mon anniversaire un bon cadeau *Marks & Spencer* de vingt livres que je n'avais pas encore dépensé.

Dans un lieu sécurisé tenu top secret, les plus formidables génies de la planète mangeaient des pizzas et élaboraient des stratagèmes. (Je me demandais néanmoins comment le livreur de pizzas arrivait à les trouver si leur retraite était si secrète que ça.) Durant la dernière semaine, ils avaient proposé des solutions diverses pour éviter la destruction totale de la planète. La plupart d'entre elles ressemblaient à des scénarios de superproductions hollywoodiennes à gros budget. Transformer le cœur de la Terre en un moteur géant pour la propulser hors du trajet de l'astéroïde ? Vu. Shooter dans l'astéroïde avec la Lune pour le dévier de sa course comme dans une partie de pétanque cosmique ? Bien essayé. Mais le plan qu'ils ont finalement avancé et qui a été adopté par les dirigeants du monde était encore pire.

Vous voyez ce moment à la fin des films, quand les héros réussissent enfin à reprendre le contrôle de leur vaisseau spatial, que le bouclier de protection des méchants est anéanti et que le capitaine hurle : « Feu à volonté ! »… Eh bien, c'était ça, leur plan. Chaque pays de la Terre devait pointer tout son arsenal nucléaire sur l'astéroïde et tirer en même temps. C'était fou. C'était dangereux. C'était voué à l'échec. J'ai fait un rapide calcul (au dos d'un carton de pizza, assez ironiquement). J'ai conclu que même si soixante-quinze pour cent des missiles atteignaient leur cible, ce qui serait déjà d'une précision remarquable, cela aurait le même effet que de souffler dans une sarbacane en direction d'une charge d'éléphants. Et si l'astéroïde ne nous achevait pas, les radiations des bombes explosant dans l'atmosphère rendraient la surface de la Terre inhabitable pour cinquante mille ans. La suite ferait alors penser à un second genre de film, celui où une poignée d'humains survivants enterrés en sous-sol sont condamnés à manger des boîtes de flageolets froids pour l'éternité, tandis que les autres se baladent avec trois nez au milieu de la figure dans des décharges radioactives peuplées de zombies. Peut-être que la seule chose pire que le plan lui-même était le nom qu'ils avaient décidé de lui donner. Opération Parapluie Déferlant. Bon, on voyait où ils voulaient en venir mais, franchement, ils auraient pu penser à un truc plus percutant.

Les gens les plus intelligents de la planète n'étaient pas les seuls à devenir dingos. Avec ce compte à rebours qui s'égrenait vers la fin de leur existence, la plupart des terriens se comportaient de façon absurde et, très souvent, très malhonnête. Par exemple, ceux qui n'avaient pas de grosses télés ont commencé à voler ceux qui en avaient, puis ils ont pris conscience qu'ils ne voulaient pas gaspiller le peu de temps qui leur restait devant un écran, alors les cambriolages ont cessé. On pleurait beaucoup, ce qui était compréhensible. Et on s'embrassait. Impossible de faire un tour à vélo dans la rue sans tomber sur des couples en train de se tripoter. Savaient-ils seulement qu'au cours d'un baiser normal, cinq millions de germes sont échangés entre les partenaires ? Je supposais qu'avec l'extinction imminente de l'espèce humaine, ils ne se formalisaient plus pour quelques centaines de colonies de bactéries.

La nuit précédente, Lara et moi étions assis sur le seuil de la cabane dans l'arbre ; nos jambes pendaient au-dessus de l'obscurité tranquille du jardin, nos yeux fixaient les cieux tourmentés (nous ne nous embrassions *pas*).

– Combien d'étoiles vois-tu ? lui avais-je demandé.

Sous l'effet de la concentration, elle avait froncé les sourcils ; pendant un temps, j'avais cru qu'elle essayait sérieusement de les compter. Après quelques secondes, elle avait lâché un soupir d'exaspération.

– Des millions.

– Hum hum, avais-je répliqué en secouant la tête. Si tu vis dans un endroit vraiment obscur, selon le

244

Catalogue des étoiles brillantes, tu peux en voir neuf mille cent dix à l'œil nu.

Lara m'avait regardé avec étonnement.

– Je comprends ! On croit que c'est des millions, mais en fait pas du tout !

Elle avait levé le visage vers le ciel désormais un peu moins infini, avait marqué une pause et dit :

– Neuf mille cent *onze*.

Je savais ce qu'elle voulait dire. Techniquement, Némésis n'était pas une étoile et n'aurait donc pas pu entrer dans le catalogue, mais je n'allais pas discuter. Elle était si proche maintenant qu'elle apparaissait presque au niveau de la Lune ; deux grands cercles d'argent comme les yeux fixes d'un loup de conte de fées… un loup de légende, géant, dévoreur d'espace. Avec ces deux sources majeures de lumière, les nuits n'étaient plus aussi sombres qu'à l'accoutumée. Le monde entier n'avait jamais été aussi lumineux, ce qui était un comble puisqu'il était sur le point de s'éteindre. La double lueur projetait des ombres étranges et empêchait les gens de dormir. Quand j'y réussissais, je faisais des rêves bizarres.

Dans l'un d'eux, j'étais avec Lara dans la cabane. Némésis se dirigeait droit sur nous. Un vent violent s'est levé et l'astéroïde a cassé les arbres comme des allumettes. Mais pas le vieux chêne. Il craquait, grognait, pliait jusqu'au sol tandis que nous nous accrochions à ce que nous pouvions, puis il s'est redressé brutalement pour projeter l'astéroïde dans l'espace, comme une pierre lancée par une catapulte. Je sais que les rêves sont censés avoir des significations importantes, mais je crois que celui-ci exprimait juste un souhait très fort. Je ne sais pas pourquoi Lara se trouvait dans ce rêve, mais quand je me suis réveillé, j'étais content qu'elle ait été là.

Maman, papa et moi étions installés à la table du petit déjeuner; tout le monde pensait que c'était pour la dernière fois. Maman a sorti les céréales de Zack comme elle l'avait fait chaque jour depuis sa disparition, puis a jeté un regard à sa chaise vide. Papa a posé la main sur la sienne et l'a serrée doucement. Elle a reniflé, eu un léger mouvement de la tête et lancé d'une voix enjouée :

— Alors, qu'est-ce que tu prends ce matin, Luke? Que dirais-tu d'œufs à la coque avec des mouillettes?

Je sentais qu'elle n'était pas aussi joyeuse qu'elle voulait me le laisser croire.

— Oui, merci.

Un petit déjeuner copieux est essentiel dans une journée normale mais, dans ces circonstances, j'avais besoin d'emmagasiner toute l'énergie possible pour la mission de ce soir.

— Deux œufs, s'il te plaît.

— Deux œufs pour mon garçon en pleine croissance.

Et là, son sourire s'est évanoui. Elle devait avoir pris conscience qu'à moins d'un miracle, la taille que j'avais aujourd'hui serait la plus haute que j'atteindrais jamais. Papa ne ferait pas d'autres marques sur la toise du mur de la cuisine. Maman est retombée sur sa chaise, a pris son visage dans ses mains et s'est mise à pleurer en silence. Papa a passé un bras autour de ses épaules et lui a dit des paroles réconfortantes. Il me regardait depuis l'autre côté de la table, et j'ai vu que ses yeux étaient humides. Et pas humides comme quand nous avions regardé *Star Wars* pour la première fois.

Depuis la disparition de Zack, maman et papa avaient sillonné sans fin le voisinage, accroché des affiches sur tous les lampadaires, les murs et les troncs d'arbre. Mais maintenant, même la police avait laissé tomber les recherches. Je me suis laissé glisser de ma chaise et j'ai fait le tour de la table. J'ai ouvert les bras aussi grands que possible pour les serrer tous les deux en même temps. J'avais envie de leur dire qu'ils ne devraient pas s'inquiéter, que les choses finiraient bien, mais je ne pouvais pas.

Ma famille avait décidé de passer ensemble le dernier jour entier sur la planète Terre. Lara et Sergio étaient aussi avec leurs proches. Nous avions prévu de nous retrouver à la nuit tombée. La question était de savoir comment nous allions passer cette journée inhabituelle. Maman avait décidé de préparer un grand festin. Papi Bernard avait amené ses mots croisés (puisque toutes les retransmissions de golf étaient annulées). La BBC diffusait *La Grande Évasion* et la reine avait prévu de s'adresser à la nation à trois heures. Ça ressemblait beaucoup à Noël, sauf qu'au lieu de la dinde, nous avions un astéroïde.

– Au moins, il fait très beau, a commenté papi Bernard, comme s'il parlait d'une excursion en bord de mer et non du dernier jour de l'humanité.

Il était dans le vrai (un peu cinglé, mais plein de bon sens quand même). Jusqu'à cette semaine, le pays avait été obscurci par un épais couvercle de nuages qui s'étirait d'une côte à l'autre. Cela donnait l'impression de vivre sous le plus sinistre des plaids tricotés par la grand-mère la plus maussade du monde. La nuit, on ne voyait pas une seule étoile dans le ciel.

Les nuages. Cette histoire de nuages m'évoquait quelque chose…

La réponse m'a frappé comme un coup de poing de Colossus.

Le ciel était couvert depuis l'enlèvement de Zack. À cet instant, j'ai compris pourquoi son champ de force avait rendu l'âme, pourquoi son don de télékinésie s'était évanoui, pourquoi il ne pouvait plus respirer sous l'eau.

– Zack a besoin de la lumière des étoiles pour activer ses pouvoirs ! ai-je marmonné entre mes dents.

La dernière pièce manquante de notre plan était en place : il nous suffisait d'exposer Zack aux étoiles et il se rechargerait comme un iPhone branché sur secteur.

La journée s'est étirée lentement puis est soudain arrivée à son terme, comme lorsque le rideau tombe à la fin d'une représentation au théâtre de l'école.

Maman et papa ont insisté pour me border dans mon lit, même si je suis bien trop grand pour de tels chichis. Je n'étais pas fatigué, évidemment, mais j'ai feint une grande lassitude pour pouvoir m'acquitter de ma mission. Ça s'appelle une *ruse*.

Maman a ajusté mon oreiller.

— Tu es sûr de ne pas vouloir veiller plus longtemps ?

Il fallait vraiment que le monde soit proche de l'apocalypse pour que mes parents me proposent de veiller après l'heure du coucher.

— Juste dix minutes ? a insisté papa.

J'ai étouffé un faux bâillement.

— Mais je suis vraiment épuisé.

Ils se sont assis au bord de mon lit ; ils échangeaient des regards interrogateurs, comme s'ils essayaient de décider qui allait s'exprimer en premier. Puis, maman a dit :

— Luke, il faut qu'on parle.

Papa est intervenu :

— Si l'opération Parapluie Déferlant ne marche pas…

— Ça ne marchera pas, ai-je répliqué fermement.

— Peut-être que si, a coupé maman.

Mais je voyais bien qu'elle ne croyait pas à ses propres paroles. À mon avis, pas une seule personne sur Terre ne pensait que cela allait nous sauver, pas même, pour commencer, les génies qui avaient lancé l'idée.

– Est-ce qu'il y a des questions que tu aimerais poser ? a demandé maman.

Je ne comprenais pas où elle voulait en venir.

– À propos de quoi ?

– À propos de ce qui se passe après, a expliqué papa.

– Oh, c'est facile. Selon les dernières prévisions, l'impact fera exploser la Terre en trois morceaux. Sans la masse complète de la planète, il n'y aura plus de gravité et l'atmosphère sera aspirée dans l'espace comme si quelqu'un avait laissé la porte ouverte un jour d'ouragan. La totalité de la population de la Terre mourra dans les huit minutes.

Je voyais à leurs visages que ce n'était pas la conversation qu'ils avaient prévue.

– Oh, vous voulez dire le paradis et tout ça.

– Ben… oui, a commencé maman.

J'aimais bien l'idée du paradis. C'était une sorte de base secrète peuplée de gens lumineux avec des ailes dans le dos. Mais était-ce vrai ? Allions-nous tous nous retrouver là-bas après notre mort ? Est-ce que je pourrais avoir des ailes ? Je sentais que mes parents cherchaient quelque chose à dire pour me réconforter

face à l'anéantissement à venir, mais parler du paradis ne faisait qu'engendrer plus de questions. Papa a
essayé une autre approche.

— Tu sais que le carbone et l'oxygène qui ont donné
la vie sur Terre viennent d'étoiles mortes, a-t-il dit.
Donc, d'une certaine façon, nous sommes tous des
Star Mec.

— Mais nous n'avons pas tous des super-pouvoirs,
ai-je répliqué.

— Je crois que toi si.

Je me suis redressé d'un bond, faisant glisser ma
couette Captain Britain. Parlait-il sérieusement ?
Mon père était-il sur le point de révéler une vérité
que j'avais soupçonnée toute ma vie ? Que je n'étais
pas qu'un gamin ennuyeux, banal, du sud de Londres ?
Que le minuscule vaisseau spatial qui m'avait trans-
porté depuis mon monde extraterrestre s'était écrasé
dans le jardin de banlieue d'une famille ordinaire,
mais que j'étais en réalité le prince d'une autre galaxie
avec un destin et des pouvoirs extraordinaires ? Je le
savais. Je le savais !

— Évidemment, tu n'as pas le genre de super-
pouvoirs qui te permettent de voler ou de combattre
le crime, a continué papa.

Oh.

— Ce que ton père essaye de dire, a expliqué
maman, c'est que nous avons tous des pouvoirs.

Papa m'a caressé le front.

– Et c'est tellement dommage que tu n'aies pas la chance de développer les tiens.

Une fois que j'ai eu confirmation qu'ils n'étaient pas en train de dire que nous étions une famille de super-héros et que les pouvoirs en question étaient des choses comme créativité, humour, passion, et non vol supersonique, téléportation ou griffes d'adamantium, nous nous sommes souhaité bonne nuit.

Maman m'a serré et embrassé jusqu'à ce que j'aie l'impression que ma tête allait sauter comme le bouchon d'une bouteille, puis papa s'est penché, m'a embrassé aussi, et a murmuré tout doucement :

– Que la Force soit avec toi. Toujours.

La porte s'est refermée derrière eux avec un petit clic. J'ai attendu de les entendre discuter avec les autres au rez-de-chaussée, puis j'ai sauté de mon lit et enfilé mes vêtements à toute allure. Mon slip porte-bonheur était dans la machine à laver, ce qui était un très mauvais calcul, je me suis donc rabattu sur mon deuxième slip porte-bonheur. Deux minutes plus tard, je suis descendu sur la pointe des pieds et me suis glissé dehors par la porte du jardin. J'ai rassemblé le matériel dont j'avais besoin pour la mission, l'ai fourré dans mon sac à dos Deadpool et suis parti rejoindre Lara et Sergio qui m'attendaient au bout de la rue. Je me sentais coupable de m'éclipser comme ça de chez mes parents. Je ne voudrais pas que vous pensiez que ça ne me faisait rien. J'ai laissé un mot pour leur dire où je me rendais, au cas où je ne reviendrais pas. Et puis j'ai ajouté quelques trucs à l'eau de rose, du style que je les aimais plus que tout et qu'ils étaient les meilleurs parents de la Galaxie, même si papa avait des goûts douteux en termes de héros de film.

28
Une confrérie de super-méchants

La nuit résonnait du hurlement des sirènes, des crissements de pneus des voitures volées, et de musiques aux rythmes sauvages. Les rues grouillaient de centaines de gens qui s'agitaient follement à la lumière de feux de camp allumés à la hâte. À travers la ville, des dizaines de ces brasiers formaient comme une guirlande de balises mais, au lieu de célébrer le jour de l'An, ils annonçaient la fin des temps. La puanteur enfumée des bâtiments incendiés flottait dans l'air. C'était la dernière nuit de la Terre et la population de Bromley avait décidé de finir en beauté.

Tandis que nous nous tenions sur le trottoir opposé au magasin de bandes dessinées, une procession de voitures se garaient devant l'entrée et déposaient leurs passagers. Du premier véhicule sont descendus Lex

Luthor et Magneto. Ils étaient suivis de près par Docteur Fatalis et Brainiac. La troisième fournée comprenait Mystique et Docteur Octopus. Ils ont rejoint la longue queue qui serpentait devant une petite porte située à la base du volcan.

Tous les invités à l'inauguration du nouveau *Planète Krypton* incarnaient des super-méchants.

Ce n'était pas vraiment une surprise. J'ai attrapé mon carton. Près de la mention « Merci de votre réponse » figurait : « Tenue diabolique exigée ». Quand nous avons pris place dans la queue à notre tour, nous avons croisé le Général Zod, un autre Lex Luthor et six Catwoman qui s'extirpaient d'un minibus.

– C'est nul, s'est plainte Lara à la vue du groupe qui approchait d'une démarche féline.

Elle aussi était déguisée en Catwoman malgré mes avertissements répétés.

– Mais puis-je faire remarquer, a dit Sergio, que tu es la plus *bella* Catwoman de la soirée ?

Il savait parler aux femmes. Sergio n'avait pas d'invitation, mais chacune des nôtres permettait de venir avec la personne de son choix. Je pense que Christopher Talbot avait prévu que nous nous ferions accompagner par un adulte responsable mais, au lieu de cela, nous avions amené Sergio habillé en Loki, le dieu nordique du Mal. De toute façon, à ce stade, je ne crois pas qu'il restait un seul adulte responsable sur la planète.

– Merci, Sergio, a répliqué Lara. Catwoman a un fouet mais j'ai cette corde à sauter qui fait vraiment son effet, tu ne crois pas ?

Elle a brandi une vieille corde usée sous son nez. Il a produit quelques borborygmes encourageants et hoché la tête avec enthousiasme, mais je savais ce qu'il pensait : le costume de Lara était minable. Mais, même moi, je n'aurais pas eu l'audace de le lui dire en face. Elle portait un justaucorps et un jean noirs, et des bottes en caoutchouc. Sur son visage, elle avait dessiné une paire de moustaches avec l'eye-liner de sa grande sœur. Le seul élément sympa de son déguisement était le masque que je lui avais prêté.

– Tu es super aussi, a-t-elle continué en admirant la tenue de Sergio. Tu fais un Lukas parfait.

– Loki, a-t-il corrigé.

Il a ajusté son ridicule casque à cornes et resserré la ceinture de son peignoir customisé. D'une main, il tenait un manche à balai qui figurait le sceptre de Chitauri.

– OK, tout le monde a son ordre de mission, ai-je commencé. Vous savez quoi faire une fois à l'intérieur ?

Ils ont acquiescé d'un signe de tête. J'ai sorti le téléphone de Zack. Lara avait « emprunté » celui de sa sœur, ce qui, en d'autres circonstances, aurait été la chose la plus incroyablement dangereuse qu'elle aurait pu accomplir. Mais ce soir-là, ça n'arrivait même pas en dixième position.

– Synchronisons les portables, ai-je poursuivi tandis que j'ouvrais le menu « réglages ».

Sergio a levé la main.

– Ah, mais je n'ai pas de téléphone.

J'ai soupiré.

– Tu étais censé en dégoter un.

– Tiens, a coupé Lara.

Elle a sorti un appareil rose à paillettes de sa poche et le lui a passé. Sergio l'a inspecté avec méfiance.

– Il y a un poney sur ce portable, a-t-il commenté.

– Évidemment, c'est un portable My Little Pony.

– C'est un joujou ?

– Mais non, c'est juste que j'aime bien le décor, enfin… laisse tomber.

Nous étions arrivés en tête de la file. À la porte, un garde habillé d'une combinaison argentée et d'un casque futuriste avec une visière en plastique rouge a vérifié nos invitations et cherché nos noms sur sa liste. Lorsqu'il les a trouvés, Lara et Sergio ont franchi l'entrée, mais il m'a arrêté d'un geste de la main.

– Vous ne pouvez pas pénétrer sans costume diabolique, a-t-il annoncé tandis que sa visière s'embuait à chaque mot qu'il prononçait. En quoi êtes-vous déguisé ?

Je portais un T-shirt à rayures vertes et noires, un treillis et un sac à dos.

– Sandman, le marchand de sable, ai-je grogné.

Il a levé un sourcil.

– Eh bien, *Sandman*, je vais devoir inspecter votre sac.

Avec mauvaise grâce, je l'ai fait glisser de mon épaule et le lui ai tendu. Il a détaché les sangles et ouvert le rabat pour examiner son contenu.

– Du sable ?

Pendant qu'il tentait de décider s'il allait me laisser entrer ou pas, ses expirations perplexes laissaient des traces humides sur le plastique de sa visière. Le sac de sable, bien que peu commun, n'apparaissait pas sur sa liste des objets interdits. Avec un marmonnement, il m'a fait signe de passer.

Je me suis précipité pour retrouver les autres.

– Encore heureux qu'il n'ait pas regardé *sous* le sable, ai-je murmuré en balançant mon sac sur les épaules.

J'ai observé autour de moi. Nous étions dans la place. La première partie de l'opération Star Mec s'était déroulée sans accroc. Le plus dur restait à faire.

29
Deux heures
avant la fin du monde

Les yeux écarquillés, nous avons contemplé le spectacle impressionnant qui se déroulait devant nous. Le centre du volcan était creux, avec une rampe qui courait sur toute la paroi et montait en spirale jusqu'au cratère. La couleur des murs était orange brûlée, du style on a plongé des oranges dans une cuve d'huile bouillante malgré leurs hurlements. Le volcan-magasin-de-bandes-dessinées comptait sept niveaux desservis par des portes qui s'ouvraient sur la rampe ; là, les clients pouvaient acheter leur content d'albums, de magazines et de produits dérivés. Le rez-de-chaussée avait été converti en piste de danse pour l'inauguration. Sur une haute scène accolée au mur du fond, un DJ habillé en Docteur Fatalis mixait avec enthousiasme ; sa tête recouverte d'une capuche se balançait en rythme, sa cape verte ondulait. La musique se déversait à pleine puissance de gigantesques haut-parleurs circulaires ; montés sur des armatures transparentes, ils donnaient l'impression de planer dans les airs comme des trous noirs agités de pulsations. DJ Fatalis pianotait sur ses commandes numériques pour jouer des versions réarrangées pour la danse de thèmes de films et de séries avec des super-héros.

Un Robo-Talb qui transportait une assiette de petits-fours a glissé dans notre direction.

– *Involtini* ? a-t-il proposé.

Sergio en a attrapé une poignée. J'en ai pris un, fourré d'une crème grise qui sentait les tennis humides, mais dont le goût s'est révélé étonnamment agréable. Le Robo-Talb a pivoté pour s'éloigner en vitesse mais je l'ai interpellé :

– Je peux avoir l'assiette, s'il vous plaît ?

– Garçon. humain. gourmand, a-t-il marmonné.

Mais il me l'a quand même passée. J'ai balancé les *involtini* restants dans la poubelle la plus proche et glissé l'assiette dans mon sac à dos. Nous avons continué de la sorte tout autour de la salle et collecté d'autres plats de service et une pile de soucoupes.

– Allons-y, mêlons-nous aux gens.

Lara m'a tiré sur la piste de danse et Sergio nous a suivis d'un pas trébuchant. Des lampes en forme de crânes géants se balançaient comme des trophées cannibales au-dessus d'une masse de super-méchants qui se déhanchaient. J'ai scruté la foule ondulante à la recherche de Christopher Talbot, mais avec autant de masques, de cicatrices, de capuches et de casques, il était impossible de l'identifier ni même de savoir s'il était là.

– Je ne le vois pas, a dit Sergio.

– Il doit avoir des choses plus machiavéliques à faire, ai-je répondu.

Mais quoi exactement, c'était une énigme digne du Sphinx lui-même. Pourquoi Christopher Talbot avait-il *kidnappé* Star Mec ? Dans un cadre normal, quotidien, un super-méchant enlèverait son super-héros ennemi pour l'empêcher de compromettre ses projets maléfiques, comme empoisonner le système d'approvisionnement en eau d'une ville par exemple, ou de voler tout l'or du monde – ce genre de truc. Mais quel que soit le projet méprisable que Christopher Talbot avait en tête, il arrivait un peu trop tard. Les événements cosmiques avaient pris le dessus sur le crime de base. La fin du monde était pour demain, donc quoi qu'il ait en réserve dans sa manche argentée, quelle importance maintenant ? Quel intérêt de s'emparer de la planète si elle n'était plus là pour être prise ? Même s'il avait peaufiné pendant des années un bon petit crime, bien cool, ne pouvait-il pas le reporter jusqu'à ce que Star Mec ait empêché Némésis de transformer la Terre en la plus grosse crêpe de l'univers ?

— Vous avez entendu ? a demandé Lara.

— Je n'entends rien, ai-je répliqué en tendant l'oreille.

— Justement. La musique s'est arrêtée.

Un soudain gazouillis de téléphones portables a résonné. Tous les invités recevaient des textos. J'ai lu le mien avec une sensation de peur grandissante.

— Oh, non.

— Qu'est-ce qui se passe ?

Avant que je puisse répondre, des trompettes ont retenti, comme si Superman allait s'envoler dans les cieux. Les parois se sont éclairées et une image s'est formée sur chacune d'entre elles. À la place de la roche volcanique est apparu Christopher Talbot ; des Christopher Talbot, devrais-je dire. Il nous cernait sur sept étages, l'éclair bleu de ses yeux paraissait semblable à la plus pure des glaces arctiques. Tous les Christopher Talbot se sont mis à parler en même temps :

— Bonsoir, mesdames et messieurs, ont-ils ronronné avec un mince sourire. Pardonnez-moi pour mon absence à cette soirée, mais comme la plupart d'entre vous le savent déjà, il y a des faits nouveaux.

— De quoi parle-t-il ? a demandé Lara.

— De l'opération Parapluie Déferlant, ai-je répondu en lui montrant le texto.

— La nouvelle vient d'être annoncée par les plus brillants spécialistes en fusée de la Terre, a poursuivi

Christopher Talbot d'une voix dégoulinante de sarcasme. Némésis sera très bientôt à la portée de nos missiles nucléaires. Dans deux heures, quelque dix mille ogives seront lancées à partir de bases réparties un peu partout sur notre planète. Ceci afin d'interrompre la course du sympathique astéroïde que nous avons dans le voisinage.

Ceux qui n'avaient pas encore eu l'information sur leur téléphone ont laissé échapper un marmonnement anxieux, mêlé au brouhaha d'acclamations des quelques-uns qui croyaient encore que le barrage tout atomique allait nous sauver. S'il échouait, ou plutôt *quand* il échouerait, il n'y aurait plus rien pour arrêter Némésis. Deux heures ? Il restait moins de temps à la vie sur Terre que la durée d'un film de Transformers.

— Il n'y a aucune raison de s'inquiéter.

Christopher Talbot a penché la tête d'un air pensif.

— Bon, évidemment, sauf si on considère le système de défense à base de pistolets à bouchon que nous comptons utiliser pour détourner un astéroïde colossal qui arrive sur nous à quarante-cinq mille kilomètres à l'heure. Là, c'est plutôt inquiétant.

Il a ri mais personne ne s'est joint à lui.

— Oh, allez… Si on ne peut plus rigoler face à la perspective d'un anéantissement total… Mais où allez-vous ? Revenez.

Plusieurs super-méchants se dirigeaient vers la sortie. Christopher Talbot les a rappelés.

– Et si je vous disais que ce n'est pas la fin ?

Les invités sur le départ se sont figés. L'angoisse a fait place à la curiosité.

– En regardant autour de mon volcan, je vois les super-méchants de mon enfance, les génies diaboliques, les contrôleurs d'esprit, les assassins…

Ses têtes géantes se sont tournées pour embrasser du regard l'ensemble de la salle.

– … les autorépliquants, les manipulateurs de corps…

Il a souri comme s'il feuilletait un album de famille, puis a placé une main sur son cœur.

– Je suis touché par votre présence. Tant d'infamie sous un même toit… Quoi de mieux pour assister au plus grand acte de *super-héroïsme* auquel le monde ait jamais…

Il a bégayé.

– … heu… assisté.

Tous les Christopher Talbot ont levé les yeux vers le cratère.

– Accrochez bien vos capes, ajustez vos capuches, remontez vos caleçons… et je vous promets qu'avant la fin de cette soirée, vous serez *bluffés*.

– De quoi parle-t-il ? a murmuré Lara.

– Je ne sais pas, ai-je répondu, mais j'ai un très mauvais pressentiment.

Les écrans ont clignoté et son image s'est évanouie, bientôt remplacée par un compte à rebours digital.

Il affichait une heure et cinquante-neuf minutes : le temps restant jusqu'à ce que Némésis arrive à portée des missiles nucléaires de la Terre. Lorsque nous avions préparé notre plan, nous n'avions pas imaginé que l'opération Parapluie Déferlant allait compliquer notre mission. Si une partie de ces missiles explosaient dans l'atmosphère – ce qu'ils feraient, sans aucun doute –, alors tous nos efforts seraient vains. Des radiations nocives seraient émises et baigneraient la planète de leurs effets mortels. Des radiations plus violentes même que celles produites par Hulk, Daredevil, les Quatre Fantastiques, Docteur Manhattan, Phœnix, Captain Atom et Spiderman pris tous ensemble. J'ai lancé le chronomètre sur le téléphone emprunté à Zack et l'ai glissé dans ma poche.

La course contre la montre avait commencé.

30
Superman contre Batman

DJ Fatalis a relancé une rythmique : un titre aux lourdes basses a secoué les haut-parleurs et noyé toutes les discussions angoissées qui circulaient dans la salle. Quelques invités ont quitté la fête, mais la plupart sont restés sur place. Lentement au début, puis avec un enthousiasme grandissant, les super-méchants sont retournés sur la piste de danse. Je lisais sur leurs visages (ou du moins, sur ceux qui n'étaient pas masqués) ce qu'ils pensaient. Quelle meilleure façon de quitter ce monde que de faire une fête à tout casser ? Et qu'en était-il de la mystérieuse promesse de Christopher Talbot... y avait-il vraiment un espoir ?

– Là-bas, l'ascenseur, a dit Lara avec un mouvement discret du menton vers le mur du fond.

Non loin de l'estrade du DJ, incrustées dans la

roche, luisaient des portes argent métallisé. Selon le plan du site de la mairie, la rampe montait jusqu'au sixième étage, ce qui signifiait que l'ascenseur était le seul moyen d'accéder au septième, au niveau du cratère où j'étais certain que Zack se trouvait captif. Lara a fendu la foule.

Sergio et moi sommes restés immobiles un instant à la regarder se frayer un chemin à travers un groupe de Bane en transe.

– C'est une sacrée femme, hein ?

– Elle a onze ans, ai-je répondu sèchement. Elle apprécie My Little Pony et n'a aucune idée de la seule chose dans l'univers qui puisse effrayer Galactus.

J'ai senti le regard de Sergio sur moi.

– Tu l'*aimes* bien, a-t-il dit.

– Ben oui, je l'aime bien.

J'ai haussé les épaules. Une expression entendue a traversé le visage de Sergio.

– Pas comme ça, ai-je ajouté rapidement.

– Je crois que j'ai *parfaitement* compris, a-t-il répliqué tandis qu'un sourire dansait sur ses lèvres.

– Non, pas du tout.

– Oh, que si.

– Non.

– Si.

Heureusement, nous n'avions pas le temps de poursuivre la conversation. Alors que nous nous dirigions vers Lara, j'ai eu une vision soudaine et terrible de ce qui m'attendait. Je me suis tourné vers Sergio, l'ai attrapé par son haut col d'Asgard et tiré vers moi :

– Si nous survivons à cette nuit et qu'un jour dans le futur tu me vois sur le point de mettre du gel dans mes cheveux, arrache-moi le pot des mains. Arrache-le-moi immédiatement. Tu ferais ça pour moi ?

Il a hoché la tête avec tant de véhémence que les cornes géantes de son casque ont glissé sur ses yeux.

– Si ça peut te faire plaisir.

J'ai relâché ma prise. Il s'est rajusté, a redressé son casque et repris son sceptre. Lara avait déjà appelé l'ascenseur : il est arrivé et nous nous sommes précipités à l'intérieur. Un premier problème s'est immédiatement posé.

– Il n'y a que six boutons, a fait remarquer Lara en laissant courir sa main sur le panneau de commande métallique. On dirait qu'il faut une clef pour accéder au cratère.

Elle a désigné une serrure située dans la partie supérieure du panneau. J'ai parcouru la foule du regard.

– Alors, qui a cette clef ?

– Christopher Talbot, certainement, a répliqué Lara. Mais nous ne pouvons pas vraiment lui demander de nous la prêter.

Elle a affiché le plan du bâtiment sur son téléphone, l'a étudié quelques secondes, puis a tapoté l'écran du doigt.

– Là. Il y a une sorte de poste de sécurité au troisième étage. Je parie qu'ils ont une clef.

J'ai appuyé sur le bouton. Les portes se sont refermées et, dans un sursaut, la cabine a commencé son ascension.

La fête endiablée se poursuivait aussi au troisième étage. Notre progression était sans cesse entravée par un super-méchant bondissant avec son verre à la main et sa cape qui flottait derrière lui. Le palier donnait directement sur le centre du volcan et seule une fine balustrade de métal empêchait les fêtards chancelants de tomber dans le vide. Nous avons contourné un Caïd et un Ozymandias et bifurqué vers un petit couloir. Avant d'aller plus loin, j'ai pilé et levé une main. Les deux autres m'ont percuté. J'ai effectué le signal homologué qui signifie : « Silence. L'objectif de notre mission est en vue. »

– Quoi ? a dit Lara.

J'ai soupiré d'exaspération.

– Je voulais dire que le poste de sécurité était à proximité.

– Je sais, a répliqué Lara qui tenait le téléphone de sa sœur. J'ai le plan.

Nous avons avancé de quelques pas pour dépasser l'angle du mur et avoir un meilleur aperçu des lieux. Le poste se trouvait de l'autre côté du couloir derrière une large baie vitrée. Un gardien solitaire y était assis, les coudes posés sur son bureau, sa tête casquée entre les mains ; il semblait étudier avec attention quelque chose que je ne pouvais distinguer d'où j'étais. Derrière lui, sur la paroi, se trouvait un tableau de clefs qui avait la forme du vaisseau à remonter le temps de Doctor Who, un truc tellement cool que j'en ai tout de suite voulu un pour ma chambre.

— La clef de l'ascenseur doit être accrochée sur ce tableau, ai-je annoncé. Nous devons distraire le gardien. Qu'est-ce qu'il fait ?

— Je crois qu'il lit une BD, a tenté Lara, les yeux plissés.

— Alors, j'ai une idée. Il y a une chose à laquelle un véritable fan de BD ne peut résister, ai-je dit d'un air sombre.

— Non, a soufflé Sergio, en comprenant soudain ce que je m'apprêtais à faire. Tu ne peux pas. Tu ne dois pas.

— Nous n'avons pas d'autres options. Je suis désolé. J'ai tiré Lara dans le couloir, pour qu'elle soit bien en vue de l'agent de sécurité.

— Tu te souviens de notre trajet en bus jusqu'à la maison de Christopher Talbot ? Quand j'ai essayé de t'apprendre des trucs sur les super-héros ?

— Oui, je m'en souviens.

— Eh bien, c'est le moment de mettre à profit *toutes* tes connaissances.

— Mais on s'est arrêtés à la lettre C.

J'ai prié pour que cela suffise.

— J'ai une question pour toi, ai-je commencé.

Lara a paru se préparer mentalement. J'ai poursuivi d'une voix lente et forte :

— Qui gagnerait lors d'un combat entre Batman et Superman ?

J'ai scruté son visage avec l'espoir qu'elle sortirait une réponse convaincante. Il n'était pas exclu que le destin de deux mondes repose maintenant sur la culture en super-héros de Lara.

— Eh bien…, a-t-elle commencé avec hésitation. Batman maîtrise les arts martiaux et… et il a plein de gadgets et de bidules.

Tandis qu'elle gagnait en assurance, sa démonstration s'est faite plus posée.

— Mais Superman a la Super-force, et la Vision thermique, et il peut voler. Donc, c'est évident. La réponse est Superman.

— Faux ! a braillé le gardien lecteur de BD.

Comme je l'avais espéré, à peine avait-il entendu la question fatidique qu'il avait sauté de sa chaise et fait irruption dans le couloir.

J'ai adressé un coup de tête furtif à Sergio. Il s'est glissé derrière lui et faufilé à pas de loup dans le bureau vide. Poussant son gros ventre dans notre direction, le gardien s'était déjà lancé dans l'éternel débat. Il a traversé le corridor, ponctuant chacune de ses affirmations d'un doigt levé péremptoire. Lara et moi nous sommes retrouvés plaqués contre le mur, tandis qu'il parlait sans reprendre sa respiration :

– Comme Franck Miller l'a démontré dans ses travaux incontournables, les quatre numéros de la minisérie publiée en 1986, *Le Retour du chevalier noir*, où le gouvernement américain envoie Superman pour, je cite…

Il a formé des guillemets dans les airs avec ses doigts joints.

– … « destituer Batman » prouvent bien que c'est Batman qui sort finalement victorieux de leur confrontation héroïque dans l'Allée du Crime. Même s'il a dû faire semblant d'avoir une crise cardiaque et demander à Green Arrow, *alias* Oliver Queen, de tirer sur Iron Man avec une flèche enduite de kryptonite.

La sueur ruisselait sur son front ; sa poitrine montait et redescendait comme celle d'un crapaud-buffle. Nous nous contentions de sourire poliment.

Sergio est passé à côté de nous en nous adressant un clin d'œil ; il a rapidement ouvert sa main puis l'a refermée, juste le temps de nous laisser y voir l'éclat d'une clef.

Deux minutes plus tard, nous étions de retour à l'ascenseur. J'ai jeté un œil au compteur digital projeté sur la paroi intérieure du volcan. Ça nous avait pris presque quinze minutes pour trouver la clef et le temps commençait à manquer. Je me suis tourné vers Sergio. Quand nous avions planifié cette

272

mission, chacun de nous avait endossé un rôle qui convenait à ses compétences particulières. J'étais en charge de l'organisation et de la stratégie. Lara était responsable des investigations et devait prendre le commandement en cas de panique. Sergio avait reçu une tâche où pouvait s'exprimer tout son savoir-faire.

– Le distributeur de friandises est au quatrième étage, ai-je dit. Tu connais la procédure.

Sergio a gravement hoché la tête, m'a serré la main avec force, puis a fait de même avec celle de Lara avant de l'embrasser sur les deux joues, comme d'habitude. Nous allions chacun notre chemin : à nos prochaines retrouvailles, le destin des mondes serait scellé.

– N'oublie pas ceci.

Il m'a tendu son sceptre-manche à balai de Chitauri avant d'ajouter :

– *Buona fortuna.*

Drapant son peignoir autour de lui, il s'est engagé sur la rampe.

Lara est entrée dans l'ascenseur, a inséré la clef dans le tableau et l'a tournée d'un geste sec.

– Septième étage, nous voilà.

Presque instantanément, nous avons commencé à bouger. Mais Lara a froncé les sourcils.

– Qu'est-ce qui se passe ?

– Nous descendons, ai-je répondu. Il faut *monter*

pour aller au cratère. C'est là qu'ils retiennent Zack. Tourne la clef dans l'autre sens.

L'ascenseur poursuivait sa descente. Les numéros du tableau de commande s'allumaient les uns après les autres et un carillon se faisait entendre chaque fois que nous passions un étage. Et lorsque nous sommes arrivés au rez-de-chaussée, la cabine a continué sa course.

31
Histoire des origines

L'ascenseur nous a crachés dans les profondeurs du volcan, au sein d'un espace rocheux. À côté de la sortie se trouvait une autre cage d'ascenseur aux portes closes. Lara s'est plantée devant.

– Peut-être que celui-ci monte au cratère.

Mais en dépit de recherches minutieuses, nous n'avons trouvé aucun bouton d'appel pour accéder à la cabine.

– Il doit être commandé d'un autre endroit ! s'est exclamée Lara avant de frapper les portes de métal avec frustration.

J'ai senti les doigts glacés d'un courant d'air sur ma nuque et me suis retourné. Une arche élevée était creusée dans la roche : de deux fois la taille d'un homme, elle semblait avoir été conçue pour laisser passer un géant.

– Peut-être par là, ai-je proposé.

Accompagnés du faible gémissement du courant d'air, nous avons pénétré sous l'arche et rejoint une salle obscure. Il était difficile d'en évaluer la taille, mais nos voix étaient avalées par l'ombre et nous revenaient en échos lointains.

– Ce n'est pas sur le plan, a calmement dit Lara.

Des murs noirs naissaient du sol et s'incurvaient pour former un toit voûté d'où pendaient des amas de stalactites semblables à des crocs. Leurs reliefs étaient soulignés par la pâle lumière qui émanait d'une batterie d'écrans d'ordinateur installés de l'autre côté de la salle. De là montaient le doux ronronnement des climatiseurs et les chuintements des disques durs qui tournoyaient. J'ai appuyé le sceptre de Sergio contre un mur et laissé glisser mon sac à dos de mes épaules ; les assiettes se sont entrechoquées lorsqu'il a atterri sur le sol dur.

– Là, a murmuré Lara, un doigt pointé vers une silhouette qui se dressait dans l'obscurité. Je ne crois pas qu'il nous ait vus.

Quelque chose dans la taille et l'immobilité de la silhouette m'a mis la puce à l'oreille. Je me suis approché sur la pointe des pieds et j'ai vu qu'il s'agissait de la combinaison robotique que Christopher Talbot portait quand il avait kidnappé Zack. Au-dessus, sur le mur nu, étaient fixés divers schémas de conception pour des prototypes de combinaisons.

276

– « Lockheed Martin, Nasa, laboratoire de recherche Nuytco », ai-je lu.

Des plans dessinés par Christopher Talbot s'intercalaient avec ceux d'autres sociétés. Il devait les avoir volés. Un rapide coup d'œil aux spécifications m'a montré que ces projets étaient bien plus évolués que la combinaison robotique à laquelle nous avions eu affaire. Tandis que mes yeux s'adaptaient à l'obscurité, j'ai commencé à distinguer d'autres formes dans les ténèbres. Garé devant une paroi formée de gros blocs de pierre se tenait le monospace surbaissé qui avait englouti mon frère. À côté du véhicule étaient alignées des caisses en bois aux couvercles vitrés, du genre que l'on voit dans les musées. Une petite lampe de lecture était fixée au-dessus de chaque caisse. J'ai allumé la plus proche et la lumière s'est déversée sur les objets qui se trouvaient à l'intérieur. Des roches. Des dizaines de roches étiquetées avec une date et un lieu.

« Désert du Sahara, 1989 », ai-je lu sur l'étiquette attachée à une pierre marron et gris, de la taille de mon poing. Mes yeux se sont posés sur la suivante, un morceau de métal poli qui semblait avoir été prélevé sur le Surfer d'Argent. « Antarctique », ai-je déchiffré. Puis : « Mont Yamamoto, 1969 ».

– Des météorites, a dit Lara.

J'ai acquiescé d'un signe de tête.

Avant que je puisse spéculer davantage sur la

raison de leur présence ici, un gloussement s'est fait entendre dans la semi-obscurité. J'ai pivoté sur place. Sur toute la longueur du mur opposé couraient des rangées de cages en verre, empilées l'une sur l'autre jusqu'au plafond. Il devait y en avoir des centaines et chacune abritait un seul occupant, un insecte : araignées, scorpions, scarabées, fourmis rouges comme des voitures de pompier qui agitaient leurs antennes… Le gloussement venait d'un peu plus loin, d'un poulet à l'air vaguement étonné qui tapait du bec sur la paroi de sa cellule. J'ai avancé d'un pas dans sa direction, mais Lara m'a retenu d'un bras autoritaire.

– Fais attention.

Son regard s'est posé sur un panneau accroché au mur. Je l'ai instantanément reconnu. Souvent représenté dans les jeux vidéo postapocalyptiques, il s'agissait du symbole à trois triangles avertissant d'un danger de rayonnement nucléaire.

– Qu'est-ce qui se passe ici ? a-t-elle demandé avec méfiance. Ces insectes sont-ils…

Elle a hésité, horrifiée à la pensée de ce qu'elle allait dire.

– … radioactifs ?

– Je pense que nous sommes dans une sorte de laboratoire.

J'avais un début d'explication, mais tellement fou que je ne voulais pas le lui faire partager pour l'instant. Je suis retourné vers la batterie d'ordinateurs et me suis assis. Des économiseurs d'écran affichaient les planches de dizaines de bandes dessinées différentes ; elles chatoyaient sur les multiples moniteurs. Il y avait un pavé tactile à côté d'un clavier. J'ai activé un ordinateur d'une légère pression du doigt sur le pavé et inspecté la page d'accueil qui se réinitialisait.

— Qu'est-ce que tu cherches ? a demandé Lara qui se tenait derrière mon épaule.

— Les commandes des ascenseurs. Je pense que tu as raison à propos de la deuxième cabine : elle doit monter au niveau du cratère.

J'ai examiné les icônes qui parsemaient l'écran.

— Fonctionnalités toit, dispositifs décollage…

J'ai marqué une pause.

— Dispositifs décollage ? Pourquoi a-t-il besoin de ça ?

Lara ne partageait pas ma curiosité.

— Tu as vu ?

Elle a désigné un dossier intitulé : « Élévation ».

Cela paraissait plus prometteur. J'ai cliqué sur l'icône pour dérouler des centaines de fichiers vidéo dont beaucoup dataient de plusieurs années. Les plus récents n'avaient que quelques jours.

— Peut-être qu'une de ces vidéos explique comment faire fonctionner l'ascenseur, a suggéré Lara.

J'ai ouvert l'une d'entre elles. L'image d'une silhouette dans une lourde combinaison antiradiation est apparue sur l'écran. C'était Christopher Talbot. Il fixait l'objectif de la caméra.

– 16 décembre, début de l'opération Élévation, a-t-il annoncé avant de s'écarter pour laisser voir la rangée de cages de verre. Test sujet numéro 1.

Il a soulevé le couvercle de la cage la plus proche et plongé la main à l'intérieur. Lorsqu'il l'a ressortie, le corps charnu d'une tarentule était recroquevillé sur sa paume.

– J'ai irradié cette arachnide avec une association de radio-isotope césium 137 et de cobalt 60.

Il a brandi son autre bras. Sur la manche de sa combinaison, un rabat découvrait une portion de peau nue. Il a placé l'araignée à cet endroit.

– Je vais maintenant stimuler le sujet test afin de générer une réaction défensive.

– De quoi parle-t-il ? a demandé Lara.

– Il veut qu'elle le morde.

– Mais pourquoi quelqu'un aurait envie d'être mordu par une énorme araignée poilue et venimeuse ?

C'était maintenant très clair pour moi. Et telle-ment… dément. Tout ce que j'avais appris sur Chris-topher Talbot, de son amour pour les gadgets à son obsession pour les bandes dessinées, conduisait à une seule conclusion, bizarre mais logique :

– Il pense que cela lui donnera des super-pouvoirs.

Un cri aigu est monté de l'écran. L'araignée avait planté ses crochets dans l'avant-bras de Christopher

Talbot. Son visage rayonnait d'excitation. Il a présenté la trace de morsure à la caméra.

– Étape 1 achevée. Maintenant, j'attends... l'élévation !

J'ai arrêté la lecture et fermé la fenêtre. Nous avons regardé quelques secondes de la vidéo suivante qui confirmait que le même scénario se reproduisait. À en juger par le nombre de séquences du dossier, il apparaissait que Christopher Talbot s'était administré des morsures d'insectes radioactifs pendant des années dans l'espoir que l'une d'entre elles lui transmettrait des super-pouvoirs.

Lara a calmement secoué la tête avec incrédulité.

– Et les météorites ?

J'ai acquiescé.

– Dans les BD, il y a une longue tradition de gens qui sont entrés en contact avec des météorites et ont acquis des pouvoirs.

Dans le silence stupéfait qui a suivi, mes idées se sont mises en place, tels les derniers morceaux de mon puzzle de mille pièces représentant le vaisseau héliporté de l'agence S.H.I.E.L.D.

J'ai pris une grande inspiration et annoncé :

– Il projette de faire la même chose avec Zack.

– Quoi ? Il va lui demander de lui mordre le bras ?

Cela paraissait peu probable.

– Il veut s'approprier les pouvoirs de Star Mec.

– Comment peut-il faire ça ?

– Je ne sais pas. Mais Christopher Talbot a passé des années à essayer de se transformer en super-héros. Regarde autour de toi. Une cave secrète, une voiture customisée, une armure à surgénération d'énergie, un système informatique à la pointe de la technologie, des écrans vidéo géants, un compte à rebours final, des météorites extraterrestres, des morsures d'araignées radioactives. C'est comme dans toutes les BD que j'ai lues. Mais ça n'a jamais été que des rêves. Jusqu'à Star Mec. C'est la première fois que Christopher Talbot a un sujet test avec de véritables super-pouvoirs.

Avait-il trouvé un moyen de les lui prendre ? J'ai fait défiler la liste des fichiers vidéo pour arriver au plus récent qui datait de seulement quelques jours et lancé le film d'un clic.

– 13 juin, sujet test *humain* numéro 1, étape 2, a déclaré Christopher Talbot à l'objectif.

Un costume de ville ordinaire remplaçait sa combinaison antiradiation. Il a fait un rapide pas de côté pour permettre à la caméra de cadrer plus large.

Mon frère Zack était cloué sur une table d'opération, les bras et les jambes immobilisés par des anneaux de métal. Une calotte hérissée d'électrodes était fichée sur son crâne : les fils étaient reliés à une machine qui, croyais-je, devait enregistrer l'activité de son cerveau. Il avait l'air profondément endormi, mais ses paupières tremblaient et un gémissement s'échappait de sa gorge. Il souffrait. La peur s'est emparée de moi mais aussi une soudaine bouffée de colère : comment Christopher Talbot osait-il faire ça à mon frère ?

La poitrine de Zack était nue et se soulevait à un rythme irrégulier. Ses étoiles tatouées, sombres et froides la dernière fois que je les avais vues, s'éclairaient maintenant d'une lueur irrégulière. Christopher Talbot se tenait au-dessus de lui. Le décor ne paraissait pas être celui de la cave où nous nous trouvions : ils devaient être dans le cratère.

– J'ai exposé le sujet pendant dix secondes à la lumière des étoiles et, comme prévu, leur luminosité a partiellement restauré ses super-pouvoirs... (un mince sourire s'est étiré sur son visage)... bien qu'ils soient toujours trop faibles pour qu'il se libère de ses attaches de titanium. Je vais maintenant augmenter le pourcentage d'exposition à la lumière.

Il s'est dirigé vers un écran tactile et a sélectionné une interface de contrôle depuis un menu. Venus d'en haut, le vrombissement d'une machinerie doublé d'un grincement sourd ont déchiré le silence. Sur le bord supérieur de l'écran, je pouvais distinguer un toit qui coulissait pour révéler la nuit étoilée. Maintenant que les nuages avaient disparu, la lumière des étoiles inondait le cratère et le corps sans vigueur de Zack. Ses étoiles tatouées ont commencé à palpiter tandis que ses super-pouvoirs se rechargeaient.

– Initialisation du processus d'acquisition de

super-pouvoirs, a continué Talbot avant de placer une seconde calotte sur sa propre tête et de positionner soigneusement des électrodes tout autour de son crâne.

Il a actionné une série d'interrupteurs virtuels sur l'interface de contrôle et un appareil en forme de soucoupe volante est descendu du plafond pour se positionner à quelques centimètres au-dessus de Zack. J'ai aperçu une série de lames noires qui saillaient à la base de la soucoupe.

– Activation de l'extractotron à turbine, en attente de brevet.

Talbot a poussé une manette jusqu'à mi-hauteur. Les lames ont commencé à tournoyer et ont émis un sifflement qui s'est bientôt transformé en hurlement strident au fur et à mesure que la rotation s'accélérait.

Le corps de Zack, agité de soubresauts, se contorsionnait et ses membres cognaient violemment contre ses entraves de métal. Il a lâché un cri perçant puis est retombé en arrière, inconscient. Ses étoiles se sont éteintes. Christopher Talbot paraissait secoué et s'accrochait à l'écran de l'interface de contrôle pour garder l'équilibre. Yeux révulsés, il respirait avec difficulté. Sur sa tête, les électrodes crépitaient en lançant des flammèches d'un jaune vif. Ses cheveux étaient en feu. Il a arraché sa calotte et fait un geste vers l'extincteur fixé sur le mur, mais s'est soudain immobilisé. Droit, parfaitement calme, il a tendu une main et agité les doigts. L'extincteur a oscillé puis, avec un cliquetis, s'est libéré de son crochet. Il a volé à travers la pièce et atterri dans la paume de Talbot avec un bruit mat. C'était de la télékinésie. Le fondateur de *Planète Krypton* a commencé à rire. Même lorsqu'il a aspergé son visage de mousse anti-incendie, il a continué à s'esclaffer de joie.

– Enfin ! a-t-il jubilé face à la caméra. J'ai… des… super-pouvoirs !

Il avait réussi. Il avait réussi à transférer les pouvoirs de Zack dans son propre corps. Mais je m'en fichais. Je ne pouvais chasser de mon esprit l'image de mon frère étendu sur la table d'opération et son cri d'agonie.

– Il faut que nous allions au cratère. Maintenant, ai-je dit.

Le compte à rebours digital projeté sur les parois intérieures du volcan s'affichait sur les moniteurs. Ses chiffres rouges lumineux défilaient jusqu'au temps zéro. Il annonçait une heure et treize minutes. Et il n'allait pas en rester là.

J'ai de nouveau exploré l'ordinateur et, cette fois, suis tombé sur une icône intitulée : « maintenance bâtiment ». Les commandes de l'ascenseur étaient là et elles n'étaient pas trop difficiles à comprendre. Un clic a résonné dans l'obscurité. Puis un autre. Soudain, un concert de clics a envahi le laboratoire, se perdant dans les ténèbres comme un écho lointain.

– Ça ne ressemble pas à un bruit d'ascenseur, a commenté Lara d'un ton méfiant.

– Ah, ai-je répondu les yeux fixés sur l'écran, tandis que je prenais conscience de mon erreur.

Elle a croisé les bras.

– Qu'est-ce que tu as fabriqué ?

Je lui ai jeté un regard d'excuse, puis nous avons tous deux pivoté lentement pour faire face aux rangées de cages en verre alignées contre le mur. Le couvercle de chacune d'elles était grand ouvert. Au lieu d'appeler l'ascenseur, j'avais déverrouillé toutes les cellules, et les prisonniers ne perdaient pas leur temps.

– Luke.

Je percevais la terreur dans la voix de Lara.

– Le sol bouge.

Chuintant, sifflant, un troupeau de corps poilus et lustrés se déversait des cages et envahissait le sol.

Le visage de Lara s'est figé d'horreur.

– Je sais pourquoi le poulet est là, a-t-elle dit en levant un doigt tremblant. C'est leur dîner.

Une monstrueuse araignée, tout droit sortie d'un cauchemar, s'est approchée ; une plume de poulet pendait de sa gueule luisante.

Sans hésiter, Lara a décroché la corde à sauter fixée à sa taille, dégluti avec difficulté et marché bravement vers la horde déferlante. Elle s'est accroupie et a fouetté le sol : des dizaines d'assaillants se sont retrouvés éparpillés à distance. Mais pour chaque grappe de corps qui détalaient en se tortillant, une autre venait prendre sa place.

– Luke, est-ce que l'ascenseur arrive ?

– Je m'en occupe.

Mes doigts voletaient sur le clavier tandis que j'explorais l'interface de contrôle du bâtiment. Rester concentré. Ignorer la meute assoiffée de sang d'araignées, de scorpions et de fourmis radioactifs sur le point de plonger leurs crochets et leurs pinces dans nos chairs tendres. « Chauffage ». Non. Je suis passé à l'écran suivant. « Sécurité ». Non plus. Allez, ascenseur, où es-tu ?

Les efforts courageux de Lara pour garder les bestioles à distance ne donnaient plus aucun résultat. Les fourmis et les scorpions s'agglutinaient autour de ses pieds et, dans un cri, elle a battu en retraite.

Nouvel écran. « Transport » !

– Je l'ai ! ai-je hurlé.

Les araignées avaient atteint le poste de commande. Elles trottinaient sur le bureau, grouillaient sur les moniteurs et martelaient le clavier.

J'ai senti la caresse d'une patte poilue tandis que d'une main tremblante, je tapotais le pavé tactile pour appeler l'ascenseur intitulé « niveau cratère ». J'ai bondi de mon siège.

– Lara, viens, on file !

Nous avons couru jusqu'à l'arche, avec une faible avance sur la masse noire grouillante. Sous la voûte, je me suis penché pour ramasser mon sac à dos et Lara a attrapé le sceptre. L'ascenseur nous a ouvert les bras et nous nous sommes précipités à l'intérieur.

Il n'y avait qu'une commande sur le tableau.

– Appuie ! ai-je hurlé.

Lara a frappé le gros bouton du plat de la paume.

La machinerie s'est mise à vrombir tandis que les portes de métal ont commencé à coulisser l'une vers l'autre avec une atroce lenteur. Lara écrasait le bouton encore et encore. L'espace entre les deux portes n'était plus que de quelques centimètres lorsque des pattes d'araignée gluantes se sont faufilées entre elles. C'était le monstre mangeur de poulet. Avec un bruit de grattements furieux, l'animal est parvenu à s'introduire davantage. Lara et moi avons reculé, dos collé à la paroi du fond de l'ascenseur, aussi loin que possible des membres tentaculaires. L'araignée n'avait sûrement pas assez de force pour obliger l'ascenseur à s'ouvrir. Ou alors si ? Au moment où je commençais à me demander si elle ne bénéficiait pas de la Super-force, les portes se sont refermées et lui ont coupé les pattes. Elles sont tombées sur le sol et se sont immédiatement recroquevillées comme des bouts de papier jetés au feu.

L'ascenseur a commencé à s'élever avec un gémissement de mécanismes hydrauliques et de câbles à haute résistance. Nous avions à peine le temps de reprendre notre souffle. Nous nous dirigions vers le cratère. Vers Christopher Talbot. Vers Zack.

Vers le sauvetage de deux mondes.

32
L'arme secrète

Un couloir brillamment éclairé menait directement de l'ascenseur à la salle principale du cratère. À mi-parcours, un autre passage conduisait à ce que le plan officiel désignait comme une crèche d'enfants, mais que nous soupçonnions fortement d'être un poste de sécurité. Dès que notre présence serait détectée, les renforts arriveraient de là. Au plafond, l'œil proéminent d'une caméra de surveillance pivotait en tout sens pour mieux nous traquer. J'entendais le ronronnement du zoom qui tentait de faire le point sur nos visages. Ils nous trouveraient plus vite que je ne l'avais imaginé. Peu importait. Nous l'avions prévu. J'ai laissé tomber mon sac à l'intersection des deux couloirs, en ai extrait les assiettes et les soucoupes, puis l'ai retourné tête en bas. Le sable s'est répandu sur le sol pour révéler l'objet que j'avais dissimulé jusqu'alors. Il était en deux parties que j'ai fixées ensemble. J'étais parfaitement à l'aise avec la manœuvre d'assemblage car j'avais passé un nombre incroyable de week-ends à participer à sa conception.

— Est-ce que c'est le… ? a commencé Lara.

— Oui. L'égouttoir à vaisselle. Passe-moi le sceptre.

Elle me l'a tendu, et j'ai dévissé sa partie supérieure. C'était l'élément final du dispositif que nous avions habilement déguisé en un innocent sceptre Chitauri. Les pièces se sont emboîtées avec la précision méçanique d'un fusil de tireur d'élite embusqué.

— Ce petit gars ne ressemble pas à grand-chose, ai-je dit tandis que j'insérais le manche à sa place. Mais il a ce qu'il faut où il faut.

— Petit gars ? C'est normal d'appeler un égouttoir petit gars ?

Un martèlement de bottes a retenti ; les agents de sécurité déboulaient dans le couloir. Mais nous les attendions de pied ferme. Nous avions fait nos devoirs (pas nos devoirs d'école, je parle de la préparation de la mission) : nous avions soigneusement étudié les plans de la mairie, qui incluaient un schéma du réseau électrique avec la localisation de toutes les prises murales. J'ai déroulé un câble depuis l'arrière de l'égouttoir et l'ai branché, puis j'ai actionné un interrupteur et l'appareil s'est mis en route avec un ronronnement.

Ce n'était pas un égouttoir comme les autres. Quand nous avions commencé sa fabrication, mon père avait en tête quelque chose d'assez classique, mais je l'ai persuadé d'inclure des améliorations révolutionnaires. Zack était totalement opposé à l'idée, convaincu qu'il était dangereux de se mêler de ce que nous ne comprenions pas. Mais le vote s'est fait contre lui. Ainsi est né l'égouttoir du futur : conçu pour être fixé au mur au-dessus du lave-vaisselle, il comportait un bras mécanique extensible qui pinçait les assiettes fraîchement lavées pour les déposer automatiquement dans ses rainures. Malheureusement, Zack avait raison. L'égouttoir n'avait jamais fonctionné comme prévu. Loin de là. Cependant, si mes suppositions étaient correctes, le projet bricolage catastrophique de mon père était sur le point de repousser l'attaque frontale de forces de sécurité ultradéterminées.

– Chargement des munitions, ai-je annoncé.

Lara a rapidement inséré la vaisselle dans les compartiments. Une fois que tous ont été remplis, j'ai actionné un nouvel interrupteur et reculé.

– Attention, feu à volonté ! ai-je hurlé.

Le premier gardien a surgi à l'angle du couloir au moment où l'égouttoir est entré en action. Le bras articulé a attrapé une assiette et, d'un mouvement de son poignet mécanique, l'a lancée comme un Frisbee vers le bataillon qui marchait vers nous. L'homme qui menait l'assaut l'a reçue en plein ventre : sous le choc, sa tête s'est renversée en arrière et son casque de Plexiglas est tombé. Il a eu le temps de lâcher un *han !* avant de s'effondrer au sol.

J'ai adressé un large sourire à Lara.

– Ce n'est pas un égouttoir mais une vraie mitrailleuse automatique !

Nous avions créé une arme de diversion. Salve après salve, les assiettes et les soucoupes atterrissaient sur les gardiens stupéfaits. Les sifflements d'une vaisselle de combat lancée à pleine vitesse fendaient l'air. Tandis que le barrage de tirs furieux tenait les assaillants en respect, Lara et moi nous sommes élancés dans le couloir. Jusqu'ici tout allait bien. L'égouttoir allait nous permettre de gagner du temps pour atteindre la salle principale du cratère.

Lors de l'organisation du raid sur le volcan, nous avions établi que la porte de cette salle serait sécurisée avec un verrou numérique sans clef dernier cri, disponible dans les meilleurs magasins de bricolage. Un simple coup d'œil aux spécifications techniques du modèle m'avait fait froid dans le dos : il était plus sûr que le cadenas Kryptonite® inviolable que Zack utilisait pour son VTT Carrera Vengeance à roues de vingt et un pouces. Cependant, il y avait un défaut dans la carapace du petit bijou technologique. Le verrou était alimenté par secteur et disposait d'une batterie interne pour prendre le relais en cas de panne de courant. Selon le très sympathique vendeur auquel je m'étais adressé, la batterie de secours ne se mettait pas en route à l'instant précis de la coupure d'électricité. Il fallait deux secondes au verrou pour se réinitialiser. Durant ces deux secondes, le système de sécurité était inexistant : la porte serait ouverte. Il ne nous restait qu'à générer une panne complète dans tout le volcan.

J'ai sorti mon téléphone et utilisé une touche de raccourci pour appeler le portable My Little Pony de Lara.

– *Pronto ?* a répondu Sergio.

– Es-tu en position ?

– *Va bene.* J'ai localisé le distributeur au quatrième étage.

Si Sergio était expert en bandes dessinées, il était aussi un prodige du distributeur de friandises. Durant la préparation de la mission, nous avions déterminé que le nouveau magasin mère, tout comme les autres librairies *Planète Krypton*, serait équipé des meilleurs distributeurs du monde, les Supersnacks Combo Fusion.

C'était un élément crucial de notre plan.

Plusieurs mois auparavant, au cours d'une soudaine envie de sucre particulièrement irrésistible, Sergio avait commandé six barres chocolatées, deux paquets de chips et une cannette de Fanta à un Supersnacks, le tout *en moins de trente secondes*. La fulgurance de cette commande avait dépassé les capacités de la machine, bloqué son système d'exploitation et causé un court-circuit qui avait plongé le bâtiment entier dans l'obscurité. Un rapide passage en revue des forums de maintenance en ligne du distributeur avait révélé qu'il s'agissait d'un « problème récurrent ».

— Tu sais ce que tu as à faire, ai-je dit dans le téléphone.

— Affirmatif, a répondu Sergio.

— Et… Sergio ?

— *Sì* ?

— Bonne chance, mon ami. Nous comptons tous sur toi.

— Je ne te laisserai pas tomber, *amico mio*.

— Tu y vas à mon signal.

— Bien reçu.

Devant la porte de la salle du cratère, je me suis tourné vers Lara.

— Quand Sergio coupera l'électricité, nous aurons deux secondes pour entrer à l'intérieur.

Elle a cligné des yeux.

— Deux secondes, ça me connaît.

— Lara, peux-tu juste me dire si tu es prête ou pas ?

— Enfin, Luke. Mais oui, je suis prête.

Elle a appuyé son épaule contre la porte.

— Allez, dis à Sergio de tout faire péter !

J'ai placé le téléphone devant ma bouche et hurlé :

— GO !

– Pas go ! Je répète, pas go ! a clamé la voix de Sergio depuis le combiné. Nous avons un problème. Il n'y a pas de Twix. Je répète, pas de Twix dans le Supersnacks.

C'était une catastrophe. Il n'y avait qu'une seule association de barres chocolatées et de chips qui permette de faire disjoncter le distributeur. J'ai jeté un œil dans le couloir. Les munitions de l'égouttoir touchaient à leur fin : seules quelques soucoupes subsistaient encore. Dans moins de trente secondes, les agents de sécurité allaient percer notre ligne de défense.

Bien que mon cœur batte à tout rompre, j'ai essayé de conserver une voix calme.

– Sergio, écoute-moi bien. Dis-moi ce que tu vois.

J'entendais son souffle court tandis qu'il passait en revue les friandises disponibles.

– Mars, Snickers, Smarties, Bounty, Galaxy…

Il a marqué un temps d'arrêt.

– … attends un peu. *Galaxy* ? C'est bizarre. Je n'ai jamais vu une barre chocolatée de ce type dans un Supersnacks. Il y a une *anomalie*.

– *Anomalie* ? Je croyais qu'il avait dit « Galaxy » ? s'est étonnée Lara qui suivait la conversation.

– Je pense que nous avons peut-être la réponse, a continué Sergio avec de plus en plus d'assurance. Les Twix ont été remplacés par des Galaxy.

J'ai entendu craquer les jointures de ses doigts.

– Supersnacks Combo Fusion, a-t-il grogné, maintenant, c'est entre toi et *io*.

Le tintement rapide de pièces que l'on glisse dans une fente a résonné, suivi de martèlements vifs comme l'éclair sur le clavier numérique. Je n'avais jamais rencontré quelqu'un avec une vitesse de sélection aussi performante.

– Luke, l'égouttoir n'a plus de munitions, s'est écriée Lara. Ils arrivent !

Avec des mugissements féroces, les gardiens avaient sauté par-dessus notre arme devenue inutile. Ils étaient presque sur nous.

Les lumières du couloir ont vacillé ; en ralentissant, les ventilateurs de l'air conditionné ont émis un chuintement et nous nous sommes retrouvés plongés dans le noir. Sergio avait réussi !

– Lara, vas-y ! ai-je crié.

Nous n'avions que deux secondes. Dans l'obscurité totale, Lara a poussé d'un coup d'épaule la porte déverrouillée et je me suis rué derrière elle. Les agents de sécurité étaient sur nos talons. Du bout de sa botte, l'un d'eux a tenté de bloquer l'ouverture, mais il n'était plus temps d'inverser le mouvement. Le lourd battant a écrasé son pied comme un melon dans un pressoir et, avec un hurlement de douleur, il a battu en retraite. Les portes se sont refermées avec un bruit métallique.

Le courant électrique est revenu, les plafonniers se

sont soudain rallumés et le système d'air conditionné s'est remis en marche.

Nous avions atteint l'intérieur de la salle du cratère.

Mais il était trop tard.

33

La quintessence

La vidéo que nous avions visionnée nous avait donné une vague idée des lieux, mais maintenant que nous nous tenions au centre du cratère, nous pouvions vraiment apprécier sa taille.

Il était beaucoup plus petit qu'il ne paraissait sur écran.

Plus petit, ai-je estimé, que le gymnase de notre école, mais mieux équipé pour la conquête du monde. Des murs de pierre brute de la hauteur d'un bus à deux étages s'élevaient en pente douce jusqu'au toit de métal qui formait un disque parfaitement plat. La lumière venait de projecteurs ultrapuissants fixés dans la paroi, et de tubes en verre verticaux où flottaient des bulbes de feu qui imitaient une éruption de lave. Plantés dans le sol à intervalles réguliers, ils faisaient penser à des points d'exclamation phospho-rescents. Tout autour de la salle s'alignaient des casiers de métal ; juste au-dessus d'eux courait une sorte de monorail. Au centre se trouvait un tableau de commande en forme de donut : un anneau de pavés tactiles courbes, assortis de boutons et de manettes. Christopher Talbot se tenait de dos, penché sur le tableau : ses mains effleuraient les pavés tactiles comme deux insectes patinant sur une mare. Près de lui, mon frère gisait menotté sur la table d'opération. Zack était conscient, mais à peine.

Il y avait quelque chose d'illogique. Talbot don-nait l'impression d'extraire de nouveau les super-pouvoirs de Zack. Le transfert paraissait presque terminé et le ronronnement de l'appareil à hélice emplissait le cratère. C'était comme si nous regar-dions encore une fois la même vidéo que celle découverte sur l'ordinateur du sous-sol – mis à part une différence cruciale. Christopher Talbot avait changé de tenue. Plus de costume de ville ni d'équi-pements antiradiation, mais un haut bleu moulant qui mettait ses muscles en valeur et un pantalon tout aussi étroit qui faisait saillir ses cuisses. Une cape d'un bleu plus soutenu, bordée d'un feston brillant, tombait sur ses larges épaules et un masque argenté était relevé sur son front, prêt à être rabattu devant ses yeux pour compléter son super-costume. Un bla-son étincelait sur sa poitrine. Il semblait inspiré des étoiles tatouées de Zack mais avait quelque chose de professionnel, comme si Talbot avait recruté une prestigieuse agence de design pour en créer le graphisme. J'ai baissé les yeux. Aux pieds, il portait une paire de pantoufles comme celles de papi Bernard.

Mon frère se contorsionnait sur la table. Ses lèvres se sont ouvertes pour laisser échapper un cri déchirant.

– Zack ! lui ai-je lancé.

– Luke ?

Sa voix n'était qu'un murmure.

– Je suis avec Lara. Nous sommes venus te sauver.

Avant que j'aie pu faire un pas, une bande de Robo-Talb a convergé dans notre direction depuis chaque coin de la salle.

– N'y. songez. même. pas, a coassé leur chef tandis qu'ils nous repoussaient vers la porte.

Ils ne ressemblaient pas aux robots qui distribuaient des amuse-gueules à la fête de l'étage du dessous. L'aspirateur qui leur servait de corps était blindé et, au lieu de tenir des plateaux, ils brandissaient de fines baguettes de métal dont les extrémités crépitaient d'étincelles bleues à l'air vicieux.

Christopher Talbot ne paraissait pas surpris de nous voir. Une fois le transfert des super-pouvoirs accompli, il a éteint la machine et retiré sa calotte d'électrodes. Ses cheveux épais (moins que d'habitude maintenant, à cause des trous et des parties brûlées) fumaient doucement tandis que quelques flammes achevaient de mourir sur son front. D'un geste négligent, il a tendu un bras et, à l'aide de son don de télékinésie fraîchement acquis, a activé un extincteur pour étouffer le feu.

– Luke, Laura, quel plaisir de vous revoir.

– Moi, c'est Lara, a-t-elle répliqué sèchement.

Christopher a arboré une mine comme pour dire : « Vraiment ? Qu'est-ce que j'en ai à faire ? », puis a continué :

– J'avoue que je ne m'attendais pas à ce que vous arriviez si loin. Bravo.

Il a applaudi mais n'a produit qu'un son creux, moqueur.

– Mais votre tentative stupide quoique courageuse de sauver Zack est arrivée à son terme. C'est un échec. Vous voyez cela ?

Il a rapproché les mains paume contre paume pour matérialiser un intervalle étroit.

– C'est le petit laps de temps que vous aviez pour intervenir… juste à temps.

Mon sang n'a fait qu'un tour. La partie raisonnable de mon cerveau me disait d'attendre une meilleure occasion, mais elle était réduite au silence par la partie furieuse et irréfléchie. J'ai serré les poings le long de mon corps et avancé vers Christopher Talbot qui ricanait.

– Ah, ah !

Il a agité un doigt réprobateur puis l'a baissé pour désigner le cercle de robots qui se bousculaient afin de me barrer le passage.

— Laissez-moi vous présenter mes Robo-Talb d'assaut.

— Robotalbasso ? a demandé Lara avec un froncement de sourcils.

— Non, a-t-il grommelé.

Il a répété lentement, articulant chaque syllabe avec grand soin.

— Ro-bo-Talb-d'as-saut.

Comme pour souligner son rôle de sbire mécanique, un des robots a fait rouler son corps cylindrique trapu sur mes orteils. J'ai grimacé. Il a agité sa baguette crépitante et coassé :

— Extrapoler… Extrader… Excaver…

Les autres Robo-Talb se sont joints à lui pour piailler un tas de mots qui commençaient tous par « ex ». J'ai noté cependant qu'ils faisaient bien attention de ne pas dire « exterminer ».

— Je ne bougerais pas, si j'étais toi, a prévenu Christopher Talbot. Un toucher de ces baguettes te causera une incapacité neuromusculaire instantanée. Pas mortelle, mais *extrêmement* douloureuse…

Il a fait un geste vers Zack.

— … comme ton frère pourra te le confirmer. Enfin, il pourrait si je ne l'avais pas purgé de tous ses pouvoirs pour ne laisser de lui qu'une enveloppe vide.

– Vous êtes un monstre, a craché Lara.

– Bien au contraire, a répliqué Talbot d'un air offensé. Je suis un héros.

– Vous vous beurrez, a-t-elle dit avec mépris.

Il n'a pas semblé comprendre, mais on ne pouvait pas lui en vouloir.

– Leurrez, ai-je expliqué.

– Ouais, a conclu Lara. Ça aussi.

J'étais d'accord. Il se la racontait vraiment, s'il s'imaginait qu'il était le bon gars dans l'histoire.

– Observez autour de vous, Christopher Talbot, ai-je commencé. Nous sommes dans le quartier général secret de votre volcan, entourés par vos hommes de main robots, avec un véritable superhéros – *que vous avez kidnappé* – branché sur une machine à aspirer les super-pouvoirs pendant que le monde entier est en danger. Regardez les choses en face, je ne vois pas comment on peut être plus super-méchant que ça.

– C'est ridicule, a-t-il bégayé. Vous n'avez aucune idée de ce qui se passe *véritablement* ici.

– Oh, que si. Nous avons visionné une vidéo.

– Oh.

Il a marqué une pause.

– Bon, très bien. Ça m'évite de gaspiller une énergie précieuse en explications. Et puisque vous êtes si *parfaitement* informés, vous comprendrez que j'ai une tâche héroïque à accomplir et peu de temps pour la mener à bien. Donc, si vous voulez m'excuser…

Dans un claquement de cape, il nous a tourné le dos et a recommencé à effleurer les pavés tactiles en marmonnant dans sa barbe.

Je sentais qu'il était déçu de ne pas pouvoir se lancer dans un grand discours pour expliquer son plan en détail. Attitude typique de super-méchant.

Une idée m'est venue. Si Christopher Talbot voulait tellement être le héros, peut-être qu'en lui prouvant qu'il se comportait comme un méchant, les écailles lui tomberaient des yeux et il cesserait ses manigances.

– Donc, c'est quoi votre nom de super-héros ? ai-je demandé.

Il s'est immédiatement retourné, trop impatient de nous le révéler.

– Les anciens pensaient qu'il existait *cinq* éléments, et non quatre. La terre, l'air, l'eau, le feu, et le truc dont sont faites les étoiles, le cinquième élément, appelé la « quintessence ».

Il a désigné le motif sur sa poitrine. Je devinais maintenant vaguement que les étoiles formaient la lettre *Q*.

– Et je suis la Quintessence, a-t-il déclaré, les mains plantées sur ses hanches et le torse bombé.

– Oh, allez, ai-je coupé. Ça fait franchement nom de super-méchant.

– Pas du tout, a-t-il protesté. C'est classe. Énigmatique. Et c'est quand même cent fois mieux que Star Mec. Non, mais c'est vrai, quel nom débile. Qu'est-ce qui se passera s'il grandit ? On va l'appeler Star Monsieur ? On ne peut pas avoir un homme de trente ans qui se balade avec un nom comme Star *Mec*.

Il s'est tapoté la tempe en poursuivant :

– Ça t'a pas traversé l'esprit, hein ? En plus, c'est vous qui êtes habillés en super-méchants ! a-t-il ajouté avant de retourner à son donut de contrôle.

– Oui, mais seulement parce que c'était demandé sur votre invitation, a commenté Lara.

Il a bombé sa poitrine.

– Je suis le seul super-héros. Je suis l'unique.

On aurait dit un enfant gâté. J'étais déterminé à lui démontrer qu'il était le Lex Luthor de la situation.

– Donc, ai-je commencé en choisissant mes mots aussi soigneusement que si je posais des mines (ce qui était un peu le cas), admettriez-vous que puisque vous nous avez maintenant neutralisés en tant que menace potentielle, il ne reste plus aucun obstacle significatif entre vous et votre but ultime ?

Il a hoché la tête d'un air suffisant.

– Comme tu dis… rien ne pourra plus m'arrêter !

Un ricanement est monté de sa gorge comme un rot maléfique. Avec une expression horrifiée, il a plaqué ses deux mains sur sa bouche.

– Ah ! ai-je répliqué, un doigt accusateur pointé dans sa direction. Seul un méchant dirait ça.

Il a lentement laissé son regard errer sur la salle du cratère et j'ai perçu qu'il endurait une terrible prise de conscience. Il savait qui il était. Mais des tas de méchants se ravisent et changent de bord à la fin des histoires pour devenir des héros. Pourrait-il être l'un d'entre eux ?

– Peu importe, a-t-il conclu. Une fois que j'aurai dégommé Némésis et sauvé le monde, personne n'ira regarder comment j'en suis arrivé là.

J'avais ma réponse : méchant jusqu'au bout.

– Le monde sera éternellement reconnaissant envers…

Il a baissé la voix.

– … la Quintessence.

– Deux mondes, ai-je corrigé.

– Comment ça ?

– Star Mec a été choisi pour sauver ce monde plus un monde parallèle où le rouge remplace le vert et où le goût des cakes est légèrement différent. Pas complètement différent. Mais légèrement différent.

Une ombre d'incertitude a parcouru son visage.

– Personne ne m'a jamais parlé de sauver *deux* mondes.

– Eh bien, c'est fait. C'est un gros boulot. Alors, il faut vous interroger : est-ce que vous êtes vraiment partant ?

Il a reniflé avec dédain.

– La Quintessence relève tous les défis. Plus ils sont énormes, mieux c'est. Deux mondes ? Pas de problème…

Il a fait un petit signe d'appel du doigt.

– … amenez-les-moi.

– Vous commettez une terrible erreur, a dit Lara. Il faut laisser Star Mec accomplir sa mission. Il a été choisi pour nous protéger de Némésis.

– Oh, vraiment ? Il est l'Élu, c'est ça ?

Avec irritation, il a fait claquer sa cape en direction de Zack.

– Expliquez-moi pourquoi un gamin quelconque de la banlieue sud de Londres devrait recevoir des super-pouvoirs, hmm ? Qui a décidé ça ?

– Zorbon, ai-je répondu. Le Décideur.

Talbot a froncé les sourcils.

– Eh bien, *Zorbon* s'est clairement trompé. J'ai passé toute ma vie et dépensé chaque penny que j'ai gagné à devenir un super-héros. Vous savez, j'aurais pu vivre comme un roi, m'acheter un véritable manoir, mais il y a bien longtemps que je me suis dit, non, Chris, ce n'est pas ta voie. Des sacrifices doivent être faits. Et si habiter dans une minable maison mitoyenne à Bromley et conduire une Citroën vieille de dix ans permettent de dépenser plus pour la recherche en super-pouvoirs, alors qu'il en soit ainsi.

Il a tendu la main vers son tableau de commande et pris ce qui ressemblait à une télécommande de Xbox.

— Mais je dois remercier ton frère pour quelque chose. Quand il est entré en scène en tant que Star Mec, j'ai compris que mes rêves pouvaient devenir réalité. Et que si des pouvoirs pouvaient être accordés, ils pouvaient aussi être *pris*.

— Mais vous n'aviez pas besoin de prendre ceux de Zack. Tous les super-héros n'ont pas de super-pouvoirs. Beaucoup s'entraînent pendant des années, affûtent leur corps et leur esprit pour combattre le crime. Vous auriez pu suivre les traces de Batman.

Talbot a eu un geste d'impuissance.

— Tu crois que je n'ai pas essayé ?

Il s'est dirigé vers un des casiers qui bordaient la salle et l'a ouvert.

— Sais-tu combien il existe d'ordres secrets de moines pratiquant les arts martiaux dans les montagnes enneigées du Tibet ?

J'ai fait non de la tête.

— Aucun, a-t-il lâché. Pas un. Et j'ai cherché. Si tu savais comme j'ai cherché. Il n'y a pas une cloche de temple que je n'aie fait sonner.

— Ils proposent des cours de judo au centre sportif, ai-je suggéré.

Il a grimacé.

— Ce n'est pas la même chose.

À l'intérieur du casier était suspendue une collection de costumes de super-héros de rechange, identiques à celui qu'il portait ; les capes sur des portemanteaux, les masques sur une étagère au-dessus. Il a attrapé une paire de bottes noires et brillantes.

– Maintenant, il est vraiment temps que je sauve le monde.

– Les mondes, lui a sèchement rappelé Lara.

Sans lui prêter attention, il a martelé une série de boutons sur sa télécommande de console de jeux et manœuvré le joystick. Au bout de la salle, un vrombissement s'est fait entendre et une forme massive a émergé de l'ombre. C'était la plus gigantesque combinaison robotique que j'avais jamais vue. De deux fois la taille de celle qu'il avait utilisée pour enlever Zack, elle pendait au monorail tel un scaphandre de colosse accroché à une patère. Les plans du laboratoire du sous-sol devaient avoir servi à sa conception. Composée d'une enveloppe rigide d'où émergeaient des bras et des jambes épais comme des troncs d'arbre, elle était surmontée d'un casque proéminent avec une visière circulaire translucide qui luisait faiblement sous les lumières. Le corps principal était peint des mêmes couleurs bleu et argent que le costume moulant de Talbot. Sur la formidable poitrine s'étalait le blason Q, mais sa partie la plus massive se situait en son centre, où un collier de grosses fusées de lancement était accroché comme une ceinture à munitions. L'exosquelette était si énorme que des échelons de métal étaient disposés sur sa surface pour permettre d'y entrer et d'en sortir.

Christopher Talbot a joué de son joystick sur la télécommande. La combinaison a glissé sur le rail dans sa direction, puis stoppé avec un léger balancement. Un *clic* s'est fait entendre : elle s'est décrochée et a chuté au sol avec un bruit mat, les genoux pliés sous son poids considérable. Elle a ensuite repris toute sa hauteur et s'est dressée comme une tour.

– Admirez la Super Combi Suborbitale M14 !

Il a coincé la télécommande de jeux dans sa ceinture, s'est débarrassé de ses pantoufles et a commencé à mettre ses bottes.

– Suborbitale ? Est-ce que cela signifie que vous irez aux confins de l'espace dans ce truc ? ai-je demandé.

Il sautillait jusqu'à son donut de contrôle, sa seconde botte à moitié enfilée.

– Exactement ! Je conduirai mon destrier bleu jusqu'à la bataille contre le dragon Némésis.

– Marche-t-il aussi bien que votre truc d'ôte-manteaux automatique ? a demandé Lara, le sourcil interrogateur.

– Écoute, je n'ai pas à répondre aux questions insolentes de gens comme toi. J'ai un programme à suivre. Mais pour ton information, mademoiselle Je-sais-tout, je vais piloter la M14 jusqu'à proximité de l'astéroïde et, une fois en position, je sauverai le monde grâce à mes super-pouvoirs.

– Les super-pouvoirs de Zack, lui ai-je rappelé.

Je voyais bien qu'il se fichait pas mal d'où venaient les pouvoirs : ils étaient à lui maintenant.

Il a commencé à en faire la liste :

– Capacité à respirer dans le cosmos, télépathie pour communiquer sans délai avec les autorités de la planète, radar pour déterminer précisément la course de l'astéroïde, champ de force pour la stopper…

– … et télékinésie pour la détourner de la trajectoire de la Terre, ai-je complété.

J'avais toujours su que Zorbon avait donné ces pouvoirs à Zack pour des raisons précises, mais Christopher Talbot avait tiré les véritables conclusions. J'étais impressionné.

– Excellent, Luke…, a-t-il dit.

J'aurais juré qu'il y avait de la tristesse dans sa voix.

– … en d'autres circonstances, je crois que toi et moi aurions pu être amis…

Il a réfléchi un instant.

– … ou disons maître et disciple.

Il a réglé la longue perche d'un micro.

– Initialisation des diagnostics de prédécollage, a-t-il commandé.

– Diagnostics de prédécollage initialisés, a répondu la combinaison.

C'était la voix d'une femme qui donnait l'impression d'être étendue sur un sofa tout en mangeant du raisin.

– Vérification des niveaux de super-pouvoirs.

– Niveaux de super-pouvoirs au maximum, a confirmé la voix. Temps estimé jusqu'à épuisement : deux heures.

– Excellent ! a lancé Christopher Talbot avec un sourire.

Deux heures jusqu'à épuisement ? Qu'est-ce que cela signifiait ? Soudain, j'ai compris. J'ai su pourquoi il lui avait fallu extraire les pouvoirs de Zack non seulement une fois, mais à plusieurs reprises.

– Les pouvoirs… Ils ne sont pas permanents, n'est-ce pas ? Vous devez les recharger régulièrement.

– Un souci temporaire, a-t-il répliqué avec nonchalance. Mais c'est tout de même autre chose que de recharger un téléphone. La science expérimentale en super-pouvoirs n'en est qu'à ses débuts. Et, oui, une fois ces pouvoirs transférés dans mon corps, il y a quelques… problèmes de stabilité. Néanmoins, cela ne m'a pris qu'une semaine…

Il a passé une main dans ses cheveux.

– … et quantité d'extincteurs et de démêlant, pour arriver à ce stade. Au jour d'aujourd'hui, un simple transfert depuis ton frère me donne deux heures d'autonomie de super-pouvoirs. Une, si je dois faire un appel télépathique.

Ça ne me paraissait pas beaucoup.

– Et si vous vous étiez trompé ? Et si vos pouvoirs s'évanouissaient au moment crucial ?

– Impossible.

Il paraissait incroyablement sûr de lui, ce qui me rendait encore plus suspicieux. Tous les gens avec ce genre d'assurance que j'avais rencontrés étaient soit de petits caïds de l'école, soit des professeurs d'éducation physique. Je n'aurais confié le futur de l'humanité ni aux uns ni aux autres. À cet instant, j'ai su qu'il ne pouvait pas réussir. Zorbon n'avait pas choisi Zack pour rien. Seul Star Mec avait le pouvoir d'arrêter Némésis.

Le compte à rebours digital indiquait cinquante-quatre minutes...

– La seule véritable action héroïque à accomplir, ai-je commencé, est de laisser Star Mec faire son travail.

– Oublie Star Mec, a-t-il grommelé.

Il a dirigé la télécommande vers la M14. Le devant de la combinaison s'est ouvert sur un cockpit avec une niche pratique à l'arrière pour y loger une cape.

– Vérifications prédécollage achevées, a ronronné la combinaison. Paré au décollage.

– Ouvre le toit, a-t-il commandé.

Une série de cliquetis et de bourdonnements se sont fait entendre. Loin au-dessus de nous, le disque de métal a lentement coulissé pour révéler le ciel nocturne.

– Oh, et ne vous mettez pas en tête de libérer ton

frère après mon départ. Mes Robo-Talb d'assaut sont programmés pour répondre énergiquement à toute tentative de sabotage.

Il a replacé la télécommande sur son support et marché d'un pas décidé vers la combinaison.

Comme pour appuyer la recommandation de leur maître, les Robo-Talb ont resserré leurs positions et formé un front solide entre la Super Combi et nous. Ils se balançaient d'avant en arrière et me provoquaient à la bagarre :

– Viens. Par. Ici. Sale. Petite. Tête…, se moquaient-ils.

– Reculez ! a craché Lara. Laissez-le tranquille.

– Ooooh, ont persiflé les robots. C'est. Ta. Petite. Amie ? Tu. L'embrasses. Sur. La. Bouche ? Je. Suis. Sûr. Que. Vous. Vous. Embrassez. C'est. Chaud-chaud.

Je les ai ignorés. Le toit continuait de s'ouvrir. J'avais compris une chose : dès qu'il aurait glissé jusqu'au bout, tout allait s'arranger.

– Luke, pourquoi souris-tu ? a murmuré Lara.

– Il a oublié un détail. La lumière des étoiles est sur le point d'emplir le cratère et de restaurer toute la puissance de Zack.

J'ai levé les yeux avec espoir.

– D'un instant à l'autre… maintenant !

– Oh, non ! a haleté Lara.

Le toit était ouvert mais, à la place d'un ciel plein d'étoiles, je ne pouvais voir que des nuages.

314

– Ce n'est pas ce qu'ils avaient annoncé au bulletin météo, ai-je marmonné.

– Ce ne sont pas des nuages, c'est de la fumée.

Le linceul gris qui obscurcissait l'horizon provenait de tous les feux que nous avions vus allumés à travers la ville. La barrière dense empêchait la lumière des étoiles d'atteindre Zack. Sans elles, il était impuissant… et nous étions tous condamnés.

Christopher Talbot est monté dans la Super Combi Suborbitale à l'aide des échelons extérieurs. Il a glissé ses bras et ses jambes dans le corps massif.

Je devais faire quelque chose. Et vite. En observant les Robo-Talb en rangs serrés, une idée m'est venue. J'ai capté l'attention de Lara et battu des paupières en direction de la corde à sauter enroulée sur sa hanche. Elle m'a fait signe qu'elle avait compris et, après un pas de côté, m'en a jeté une extrémité.

– Attrape !

J'ai saisi la poignée au vol. Lara s'est précipitée à un bout de l'alignement de robots tandis que je trottinais vers l'autre. La corde s'est tendue.

– Maintenant ! ai-je hurlé.

Nous avons couru ensemble en avant : notre piège improvisé a bloqué les robots par le milieu de leurs corps d'aspirateurs rondouillards et les a renversés les uns après les autres. Ils ont chuté roues par-dessus tête comme une rangée de joueurs de Baby-foot.

– Je. suis. tombé. et. je. ne. peux. pas. me. relever !
couinaient-ils.

Incapables de se redresser, ils faisaient tourner
leurs chenillettes dans le vide. La voie était libre.

L'avant de la Super Combi s'est refermé avec un
bruit sec. Les verrous hydrauliques ont émis un sifflement : Christopher Talbot s'est bouclé hermétique-
ment dans l'habitacle pressurisé.

– Dix secondes avant le lancement, a annoncé la
combinaison. Neuf…

Au son d'une série de signaux de recul, la Super
Combi a progressé en marche arrière pour se positionner au centre du cratère.

J'ai couru vers Zack en criant à Lara :

– Viens m'aider à le libérer !

Tandis que je passais à toute allure près du donut
de contrôle, j'ai dégagé la télécommande et l'ai enfon-
cée dans la ceinture de mon pantalon.

– Cinq…

À l'intérieur de la combinaison suborbitale, Christopher Talbot a levé les bras au ciel. Les bras en
alliage super-résistant ont imité son action, pivoté
vers le haut et se sont bloqués en position.

– Quatre…

– Dépêche-toi !

Avec frénésie, nous avons ouvert les menottes qui
retenaient les mains et les jambes de Zack, et l'avons
aidé à se mettre debout. Au moment où je passais

un bras autour de ses épaules, il m'a jeté un regard trouble.

– Tu te sers de mon téléphone ?

– Trois…

Les fusées se sont allumées : des flammes ont jailli de leur base et noirci le sol du cratère.

– Luke ! a hurlé Lara par-dessus le rugissement des moteurs. Qu'est-ce que tu fais ?

– Deux…

– Il faut amener Zack à la lumière des étoiles.

J'ai bondi sur la combinaison en tirant mon frère derrière moi.

– Un…

Avec l'énergie du désespoir, j'ai coincé les bras de Zack dans les barreaux des échelons et me suis moi-même accroché comme j'ai pu.

– Tiens-toi de toutes tes forces ! ai-je hurlé.

Puis, j'ai fermé les yeux et ajouté en murmurant :

– Et ne regarde pas en bas.

– Décollage, a dit la combinaison.

34
Aux heures les plus fatidiques

La Super Combi M14 a été prise de tremble-
ments lorsque son système embarqué a ouvert les gaz
à pleine puissance pour créer une poussée. Le hurlement des fusées était plus fort que tout ce qu'il m'avait
été donné d'entendre. J'avais l'impression d'être rôti
vivant par l'incroyable chaleur qui montait de leurs
charges en combustion. Un relent de caoutchouc
brûlé s'est fait sentir. J'ai ouvert les yeux et constaté
que la semelle de mes baskets fondait. Puis, avec un
craquement métallique, les gouvernes se sont mises en
position et un mouvement s'est amorcé. La combinaison a fait une brusque embardée vers le haut : ma tête
a violemment basculé vers l'arrière tandis que l'odeur
étourdissante des fumées envahissait mes narines. Je
me suis agrippé aux échelons de toutes mes forces. La

combinaison s'est ensuite élevée comme un phénix sur une colonne de flammes. Dans quelques secondes, nous aurions traversé la barrière de fumée et mon plan pour restaurer l'énergie de Zack serait un succès. Mais nous n'avions pas encore émergé de l'enceinte du cratère que l'exosquelette a soudain plongé sur le côté.

À travers la visière, j'ai aperçu le visage furieux de Christopher Talbot. Il avait repéré ses passagers clandestins et essayait de nous forcer à lâcher. Il a relancé les fusées à pleins gaz et activé des propulseurs directionnels situés dans les paumes et les semelles de la combinaison pour lui faire effectuer une course en zigzag sur le pourtour intérieur du cratère. Nous rebondissions comme si nous chevauchions un étalon sauvage.

J'ai accroché fermement mon bras autour d'un barreau de l'échelon pour résister. Mais Zack était toujours étourdi par les séances d'absorption de ses pouvoirs. Une de ses mains s'est mollement détachée de la barre qu'elle serrait. Les doigts de son autre main ont commencé à relâcher leur prise. Je lui ai hurlé de s'accrocher, mais ma voix était noyée par le vacarme des propulseurs. Agrippé comme un forcené à l'enveloppe de la combinaison, j'ai progressé vers lui. Zack ne tenait plus que par un doigt lorsque j'ai attrapé son poignet. Dans un râle, j'ai hissé sa main pour la remettre en place et refermé ses doigts sur le montant.

Christopher Talbot pilotait la Super Combi au ras

de la roche : elle frôlait les murs, à quelques centimètres, et approchait dangereusement du sol. Nous avons effleuré Lara et l'avons vue plonger à l'abri dans un des casiers à costumes. Les émanations incandescentes des fusées ont transformé les Robo-Talb d'assaut en magma métallique. Quand nous sommes passés au-dessus d'eux, il ne restait plus qu'un chapelet de flaques argentées bouillonnantes.

Je me préparais pourtant à déjouer les manœuvres de Christopher Talbot avec une ruse à ma façon. Quand nous étions au sol, je l'avais regardé utiliser sa télécommande pour actionner la Super Combi. J'avais récupéré l'appareil sur son support ; il avait la forme d'un boomerang et s'était parfaitement lové dans la ceinture de mon pantalon. J'ai tâtonné à sa recherche.

Il avait disparu.

Toutes ces acrobaties aériennes devaient l'avoir délogé de sa cachette. Voilà. *Game over*. C'en était fait de nous.

C'est alors qu'à ma grande surprise, la Super Combi s'est stabilisée et placée en vol stationnaire sous le rebord du toit ouvert. Les hurlements des moteurs se sont apaisés. Après quelques craquements parasites, la voix de Christopher Talbot a grésillé depuis un haut-parleur intégré au fuselage.

– Luke Parker, quand tu as quelque chose en tête, c'est dur de te le faire lâcher !

– C'est ce que me disent mes parents.

– Mais ton projet me plaît. Se faire remorquer jusqu'aux étoiles pour restaurer les pouvoirs de ton frère. Très malin. Très courageux. Oh, et prodigieusement idiot. Quoi qu'il en soit, ta simple présence a un impact regrettable sur le déroulement de ma mission. Mon plan de vol a été calculé précisément sans l'éventualité d'un poids supplémentaire à transporter. J'ai entré les chiffres dans l'ordinateur de bord et je ne peux aller jusqu'à l'astéroïde Némésis avec vous deux qui jouez les ventouses sur mon dos. Évidemment, je pourrais utiliser mon pouvoir de télékinésie pour vous balayer comme des chiures de mouche sur un pare-brise…

Il a marqué une pause.

– … mais je préfère ne pas gâcher mes réserves.

Sa voix s'est transformée en murmure.

– Et puis, il y a un autre moyen.

Quelque chose me disait qu'il ne fallait pas demander lequel, mais je n'ai pas pu m'en empêcher.

– Quoi ?

Il a souri.

– Quand on grandit, tout le monde vous répète la même chose : « Sois toujours toi-même. »

Une moue s'est affichée sur son visage.

– C'est pas mal comme message, mais affreusement banal. C'est pour ça que je préfère les bandes dessinées. Là, on te dit : « Et si tu devenais quelqu'un d'autre ? » Quelqu'un avec un vrai pouvoir. Et si tu devenais… Superman ?

Ses yeux bleus ont étincelé à travers la visière, dont la surface incurvée réfléchissait les flammes mourantes des fusées.

– Je ne comprends pas.

Il a soupiré.

– Je t'offre le pouvoir, Luke. Le *super-pouvoir*. Tu sais que je possède toute la technologie nécessaire.

La combinaison est remontée d'une brusque poussée dans la bouche du cratère ; les propulseurs ont instantanément corrigé son angle pour la garder stable. Un bourdonnement a annoncé la rotation d'un des énormes bras qui s'est placé devant moi pour me tendre la main.

– Rejoins-moi, Luke. Et ensemble, nous sauverons le monde.

J'ai jeté un œil à Zack. Déjà diminué par les expériences de Christopher Talbot, il avait l'air encore plus défait après le tour de montagnes russes en fusée. Toute ma vie, j'avais été le deuxième. Plus petit, plus faible, invisible. C'était peut-être ma seule chance de changer les choses.

– Regarde-le. Il est évident que ton frère a reçu ses super-pouvoirs par erreur. Ne vaut-il pas mieux qu'ils aillent à quelqu'un qui les apprécie à leur juste valeur ?

– Probablement.

– Quelqu'un qui sait quelle est la seule chose qui effraie Galactus ?

– L'Anéantisseur ultime.

– Quelqu'un qui sait qui gagnerait une course entre Superman et Flash ?

– Flash. Mais seulement depuis 1970.

– Quelqu'un comme toi.

J'ai songé à mon frère et à la dernière véritable conversation que nous avions eue le soir de son enlèvement.

– Zack m'a dit que Zorbon le Décideur avait choisi le mauvais frère. Il était désespéré, il aurait souhaité n'avoir jamais bénéficié des super-pouvoirs. Donc, d'une certaine façon, je lui rendrais service.

Christopher Talbot a sauté sur l'occasion.

– Exactement !

– Et ce n'est pas comme si j'allais faire le mal.

– Noooon…

– Après tout, vous n'avez pas l'intention de conquérir le monde, vous voulez simplement le sauver, n'est-ce pas ?

– Seul son sauvetage m'intéresse.

Je me suis mordu la lèvre.

– Je ne sais pas…

– Oh, allez, Luke. *Lukester*. Il est temps de prendre une décision. Alors, dis-le… Tu es avec moi ?

Étais-je avec lui ? On pourrait croire que des années à lire des BD où les super-héros font toujours ce qu'il y a de mieux à faire – se sacrifier pour le bien commun, percer à jour les tromperies des méchants – m'auraient préparé pour cet instant. Mais je mentirais si je disais que je n'étais pas tenté. On ne peut pas m'en vouloir. Si quelqu'un vous offrait votre rêve le plus fou sur un plateau, que diriez-vous ? C'est vrai, quoi, j'ai onze ans. J'avais besoin d'un signe.

Et signe, il y a eu. Pas une voix rauque me disant d'en appeler à la Force. Pas un ordre du S.H.I.E.L.D m'arrivant en fréquences cryptées. Non. C'était une sensation.

Qui venait de mon pantalon.

Une douce vibration qui m'a immédiatement permis d'y voir clair. La télécommande de jeux avait glissé de la taille de mon treillis et s'était retrouvée coincée par l'élastique de mon slip Daredevil. Mon slip porte-bonheur numéro deux.

Il me fallait gagner du temps pendant que je fourrageais pour l'attraper.

– Est-ce que j'aurai une cape ? ai-je demandé.

Christopher Talbot a soupiré.

– De la couleur que tu veux.

– Et un masque ?

– Naturellement. Laisse-moi juste régler ce petit problème de roche cosmique et nous t'équiperons d'un costume sur mesure et, bien sûr, de charmants super-pouvoirs. Ça va être génial. Tu seras mon bras droit.

Mes doigts se sont refermés sur le corps rigide de la télécommande.

– Ça m'étonnerait, ai-je conclu en extirpant l'appareil.

– Quoi ?

Talbot a paru s'étouffer à la vue de ce que je tenais à la main.

– Arrête. Luke, je pensais que nous nous étions compris. Ne fais pas ça.

À l'intérieur de l'habitacle, je le voyais qui s'agitait frénétiquement sur ses commandes de bord. Mais il était trop tard.

Je me suis collé à la paroi de la combinaison et ai pressé le bouton « feu ».

– NON ! a couiné Christopher Talbot.

Les moteurs principaux ont produit une détonation et, en un clin d'œil, nous avons quitté le rebord du cratère. Le volcan a disparu sous nos pieds comme une pièce lâchée dans un puits. La seconde d'après, la Super Combi a pénétré à pleine vitesse dans l'épaisse couche de fumée. Les yeux me piquaient et j'ai brièvement perdu Zack de vue. Pendant ce qui m'a semblé une éternité, je me suis retrouvé seul dans un néant gris.

Mon esprit s'est alors mis à vagabonder vers des souvenirs du passé. Quand j'étais petit, maman et papa projetaient un jeu de lumières au-dessus de mon berceau pour m'aider à m'assoupir. J'étais trop jeune pour m'en souvenir vraiment, mais je le sais parce que j'ai vu une photo prise à cette époque. Sur le cliché, je suis profondément endormi, je serre mon lapin tout doux, emmailloté dans ma gigoteuse Jedi; et le plafond scintille. D'étoiles.

Nous avons traversé la barrière de fumée. Le ciel nocturne s'est ouvert devant nous. Neuf mille cent astres étincelants ont déversé leur lumière sur Zack.

Nous fendions l'air si rapidement que de petites turbulences se formaient aux arêtes de la combinaison. Des bourrasques féroces me frappaient le visage. Mes mains étaient engourdies et je savais que je n'allais pas pouvoir tenir longtemps.

Les étoiles de Zack ont commencé à luire faiblement sur sa poitrine, puis, avec de plus en plus de vigueur. Ses forces lui revenaient.

– Où… où suis-je?

Ses mots ont été balayés par le vent impitoyable. Il a baissé les yeux et laissé échapper un cri, avant de m'apercevoir accroché à la coque de la Super Combi au-dessus de lui.

« Luke? »

Sa voix a résonné dans ma tête. Il utilisait la télépathie. Au moins, un de ses pouvoirs était de nouveau opérationnel.

« Que fais-tu là? » a-t-il demandé.

« J'essaye de te sauver. »

« Ce n'est pas franchement un succès. »

Qu'est-ce qu'il était pénible.

Mais il représentait aussi notre seul espoir. Zorbon le Décideur lui avait donné six pouvoirs pour vaincre Némésis. Cinq d'entre eux s'étaient déjà manifestés. Le numéro 6 devait entrer en scène maintenant ou jamais. Le pouvoir ultime. Celui que j'attendais depuis cette soirée dans la cabane. Qu'est-ce que je raconte ? Celui que j'attendais depuis que mon père m'avait fait faire l'avion dans le jardin quand j'étais bébé. Je sentais que le moment était venu.

J'ai tout lâché.

— Luke ! a crié Zack, un bras tendu vers moi tandis que je dégringolais à sa hauteur.

Sa main s'est refermée sur le vide.

Je suis tombé dans les ténèbres. En chute libre, à deux cents kilomètres à l'heure. Les faucons pèlerins plongent sur leurs proies à trois cents kilomètres à l'heure. Ils savent ce qu'ils font. Moi, j'ai commencé à tournoyer de manière incontrôlable. Tandis que la force gravitationnelle me tordait le corps, j'avais l'impression que mon estomac essayait de jaillir par ma bouche et que mes yeux allaient sortir de leurs orbites. Ma vision a commencé à s'obscurcir mais, juste avant que je ne perde conscience, j'ai aperçu quelque chose au-dessus de moi. Qui se rapprochait rapidement. Une traînée de lumière dans la nuit.

Comme une étoile filante.

Une seconde plus tard, j'ai senti des bras qui me serraient et j'ai cessé de tomber.

« Je te tiens ! » a fait la voix de Zack dans mon esprit.

Mon estomac et mes globes oculaires ont repris leur place habituelle.

« Je le savais ! ai-je claironné dans ma tête. Je le savais ! »

Une pensée atroce m'a soudain traversé. J'ai regardé vers le bas, puis scruté le visage de Zack.

– Tu voles, n'est-ce pas ? Nous ne sommes pas en train de nous écraser ?

– Je *vole*, m'a rassuré Zack.

– Oh, ça me soulage.

Dans le lointain, je voyais la lueur rouge des moteurs de la Super Combi M14 qui fonçait à pleins gaz vers son rendez-vous avec Némésis, jusqu'aux limites de l'atmosphère. Quoi que je puisse penser de ses méthodes, je conservais une vague admiration pour la détermination obstinée de Christopher Talbot.

L'immense astéroïde poursuivait sa propre trajectoire programmée mais, chose étrange, d'où nous étions il paraissait immobile. En fait, il était déjà entre la Lune et la Terre et brûlait la distance qui le séparait de nous à quarante-cinq mille kilomètres à l'heure. Il semblait suspendu à l'horizon, un disque de vide gris-noir prêt à avaler tous ceux que je connaissais. Lara et

Sergio. Mon papa et ma maman, mes grands-parents. Nous étions en train de vaciller sur le bord d'un trou sans fond et, si par malheur nous trébuchions, nous tomberions pour toujours. Une seule chose se tenait entre nous et la destruction totale. Et ce n'était pas Christopher Talbot.

– Zack. Némésis est en route.

– Je sais. Mais nous devons d'abord retourner au sol.

– À quelle vitesse peux-tu voler ?

– Aucune idée. On va le découvrir. Accroche-toi, a-t-il lancé avec un large sourire.

– Je n'ai pas envie de te faire un câlin.

– Oh, écoute… Tiens-toi, OK ?

Nous avons plongé vers la Terre, vers Bromley et la librairie de bandes dessinées. En moins d'une minute, nous avons repéré le volcan sur le boulevard. Zack a tournoyé autour de l'ouverture du cratère, puis s'est laissé tomber à l'intérieur. Nous avons atterri maladroitement et j'ai été projeté au sol.

– Désolé, a-t-il dit.

Mais je lui ai pardonné car c'était son premier atterrissage. Je me remettais sur pied et réajustais mes vêtements lorsque Lara s'est jetée sur moi et m'a presque renvoyé à terre.

– Luke, tu es vivant ! Quand je t'ai vu décoller comme ça, j'étais sûre que tu avais grillé !

– *Amico mio* !

C'était Sergio. Lui aussi m'a pris dans ses bras. Puis il s'est tourné vers mon frère avec un air d'admiration mêlée de stupeur.

– C'est toi.

– Salut, Sergio, a dit Zack.

– Il sait mon nom.

J'ai soupiré.

– Bien sûr qu'il sait ton nom. C'est Zack, il te connaît depuis des années.

Nous n'avions pas de temps à perdre avec ces bêtises de fan. Je me suis dirigé vers le casier à costumes et en ai sorti une cape et un masque que j'ai jetés à mon frère.

– Allez, mets ça.

– Nous en avons déjà parlé, a-t-il protesté. Je ne porterai pas ces trucs.

– Le masque ne va pas servir à protéger ton identité… mais plutôt celle des autres. Tu tiens peut-être à être célèbre mais, comme je suis ton frère, je ne veux pas qu'on me plante une caméra dans la figure chaque fois que je sors de la maison.

– D'accord, d'accord, a-t-il concédé. Je mettrai le masque.

À contrecœur, il l'a passé sur sa tête.

– Mais pas la cape.

Je n'avais aucune bonne excuse pour la cape. J'avais juste très très envie qu'il en porte une.

– Ma sœur Cara craque pour les capes, a dit Lara.

– Vraiment ? a fait Zack en déglutissant. Elle craque ? Quand tu dis craquer, qu'est-ce que… Tu sais quoi, peu importe, donne-moi la cape.

Il me l'a prise des mains et l'a jetée sur ses épaules.

– C'est la tradition, non ?

Sergio a désigné les moniteurs sur le donut de contrôle.

– Les missiles nucléaires se préparent au lancement !

Le compte à rebours touchait presque à son terme et les télévisions du monde entier montraient les silos qui s'ouvraient et les fusées qui se plaçaient en position de tir. Il restait quatre minutes.

Nous avons tous regardé Zack. Ce qui avait débuté par une envie de pipi mal programmée et un visiteur d'un monde parallèle au nom imprononçable avait inéluctablement conduit à cet instant. Je voulais dire quelque chose. Quelque chose de profond, d'encourageant. Après tout, ce serait peut-être la dernière phrase que quiconque dirait jamais à Zack.

– Zack, essaye de ne pas foirer.

Il a souri et levé le visage vers le ciel nocturne qui se découpait par l'orifice du cratère. Son corps s'est raidi, ses genoux se sont pliés, et il s'est propulsé dans les airs. Nous l'avons observé qui grimpait en flèche par le toit ouvert : sa cape flottait derrière lui comme une ride à la surface de l'espace-temps, sa poitrine palpitait de la lumière de ses étoiles, son masque d'argent étincelait. La fumée s'était dissipée et nous pouvions donc suivre sa progression fulgurante, son corps chétif précipité dans l'inconnu, un grain de poussière contre la monstrueuse Némésis. À mes côtés, Sergio a commencé à marmonner :

– *Par mes super-pouvoirs cosmiques,*
Héros aux heures les plus fatidiques,
Je suis Star Mec, étoile de lumière,
Protecteur du monde et de l'univers.

Et bizarrement, cette fois, cela ne m'a pas paru si gnangnan.

35
Coup de poing cosmique

Il n'y a pas une seule personne sur la planète qui ne connaisse la suite.

À chaque coin de rue, dans chaque café, école et bureau, l'histoire a été sur toutes les lèvres pendant des semaines, des mois. Les caméras de la station spatiale internationale ainsi qu'un lot de satellites d'observation ont immortalisé l'essentiel de l'événement. Dans la séquence, on peut voir Star Mec qui fonce sur Némésis. Il est pris entre l'astéroïde et dix mille missiles nucléaires qui montent de la surface de la Terre. Au son, on entend le jacassement des militaires qui parlent de vecteurs, de niveaux de menace et de forces de dissuasion.

Star Mec a alors utilisé son pouvoir télépathique pour s'adresser au haut commandement de la Défense terrestre. Quand ils ont compris qu'il était là-haut, ils ont tenté de court-circuiter l'opération Parapluie Déferlant. Mais le bombardement était énorme et il provenait de toute la planète : il s'est vite révélé impossible de coordonner une action pour le neutraliser. Seuls quelques missiles ont été désamorcés à temps. Cela a laissé environ huit mille ogives qui déchiraient l'espace en direction de Némésis – et de mon frère. L'astéroïde était maintenant à la limite de l'atmosphère terrestre. Si proche qu'on pouvait voir à l'œil nu les cratères sur son immense surface, et que même si on savait que ce n'était pas possible, on croyait l'entendre hurler comme un animal sauvage.

Star Mec a utilisé son radar pour localiser toutes les fusées encore actives et transformé son champ de force en un cône sur lequel elles sont venues ricocher : détournées de l'astéroïde, elles se sont évanouies dans l'espace et ont explosé sans faire de dommages.

Une fois débarrassé des armes nucléaires, Star Mec semblait sur le point de reporter son attention sur Némésis quand… VLAN ! La Super Combi M14 l'a percuté et il s'est évanoui sous le choc. Dans toute l'agitation, personne n'avait remarqué Christopher Talbot qui poursuivait son bonhomme de chemin à travers l'atmosphère : son écho sur les radars avait été pris pour celui d'un des missiles.

Star Mec flottait maintenant mollement dans l'espace, tandis que Talbot dans sa Super Combi se

mettait en position. Il a étendu ses bras géants mécaniques pour diriger son propre pouvoir de télékinésie
vers l'astéroïde. Il est devenu rapidement évident que
rien n'allait se passer. Il n'avait plus de réserves d'énergie. Il a secoué les bras, comme s'il voulait en extraire les
dernières onces de super-pouvoir, mais c'était terminé
pour lui. Il n'était pas un super-héros, juste un homme
ordinaire, insensé, qui planait devant un astéroïde des-
tructeur de mondes. Un instant plus tard, un morceau
de roche enflammée l'a heurté et envoyé tourbillon-
ner dans l'espace infini. On n'a jamais revu Christopher Talbot et personne ne sait ce qui lui est arrivé.

Pendant ce temps-là, Star Mec flottait toujours
comme un déchet cosmique. Dans ma tête, je lui ai
hurlé de se réveiller. Depuis, chaque fois que je parle
à des gens, je découvre que tous faisaient la même
chose au même moment. Zack a toujours eu du mal à
se lever le matin, surtout depuis qu'il est adolescent,
mais ce cri télépathique collectif a dû être trop difficile à ignorer. Ses yeux se sont entrouverts. Et il est
revenu dans la bataille.

D'une impulsion de la jambe, il a volé droit sur
l'astéroïde ; puis, bras levés au-dessus de la tête, il a
rassemblé chaque millième de ses pouvoirs télékiné-
tiques. Il ressemblait un peu au titan Atlas, celui qui
supporte le globe terrestre (vous avez dû voir des sta-
tues). Sous la poussée de Némésis dont la force semblait irrésistible, des flammes ont commencé à jaillir de

ses talons qui dérapaient sur les couches supérieures de l'atmosphère. Soudain, un des opérateurs militaires du haut commandement de la Défense terrestre a coassé :

– Nous enregistrons une modification de la trajectoire de Némésis. Je répète : l'astéroïde vient de changer de trajectoire !

Ils ont refait tous les calculs : ça ne suffisait pas. La course de Némésis n'était décalée que d'un degré, ce qui signifiait qu'elle était toujours dans le périmètre de la Terre. Et là, les choses ont commencé à vraiment mal tourner.

Une faille s'est ouverte dans le cosmos. Comme Zorbon le Décideur l'avait prédit, l'astéroïde a déchiré le tissu de l'espace-temps qui séparait nos deux univers. Par l'interstice, on voyait la planète de Zorbon. Et comme un ressac provoqué par un énorme bateau, le passage de l'astéroïde faisait refluer cette planète vers la nôtre – ce qui n'était guère rassurant. Némésis était à un cheveu de causer un carnage transdimensionnel. La fin des mondes semblait proche. Le capitaine Kit Rivers du haut commandement de la Défense terrestre a alors prononcé ce qui deviendrait la plus célèbre citation de toute la saga :

– Star Mec, va falloir lui coller un bon coup de poing cosmique, mon grand.

Bien que Star Mec n'ait pas de coup de poing cosmique, la suite est vraiment décoiffante. Dans un retournement de situation totalement imprévu, la lumière des étoiles de l'univers de Zorbon, qui brillaient à travers la déchirure, est venue s'ajouter à celle de notre propre monde, augmentant la charge d'énergie de Star Mec. Les scientifiques n'ont cessé depuis de spéculer avec acharnement sur la nature de cet événement. De mon point de vue, c'est comme si les deux univers s'étaient unis pour assurer la victoire de mon frère. Quoi qu'il en soit, grâce au surplus de lumière, Star Mec était au sommet de sa puissance. Gonflé de l'énergie d'innombrables étoiles, il a tourbillonné pour asséner une ultime salve télékinétique époustouflante et, *bla bla bla*, il a sauvé le monde et toute l'humanité, et l'autre monde aussi, et les dauphins, et les forêts tropicales, etc.

Mais vous savez tout cela. Vous avez lu les articles, regardé les interviews. Vous avez probablement même vu le téléfilm qu'ils se sont dépêchés de sortir pour la journée de célébration de non-fin de l'univers intitulée « Hé ouais, on est vivants ! ». Dans ce film, Star Mec est joué par un acteur beaucoup plus vieux, qui est *américain* et, oh, je ne suis même pas dedans. À la place, ils ont donné un chien à Star Mec, Star Rex. Non, mais franchement.

Ce que vous ne savez pas, c'est ce qui s'est vraiment passé ensuite. Le temps que Star Mec revienne des confins de l'espace, l'aube se levait. Le moment était venu de rentrer à la maison. Avant que nous ne quittions la salle du cratère, je me suis assuré d'effacer toutes les preuves reliant Zack à Star Mec sur les disques durs de Christopher Talbot. Et nous avons démantelé le peu qu'il restait du dispositif à aspirer les super-pouvoirs, déjà mis à mal lors du décollage de la combinaison. Quand nous avons finalement émergé du volcan, nous étions aux premières heures du jour.

Un soleil bas dardait ses rayons obliques sur les rues, un vent frais faisait bruisser les arbres du parc. Les feux qui avaient brûlé la nuit précédente et nous avaient causé tant d'ennuis se consumaient toujours mais, en dehors de ça, le monde paraissait étrangement ordinaire. Les gens allaient et venaient, les bus passaient. Nous avons emprunté le 227 pour rentrer chez nous. Je me suis assis à côté de Lara pendant que, derrière, Sergio, bouche bée, a passé tout le trajet à fixer Zack qui ronflait tranquillement sur le siège voisin.

J'avais pris un costume de super-héros supplémentaire dans le casier du cratère, pensant qu'il serait utile d'avoir un change si l'autre devait passer au lavage. Lorsque je l'avais fourré dans mon sac, j'avais vu quelque chose rouler au fond du compartiment : ça devait être là depuis au moins un an. Je l'ai attrapé et tendu à Lara.

– Je crois que ça t'appartient, ai-je dit.

Elle a observé l'objet que je tenais serré entre mes doigts. C'était son stylo à encre gel (pointe fine, 0,4 mm). Elle a fait mine de le prendre puis a stoppé son geste. Au bout d'un long moment, elle a conclu avec un haussement d'épaules :

– Garde-le. Je n'en ai pas besoin.

Lara a décidé de ne pas écrire son article révélant la véritable identité de Star Mec. Elle aurait pu devenir la plus célèbre reporter du monde mais, quand je lui ai demandé pourquoi elle préférait renoncer, elle a encore fait une de ses moues habituelles et m'a dit qu'il y avait des choses plus importantes dans la vie. Les filles. Mystérieuses et surprenantes.

Nous avons traîné ensemble jusqu'à la fin de l'été mais, avant que vous ne tiriez de conclusions hâtives, sachez qu'il n'y a pas eu de papouilles. Nous avons passé la plupart du temps dans la cabane à discuter et à lire. Mais pas que des BD. J'en lis toujours, bien sûr, mais j'aime aussi d'autres choses maintenant. Je traverse actuellement une phase Charles Dickens. Sergio m'assure que ça me passera.

L'été s'envolait et, bientôt, le temps viendrait de débuter ma nouvelle école. Je passais dans la cour des grands. Même après tout ce que j'avais vécu, l'idée me faisait toujours peur. Mais quelque chose me disait que tout allait bien se passer. Ce *quelque chose*, c'était maman. Elle n'arrêtait pas de me prendre dans ses bras et de me répéter : « Tout va bien se passer. »

Il n'y a pas de mots pour décrire la joie de papa et maman lorsqu'ils nous ont vus revenir du volcan ce matin-là. Quand ils sont descendus dans la cuisine pour découvrir Zack qui engloutissait son troisième bol de céréales et moi, qui fourrageais dans le placard en râlant que quelqu'un avait mangé tous mes Coco Pops, ils ont pleuré comme je n'avais jamais vu d'adultes le faire. Ils n'ont même pas remarqué que je m'étais servi une tasse de café noir. Toutes ces larmes, ces gémissements, ces hoquets de sanglots… Franchement, on se serait cru dans la salle d'attente du docteur pendant une épidémie de grippe. Mais j'ai trouvé ça cool. Je deviens un peu sentimental en vieillissant.

Sur le trajet de l'arrêt de bus à la maison, Zack et moi avions échafaudé une histoire pour expliquer sa réapparition, mais nous n'avons pas eu à nous en servir. Tout ce qui importait à papa et maman était qu'il soit bien rentré, que nous étions de nouveau ensemble et que le soleil brillait. Ils ne m'avaient pas cru quand je leur avais raconté que Zack était Star Mec et ils n'en ont jamais reparlé. La seule question embarrassante à laquelle nous avons dû répondre a surgi quelques semaines plus tard, lorsque papa s'est mis à chercher son égouttoir.

Une dernière chose à propos de ce retour en bus. Juste après que Sergio nous a quittés, Zack s'est brièvement réveillé de son somme bien mérité et a marmonné un truc avant de replonger dans la torpeur. Lara n'a pas saisi ce qu'il disait et j'ai prétendu n'avoir pas compris non plus ; mais j'ai menti. Je ne sais pas pourquoi je n'ai pas voulu le répéter. J'ai regardé par la fenêtre et ai contemplé mon propre reflet dans la vitre. Il y avait un petit sourire sur mon visage.

Zack avait dit :

– Luke… Je n'y serais pas arrivé sans toi.

Et puis il s'était remis à ronfler comme un camion.

Un mois s'était écoulé depuis que mon frère avait réussi à empêcher la catastrophe cosmique. Nous étions assis ensemble dans la cabane. Je regardais les derniers rayons de soleil reculer sur le sol poussiéreux et j'écoutais le susurrement du vent dans les arbres. « Susurrement » était mon mot du jour. Cela veut dire « murmure ». Je connais beaucoup de nouveaux mots depuis que j'ai élargi mes lectures. Ce soir-là, j'étais presque à la fin d'*Oliver Twist*. Voilà bien quelqu'un dont l'histoire aurait tourné totalement différemment s'il avait eu des super-pouvoirs.

Zack avait la tête plongée dans son manuel de maths. Il revenait tout juste de chez Cara. Non, ce n'est pas ce que vous croyez. Elle sortait toujours avec Matthias le Viking. Leur relation était strictement professionnelle : il l'aidait à progresser en sciences physiques. Tous les mardis soir, il se traînait là-bas et passait une heure avec elle, penché sur la table de la cuisine à lui expliquer des trucs comme la « diffraction » ou la « loi de Mariotte », alors qu'il avait surtout envie de lui dire combien elle lui plaisait. C'était douloureux. Quand il rentrait à la maison, il était dans tous ses états. Heureusement, les autres aspects de sa vie étaient moins stressants. Maintenant qu'il pouvait voler, il arrivait mieux à trouver un équilibre entre ses missions de super-héros et ses devoirs de collégien. Il lui était possible de filer en vitesse pour déjouer une attaque de banque et d'être de retour pour le dîner, ce qui allégeait beaucoup la pression.

– J'ai envie de faire pipi.

– Ben vas-y, a répondu Zack sans lever les yeux de son livre.

Suite à ses faibles résultats des trimestres précédents, il voulait mettre toutes les chances de son côté. La session de travail de ce soir-là faisait partie d'un programme de préparation intensif pour la nouvelle année scolaire, même si elle ne débutait pas avant cinq semaines. Je sais. S'il n'avait pas sauvé le monde, il serait vraiment rasoir.

J'ai dégringolé l'échelle de corde et me suis dirigé vers la maison. Au-dessus du vieux chêne, le ciel était strié d'éblouissantes marbrures orange et jaunes bordées d'un blanc duveteux, comme les ailes d'un oiseau géant qui aurait pu facilement vous arracher la tête. Némésis avait laissé beaucoup de poussière dans l'atmosphère et, même si les gens tremblaient encore à l'idée d'avoir frôlé l'extinction totale, ils convenaient qu'elle nous offrait néanmoins des couchers de soleil spectaculaires.

Alors que je traversais le jardin, une sensation désagréable m'a envahi. Il y avait quelque chose d'étrange dans l'air et ce n'était pas seulement de la poussière d'astéroïde. Cela pouvait-il avoir un rapport avec Zorbon le Décideur ? Et s'il avait choisi ce moment précis pour revenir ? Je m'attendais à sa visite depuis un moment. Après tout, il avait donné des pouvoirs à Zack afin de vaincre Némésis, mais cette mission était bel et bien achevée.

Je me demandais si le représentant du Haut Conseil de Frodax Marvel Ram & Dam voudrait refaire de lui un garçon normal. Un peu plus d'un mois auparavant, ça m'aurait plutôt fait plaisir mais, maintenant, je ne tenais même plus à jour ma liste de tous les côtés énervants de Zack.

En vérité, j'aimais bien avoir un frère avec une identité secrète super-cool. L'autre option aurait été Star Maths, et il valait mieux ne pas en parler. Bien sûr, j'aurais préféré que les super-pouvoirs me soient accordés à moi, mais si je ne devais pas les avoir, eh bien, j'étais content que Zack en bénéficie. Parce qu'au final, c'était toujours mieux de vivre dans une maison avec super-héros que sans.

J'ai fait pipi et, alors que j'étais sur le point de tirer la chasse d'eau, j'ai entendu un son distinct.

Clang… wizz !

Sans prendre le temps de me laver les mains, j'ai jailli hors de la maison. Je suis arrivé au pied de l'échelle de corde juste à temps pour apercevoir l'éclair d'une cape violet et doré qui disparaissait à l'intérieur d'un vaisseau ovale bleu transdimensionnel.

Une seconde plus tard, il y a eu un autre *clang… wizz* et l'engin s'est évaporé. Zorbon le Décideur était revenu. Et je l'avais manqué.

Encore une fois.

J'ai trouvé Zack assis silencieusement dans la cabane faiblement éclairée, noyé dans l'ombre. Il avait laissé son livre de maths. Devant lui était posée une tranche de cake. Il en a mangé un morceau.

– C'est de la part de Zorbon. Le goût est différent, a-t-il commenté d'un air songeur. Mais pas totalement différent.

Je me moquais de son cake débile. Il fallait que je sache.

– Est-ce que Zorbon t'a repris tes pouvoirs ?

Il a avalé une deuxième bouchée.

– Hein, non. Mais tu ne devineras jamais ce qui s'est passé.

Ah ! Qu'est-ce qu'il était pénible.

– Eh bien, dis-moi !

Il a jeté un œil par-dessus son épaule. Une silhouette familière a surgi de l'obscurité. C'était Lara. Elle arborait une expression de stupéfaction totale. Je n'avais pas vu cet air-là depuis… oh, non.

Impossible.

– Luke, a-t-elle dit, les yeux rivés sur ses mains qu'elle tournait et retournait, je crois que j'ai des super-pouvoirs.

Remerciements

Idéalement, ces remerciements devraient jaillir de la page en énormes titres 3D accompagnés d'une musique triomphale. Cependant, certaines contraintes budgétaires m'obligent à vous fournir une simple liste à la place. Mais je peux toujours fredonner. Merci à ma rédactrice Kirsty Sransfield, à mon éditrice Kate Wilson, et à toute l'équipe de Nosy Crow. Merci à Laura Ellen Anderson pour les illustrations, à Rob Biddulph pour le lettrage, et au graphiste Nicola Theobald pour cette couverture aussi percutante que le numéro spécial *Giant-Sized X-Men* #1. Merci aussi à mon agent Stan (oui, c'est vraiment son nom mais il ne fait pas partie du S.H.I.E.L.D, malheureusement) pour ses conseils et son sang-froid. Et, comme toujours, merci à ma femme Natasha qui apporte tellement de dynamique à notre duo. Cette histoire est pour mon fils, Luke. Je sais que tu ne seras pas capable de la lire avant quelques années, mais quand tu seras assez grand pour comprendre ceci et d'autres choses, sache que la réponse est non si tu veux emprunter ma voiture.

Table

David Solomons

L'auteur

David Solomons est né à Glasgow, en Écosse. Scénariste pour la télévision et le cinéma (*Cinq enfants et
moi*, avec entre autres Kenneth Branagh), il signe
avec *Mon frère est un super-héros* son premier roman
pour la jeunesse. Il vit aujourd'hui dans le Dorset avec
sa femme Natasha (elle aussi écrivain) et leur fils,
Luke, qui a donné son prénom au héros.

Du même auteur chez Gallimard Jeunesse

Ma prof de gym est une alien

Retrouvez **Luke**
dans de nouvelles aventures

Je n'ai toujours pas de super-pouvoirs,
mais le combat contre les super-méchants continue :
je suis sûr que ma prof de gym est une alien !

(Grand format)

Le papier de cet ouvrage est composé de fibres naturelles,
renouvelables, recyclables et fabriquées à partir de bois
provenant de forêts gérées durablement.

Mise en pages : Nord Compo

Loi n° 49-956 du 16 juillet 1949
sur les publications destinées à la jeunesse
ISBN : 978-2-07-066752-9
Numéro d'édition : 286370
Dépôt légal : août 2017

Imprimé en Espagne par Novoprint (Barcelone)